微醺彩妝

施叔青

【當代小說家】編輯前言

／王德威

一九八〇年代以來，海峽兩岸的文學相繼綻放新意，而且互動頻仍。其中尤以小說的變化，最為多彩多姿。或由於毛文毛語的衰竭，或由於解嚴精神的亢揚，新一代的作者反思家國歷史的變化，觀察欲望意識的流轉，深刻動人處，較前輩只有過之而無不及。

回顧前此現代小說的創作環境，我們還真找不出一個時期，能容許如此眾聲喧嘩的場面。政治依然是多數小說家念之寫之的對象，但「感時憂國」以外，性別、情色、族群、生態等議題，無不引發種種筆下交鋒。更不提文字、形式實驗本身所隱含的顛頏玩忽姿態。宋澤萊、張承志從小說見證意識形態的真理，王文興、李永平則由文字找到美學極致的依歸。共產烏托邦裡興出了莫言、賈平凹的《酒國》與《廢都》，而白先勇、朱天文的孽子荒人正要建立同志烏托邦。蘇童《妻妾成群》，李昂《暗夜》、《殺夫》。尤有甚者，平路的國父會戀愛，張大春的總統專撒謊。歷史流散，主義量產。彼岸要說這是「新時期」的亂象，我們不妨稱之為「世紀末的華麗」。

二十世紀雖自名為「現代」，但在建構文學史觀時，貴古薄今的氣息何曾稍歇？魯迅曾被神化為絕世宗師，彷彿新文學自他首開其端後，走的就是下坡路。而寫實主義萬應萬靈，從當年的為人生為革命，到今天的為土地為建國，正是一脈相承。所幸作家的想像力遠超過評者史家。他（她）們不但勇於創新，而且還教我們「溫新」而「知故」。阿城、韓少功的「尋根」小說，使沈從文的風采重見天日；林燿德、張啟疆的臺北都會掃描，竟似向半世紀前的海派作家致敬。而張愛玲傳奇的歷久彌新，不正來自張迷作家的活學活用？文學史的傳承其實是由無數斷層所組合。當代小說家的成就未必呼應任何前之來者。但也正因此，他（她）們所形成的錯綜關係更凸顯新文學的傳統，原就應當如此曲折多姿。

然而反諷的是，小說家如今文路廣開的局面，也可能是一種反高潮。從魯迅到戴厚英，從吳濁流到陳映真，小說家曾與國族的文化想像息息相關。他（她）們作品的流傳或查抄，無不成為社會象徵活動的焦點。影響所及，甚至金庸或瓊瑤的風行或禁刊，也可作如是觀。但曾幾何時，小說家發現他（她）們越能言所欲言，他（她）們在家國「大敘述」中的地位反而每況愈下。經過半世紀的磨練，現代中國小說的可讀性與日俱增，昔日的讀者卻不可復求。二十世紀末影音文化的風靡騷動，不過是問題的一端而已。

一種文類的興盛與消亡，在過往的文學史裡所在多有。中國「現代」小說，果不其然要隨著二十世紀成為過去？有能耐的作家，早已伺機多角經營。他（她）們或為未來的作品累積經驗，或藉已有的文名隨波逐流，是非功過，都還言之過早。與此同時，就有一批作者寧願獨處一隅，以千言萬語博取有數讀者的讚彈。寫作或正如朱天文所謂，已成一種「奢靡的實踐」。彼岸的王安憶更以一本《紀實與虛構》，道盡小說家無中生有、又由有而無的寓言。從自我創造，到自我抹銷，滿紙是辛酸淚，還是荒唐言？兩百五十多年前曹雪芹孤獨的身影，依稀重到眼前。而我們記得，《紅樓夢》寫了原是為一二知音看的。

這大約是當代中文小說最大的弔詭了。小說世紀的繁華看似方才降臨，卻又要忽焉散盡。以時間的觀念而言，當代意味浮光掠影的剎那，但放大眼光，（文學）歷史正是無數當代光影的投射。【當代小說家】系列的推出，即是基於這樣的自覺。以往全集、大系的編輯講究回顧總結、成其大統。這套系列既名為當代，注定首尾開放，而且與時俱變。所介紹的作者都是以其精鍊風格或實驗精神，在近年廣被看好。世紀之交，夾處新舊，這群當代小說家也許只能捕捉一時光芒——他（她）們甚至可能是群末代小說家。但只要說故事仍是我們文化中重要的象徵表義活動，二十一世紀的中文小說風景，應由他（她）們首開其端。

在編輯體例上，這套系列將維持多樣的面貌。除了精選作品外，也收入評論文字。評論者，我對每位作者各有看法，也有話要說。這些話將見諸每集序論部分。評者的讚彈，當然是見仁見智之舉。以一己之（偏）見與作家對話，我毋寧更願藉此機會表示對他（她）們的敬意：寫小說不容易，但閱讀好小說，真是件快樂的事。（二〇〇一）

王德威，現任美國哈佛大學東亞語言與及文明系 Edward C. Henderson 講座教授。

序論　異象與異化，異性與異史

——論施叔青的小說

／王德威

> 她「是以異化對抗異化的，寫出了某些人心靈底層一座座九曲橋感受」。
>
> ——戴天[1]

施叔青對她的家及家鄉的認識，是由一場大地震開始。在自傳式小說〈那些不毛的日子〉裡她寫道，「那年白沙屯大地震」，「好幾天之間，大地、房子、榕樹、電線桿，斷斷續續搖個不停」。不少大人恓恓惶惶，露天而宿。施「是個天生好奇的女孩，一想到睡在廟亭的那些人，便忍不住要過去看個究竟」。

> 大廟還是平常看慣的樣子；年代一久，褪了色的金紅裝飾所造就出的一股黯敗的輝

煌。今天緊閉著兩扇廟門，看來就很有些不同了。一邊一個偉岸的門神站在門上，據高臨下都睜著視而不見的眼睛，很有廟的氣氛——漠視人世間的一切苦難。

七月的天，說亮就亮，瞬息間全白了。橫梁上掛著的舊匾額，迎著亮色格外顯眼。我不禁瞇起眼睛往上瞧，陽光細細的咬著我的臉，匾額上「天德宮」三個燙金大字閃得發光。這真是一個牽動人聯想的時刻呵，「宮口，住在宮口。」噢，我明白了，以「天德宮」的廟口為中心，左右各有一排房子，右邊那棟門口有個防空洞的，不正是我的家嗎？

這時，地牛又來了個大翻身。[2]

這段文字，不算突出，但照映施叔青日後的寫作道路，卻顯得意味深長。天光半暝，地牛喑喘，在那「黯敗的輝煌」的廟前，一個女孩不得其門而入；轉目回看，她驟然明白了在神佛「視而不見」的眼下，她家所在的位置。這個女孩深為廟門的漆飾裝潢所吸引，也對廟亭裡兀自沉睡的那些人覺得好奇。「這真是一個牽動人聯想的時刻呵。」在地震又一次的震波中，女孩剎那領悟有關家及家鄉——鹿港——的一些人與事。庭院深深的破落門戶，逼仄陰溼的寺堂巷道，畸零醜怪的市井男女，構築了家鄉的人文景觀。禁忌與蠱祟瀰漫，信仰與褻瀆交雜。然而就是這樣一個詭異墮落的環境，成為施叔青文學啟蒙的殿堂。

從一九六一年的〈壁虎〉開始，施叔青已持續寫作多年。早期的她以家鄉鹿港為想像軸心，演義怪誕，操作狂想，十足前衛姿態。之後因緣際會，她得以離鄉北上，再周遊海外。由鹿港到香港，由臺北到紐約，當年那個事事好奇的女孩，早已蛻變成世故資深的作家。而施叔青專注寫作的熱誠，未嘗或已。她的作品往往引起評者絕大興趣，因為不論是現代主義還是寫實主義，女性主義還是後殖民主義，鄉土文學還是海外文學，於她似乎都有跡可循。施叔青的創作未必隨俗，但卻每每扣緊了專業讀者的欲望。這是她始料未及之處了，卻也間接說明了她觀人述事、與時俱變的才情。

而不變的是她對物質世界的摩挲貪戀，對人性情欲的穿刺耽溺，還有對家鄉那黯敗卻又蠱惑的風景的執念。這是充滿矛盾的寫作位置。因為她對物欲的嘲諷警醒，對人欲的戒懼悲憫，始終念茲在茲。而她大量書寫城市及異國所見，總暗示對早年故鄉經驗的抗衡姿態。值得注意的是，施叔青最好的一些作品，正是由這些矛盾中產生。彷彿多年前那半明半暗的破曉時分裡，站在廟口，四下張望人間的女孩，已然為女作家預習了創作的姿勢。

一、「異」「化」的譜系學

施叔青的作品以怪誕荒謬見長，她十七歲初試身手的〈壁虎〉，已經可見端倪。在那個故事裡，年輕患有肺癆病的少女，見證一個成年女人——大嫂——如何以她縱欲敗德的行徑，加速毀滅一個已然敗落的家庭。少女深陷在幽閉及禁欲的恐懼中，臆想叢生。她夜夜夢著「塗擦顏色、油亮的、僵化面具」圍在客廳跳舞，為兄嫂床戲的聲浪輾轉不安。大嫂的手姿使她憶起「倒懸在牆上」肥大的黃斑褐壁虎。終有一天，歇斯底里的少女闖入兄嫂的臥房。床上的男女橫陳，「兩隻懷孕的蜘蛛穿行於女人垂散床沿的髮茨」。少女差惡之間抓起一把剪刀，「拋向那賤惡的所在」。之後的她總在夢中看到一張灰色大網，其中二、三十隻壁虎紛紛竄跳；「突然，牠們一隻隻斷了腿，尾巴，灑滿我整個臉，身子，我沉沉地陷下去，陷下去，陷於屍身中」[3]。但故事的框架一樣引人注目。少女婚後竟對前所拒斥的淫猥，有了曖昧的憧憬，這裡所暗示的道德弔詭及角色半自覺的反諷，是施叔青要一再發展的主題。

〈壁虎〉之後，施叔青又寫了〈凌遲的抑束〉、〈瓷觀音〉、〈泥像們的祭典〉等作。她對瘋狂、淫邪，及死亡的誇張耽溺更變本加厲。白先勇為施叔青的第一本小說集作序，指出她的世界「是一個已經腐蝕得像夢魘的世界，其中的人物都是肉體上、心靈上，或精神上受過斲傷的畸人」。這些畸人不能與任何人溝通，「他們只有一個一個的立在黑暗的荒原上，對著死神，喃喃自語」[4]。除了病態早熟的少女，施叔青也寫「永遠躲在門後，把彎曲的肢體疊在一起」的白癡（〈瓷觀音〉）、日夜縫製小布人，並給布人的臉「用黑墨畫上一隻大蝙蝠」的瘋了的母親（〈凌遲的抑束〉），倒吊在峽谷吊橋下的油漆工（〈倒放的天梯〉）、迎著陽光，自己撕掉身上皮膚的女孩（〈那些不毛的日子〉）。被禁錮在生命陰暗的角落，這些人對身心的扭曲、變形，及最終的毀滅，作無言的抗議。施叔青提過她早年心儀孟克（Munch）的名畫〈號哭〉：因線條極度擠壓而失真的人形魅影，在失焦流蕩的世界裡，作勢吶喊，卻儼然像是絕望的嘗試，無聲的虛擬[5]。

施叔青早期的作品是特立獨行，充滿現代主義的叛逆色彩，自然引來評者不斷剖析[6]。其中最有見地的首推施淑——施叔青的大姊。施淑從女性主義及精神分析的角度，探討施叔青作品中的禁錮與顛覆意識。她認為濃烈矯情的象徵，漫無節制的臆想，沒有出路的情節布局，一方面說明女作家對理性的、流麗的父權大敘述的質疑抗擷，一方面也暗示她在既定語境裡，無所適從、虛張聲勢的僵局[7]。比起眾多一味稱讚施叔青以「搞怪」、「顛覆」為能事的女性主義評者，施淑的評論無疑清醒得多。她提醒我們，施叔青的敘述策略畢竟受到更大歷史架構的決定；女性的顛覆與禁錮無法僅以性別「遊戲即政治」的套套語自圓其說。的確，我們回顧〈那些不毛的日子〉這樣的作品，不能或忘在二次大戰後，臺灣市鎮凋敝的經濟結構，及文化、政治上的曖昧處境。除此，六〇年代現代及鄉土主義間的複雜意識形態辯證，也總銘刻在施叔青的字裡行間。她的角色如〈約伯的末裔〉中的江龍，或〈倒放的天梯〉中的潘地霖，既是社會裂變中「被侮辱及被損害」的小人物，也是存在主義式的荒謬英雄。

更重要的，施叔青的作品在（自我）顛覆、批判之餘，畢竟不能，也不願，解決內蘊層層的衝突。「它的總是戛然而止的，無政府主義式的終局，除了是經常被女性主義批評奉為圭臬的『以歪斜的方式說出全部真理』，或許只是對於已經沒有生命的布爾喬亞社會的形式上的顛倒。而顛之倒之之餘，它的實際意義也不過是對她感覺中的『不毛的』布爾喬亞人文主義及其生活的妥協與順服罷！」[8]

施淑的論點自有其一貫的左翼立場，但她對施叔青的批評實有一針見血之處。由是推論，我們可說施叔青處理的是一個社會異化的現象，而她的創作活動及成果也不可免的凸顯了（自我）異化的徵兆。這是布爾喬亞式創作的典型兩難。但如果我們不執著於左翼理論的公式，而仔細探究施寫作各階段處理人與社會、歷史間的方法，其實更可看出不少線索，形成一種「異」、「化」的譜系學。

施叔青的作品可以從兩種相互關聯的批評角度來審視：怪誕（grotesque）的美學及鬼魅（gothic）的敘事法則。如前例所示，施的世界是一個人文、自然關係分崩離析的世界。五毒橫行，人鬼交投，一片末世氣氛。研究怪誕美學的學者凱撒（Wolfgang Kayser）曾指出西方自浪漫主義以降怪誕美學當道。怪誕來自於世界「器械、植物、人、獸各種元素的雜湊，代表了我們世界支離破碎的投影」。怪誕是一種曖昧的效應；「在斷裂力量的支使下，我們對看似熟悉並和諧的世事，覺得疏離起來，從而粉碎了貫串其間的連鎖意義。」[9]無獨有偶，西方浪漫主義的流風遺緒也肇生了鬼魅說部。是類作品多以哥德式古堡為背景，談玄弄鬼，構成系列陰森懸疑的故事。安・瑞得克莉夫（Ann Radcliffe）、瑪麗・雪萊（Mary Shelley）等都是箇中高手。這類鬼魅故事特別凸顯了女作者及女性人物置身其間的愛憎表現，也投射了她們對性別身分，婚姻，死亡的欲望與恐懼。時至今日，早成為女性主義者一再申論的主題[10]。

對於「怪誕」及「鬼魅」的研究可以延伸出不同的脈絡。佛洛依德派學者談似曾相識卻又陌然難辯的悚慄經驗（uncanny），直指心理主體自我疏離的宿命：最「家」常的經驗可以是無邊（及無「家」）恐怖震顫的根源[11]。專精世紀末文化的評者看出怪誕與頹廢、末世學，及精神官能虛耗的關係[12]。而怪誕到底是現代文明及文學的病徵，或是一種深具批判意識的「否定的美學」，多年來一直是西方馬克思學者爭執不休的話題。除此，巴赫汀（Bakhtin）異軍突起，申言怪誕現實主義回歸身體、繁殖，及社會、自然底層的衝動，並申言一種社會自我重生（及救贖）的嘉年華力量從中而起[13]。

另一方面，除了女性主義者對鬼魅敘事大有斬獲外，近年的後現代學風，從德勒茲（Deleuz）到傅柯（Foucault），也都曾就人本與魅惑、實相與飄離等話題，立言著說[14]。布希亞（Baudrillard）的「海市蜃樓」論（Simulacrum）甚至企圖將所有的現代及前代主義的執念，一次出清；他強調後現代的社會裡幻象取代肉身，魅影遊戲人間[15]。而當解構學大師德希達（Derrida）在東歐解體、兩德統一後，重思馬克思主義功過時，更直指馬克思的陰魂（specter）其實不散。因應這一世紀末的政經殘局，我們對馬克思既進行驅魔法事，又施以招魂祭典。在歷史衍易，意義延異的夾縫中，我們應當思索啟蒙時期以來現代化及現代性的遺澤，並且重開「傷逝」的文法及倫理學[16]。

這些理論似乎都可以在論述施叔青時，派上用場。但我以為施叔青所代表的另一種文化想像的傳承，一樣值得重視。現代中國文學以啟蒙、革命為號召，以「現實」、「寫實」主義為法則，怪力亂神一向被屏於門牆之外。早期的施叔青在〈那些不毛的日子〉裡，自居異端，專寫異象異類的悖謬徵兆，還有異性——女性——的幽幽心事，因此代表了一種重要的「惡聲」。這一惡聲的傳統可以溯至魯迅。當他想像中國文明中人吃人的盛宴（〈狂人日記〉），憂懼「頹敗線上的顫動」的老婦（《野草》），或遭遇廢園墓碣間的腐屍怪物（〈墓碣文〉）時，魯迅喚醒我們集體意識底層的迷魅與恐懼[17]。但施叔青更有意識繼承的前輩作者應是張愛玲。施曾坦言是「張愛玲迷」[18]。除了一心效法張那樣踵事增華的物質主義外，她學張最有心得之處，應是把活生生的世界寫「死」了吧？死亡不是生命的結束，而是開始。在那陰暗的身後的世界裡，「無邊的荒涼，無邊的恐怖」，但這才是女作家抒發惡聲，悠遊求索的場域。

我在討論張愛玲與當代女「鬼」作家的關係時，曾指出不論施叔青早期的鹿港故事，或日後的香港故事，骨子裡的張腔其實一脈相承[19]。家鄉破敗沉鬱的記憶，正是她不能須臾稍離的「心靈地誌」的焦點[20]；十里洋場的光彩再繽紛耀眼，總有份鬼氣森森的愴然。這是施叔青鬼魅人物出動的時刻了。祖母屍體的圓臉上彷彿出現「一隻大蝙蝠」（〈凌遲的抑束〉）；摩登佳麗入夜成了無主的遊魂（〈情探〉）。但祖師奶奶的精警尖誚，施叔青只能心嚮往之。她對人間世的掛戀及悲憫，使她俗念叢生，難以超拔。正因如此，她得走出自己的路來。

施叔青對「怪誕」及「鬼魅」敘事學的經營，也應使我們聯想到古典中國文學、文化中的志怪述異傳統。施從未說明她的傳承，但細讀她小說中的人物意象，我們其實可發現古典民間信仰及傳奇的影響，無所不在。她早期作品若沒有了巫婆、乩童、瘋人等怪力亂神的支撐，或是種種民俗儀式及禁忌的鋪陳，也就不能彰顯她「現代」技巧所帶來的衝擊及不協調。之後她旅居香港時涉身收藏及藝文活動，必定促生了她像〈窰變〉、〈驅魔〉、〈情探〉這些故事的母題。這些小說顧名思義，靈感來自傳統工藝、宗教儀式、戲劇上的異象及異聞。白先勇是少數指出施叔青與古典怪誕美學淵源的論者。他以施早期作品為例，比諸詩鬼李賀的意象：「南山何其悲，鬼雨灑空草。」[21]有鑑於施喜歡描寫歷史夾縫間，世俗男女不人不鬼的尷尬處境，我們也不妨附會馮夢龍「三言」故事中的名句：「太平之世，人鬼相分；今日之世，人鬼相雜。」[22]

而施把人間與鬼世等量其觀，畢竟時有呼應三百年前的異史氏——蒲松齡——的感喟之處吧？所謂「披蘿帶荔，三閭氏感而為騷。牛鬼蛇神，長爪郎吟而成癖」，「魑魅爭光」、「魍魎見笑」[23]。蒲松齡「不擇好音」，在熒熒鬼火間寄託他的孤憤，因成就正史之外的異史。我無意暗示施叔青與《聊齋誌異》間的直接影響；無論就抱負、文采，及史觀而言，兩者都有太大差異。但在我們急於為施叔青作品找尋任何文學史及理論依據時，中國從古典到現代的怪誕傳統及其內蘊的顛覆動機，不容忽視。而這幾年施有意擴大她的視野，在異性、異鄉、及異國書寫中探尋「異」、「化」的現象，那麼異史氏從幽冥狐鬼間參看世事的方法與感慨，也許仍不失為一道門徑，值得她繼續努力[24]。

八〇年代以來，兩岸三地及馬華作家重在荒誕與魔幻敘述上，開出新局。臺灣的鍾玲（《生死冤家》）、袁瓊瓊（《恐怖時代》）、隸籍大馬的黃錦樹（《烏暗暝》）、黎紫書（《天國之門》），香港的鍾曉陽（《遺恨傳奇》）及黃碧雲（《烈女傳》），都是佳例。而大陸的作家，從殘雪（《蒼老的浮雲》）到蘇童（《菩薩蠻》）、從余華（《古典愛情》）到莫言（《神聊》）再到王安憶（〈天仙配〉），更藉著鬼與怪重新定義了「毛」以後，「不『毛』」敘述的政治之必要，美學之必要。比起這些作家，六〇年代初嶄露頭角的施叔青，反倒真是開風氣之先了。九〇年代後，施反其道而行，筆法愈益貼近寫實主義。她的成績，在「香港三部曲」（《她名叫蝴蝶》、《遍山洋紫荊》、《寂寞雲園》）及新作《微醺彩妝》中都可見一斑。但我仍認為，她作品最引人注意的部分，在於發掘、渲染生活細節中令人見怪不怪的異端及異象。套句張腔，她有意在日常生活找尋「不對」，而且「不對到恐怖」的痕跡[25]。於是我們要問，「鬼」與「異」到底是什麼？是分裂的主體？是被鎮壓的回憶與欲望？是被屏於理性門牆之外的禁忌與瘋狂？還是男性中心防閒女性的託喻？由此她觀察政治、性別，及生產關係異化的種種齟齬。也因為多年經營，她特有的，誼屬異史的世紀末式史觀，已經逐漸浮起。

二、嘆世界

施叔青寫作的第一個十年裡實驗了不少形式。除了誇張怪誕的現代主義式實驗外，她也嘗試像〈擺盪的人〉、〈池魚〉、〈安崎坑〉這類帶有批判意味的寫實篇章。她甚至出版了寄情鄉愁的中篇《牛鈴聲響》（好一個多情的題目！）。這些作品水準參差不齊，卻反映了作家蒐羅形式、題材的悸動不安。七〇年代初施自紐約歸來，寫出〈「完美」的丈夫〉及〈常滿姨的一日〉等作。〈「完美」的丈夫〉對兩性關係及婚姻的嘲弄，〈常滿姨的一口〉對異鄉畸零人的素描，雖各有可觀，但卻難謂出色。〈常滿姨的一日〉似乎頗為施個人偏愛。小說中的常滿姨命運多舛，也練就一套精明勢利的脾氣。她隻身在紐約幫傭，不自覺被一年輕晚輩的身體所吸引。這是張愛玲〈桂花蒸　阿小悲秋〉及白先勇〈玉卿嫂〉的加料紐約版。施不寫留學生小說，轉而專注一個中年女子的性焦慮，可記一功。除此，她對情欲幽微處的掌握，尚欠火候。

我所注意的反倒是施藉〈常〉作所漸漸顯露的異鄉／異國視野。在一個全球資本快速流動的社會裡，人力的輸出早成為商品交易的一環。像常滿姨這樣臺灣下層社會的女性，因緣際會，來到紐約豪宅幫傭，她的遭遇成為臺灣經濟奇蹟的外一章。就在常滿姨自以為得償宿願之際，卻發現她的欲望已經周轉不靈。這個臺灣婦人的幽怨原不足奇，但置諸於紐約那樣一個物欲橫流的都會，卻要讓我們另眼相看。獨在異鄉為異客，常滿姨的悲喜劇成為七〇年代臺灣情欲及經濟主體異化的一個案例。而過了「休假」的「一日」，她又得加入都會周而復始的勞動生產機器中。常滿姨的故事倏然而止，但她所帶出的資本主義經濟殖民風潮，女性旅行與跨國（身體）交易，還有性與商品迷魅的糾纏等問題，將不斷湧現在以香港為背景的故事中。

一九七九年施叔青移居香港。東方之珠的特殊政治歷史位置，排山倒海的消費狂潮，以及五方雜處的各色人等，想來讓她大開眼界。而她廁身商界及藝文界的所見所聞，不啻填充她一向對異聞異事的好奇：她的故事何假他求？香港本身就是亂世的異樣結晶，就是一項德博（de Bord）所謂的「奇觀（spectacle）」[26]。以後十六年，施加入港人所謂「嘆世界」的行列，沉浸於物質世界華麗的探險，又每每抽身旁觀周遭人物的嗔癡怨嘆。結果是一系列名為「香港的故事」的短篇小說，中篇《維多利亞俱樂部》，及長篇「香港三部曲」。

一九八一年夏天，施叔青開始發表以「香港的故事」為題的系列短篇小說。第一篇〈愫細怨〉寫洋場佳麗與市井小商人的一段孽緣，已顯現施對香港風情的獨特看法。她對飲食男女、聲色犬馬有無限的好奇，但在表面的喧嘩悸動下，施叔青看到了寒磣與荒涼。海誓山盟無非是露水姻緣的前奏，一切璀璨光華終只是海市蜃樓。香港的時間是租借來的時間，香港的歷史在於銷解歷史。施筆下的癡男怨女飄盪其間，匆匆聚散；他們以最淫猥狎暱的形式，見證了這塊地方的繁華與宿命。

〈愫細怨〉中的男女主角萍水相逢，卻成就一段孽緣。縱欲還是情挑，自虐還是虐人，正是剪不斷，理還亂。女主角愫細臨了在沙灘徘徊終夜，嘔吐不已，點出施對這一人物（不無距離的）的同情。又如〈窰變〉寫骨董收藏家鎮守古墓也似的家宅，企圖為他的多寶格再添一樣東西——女人。小說中女主角由迷戀到驚醒的過程，不啻是欲仙欲死，再死裡逃生的好戲。這是一個改良式的吸血鬼的故事。戀物、異化、死亡的主題到了〈尋〉更上層樓。不能生育的貴婦人上下求索，搜尋、認養一個「完美」的孤女。她的計畫終歸失敗。施淡淡數筆，嘲諷香港上流社會交易愛情之餘，更交易親情的怪現狀。隱藏其下的不只是她對偽善的道德批判，也是對經濟／及即倫理的深刻反思。

施的〈票房〉與〈情探〉寫一群旅港上海佬間的往還，各有突出之處。〈票房〉裡絲竹起落間，男男女女逢場作戲、勾心鬥角的能耐才真正令人側目。而〈情探〉（顯然典出川劇《王魁負桂英》）寫兩個風流女人爭風吃醋，最終無非證明情愛遊戲疲憊與慘然。另外〈冤〉異軍突起，寫一個過氣小明星為夫誤診而死四處申冤的行徑。這原是資本主義「魚肉」小民的上好題材，卻被施寫成了一個充滿妄想、譫語、怪異行為的精神病案例。女性在這樣一個人吃人的叢林裡，受委屈而心智喪失；瘋狂是最後的控訴。然而施叔青究竟是關心這位女子的命運，還是她的命運所展現的恐怖奇觀，必須要讓我們三思。

「香港的故事」壓卷之作是〈黃昏星〉。這篇小說有著施叔青拿手的畸情架構，場景卻換到了北京。在九七大限的煙幕下，我們美人遲暮的女英雄也得一路北上，找尋她的北京之春。香港女鬼需要北京畫家「鮮色的血，注入她熟透了的、疲倦的內裡」。「從來她的新生必須經過男人來完成」。這場戀愛，談得曖昧。然而激情終究不能湊成兩者的苟合。「一夜遊」式的邂逅換了場景，只會變得生澀難堪。做為一個愛情故事而言，〈黃昏星〉其實已嫌濫情，但在「香港的故事」系列裡，該作促使我們視其為一寓言，並摩挲其下的歷史及政治動機。〈黃昏星〉以男女情欲的勾搭始，卻引出意識形態層次的取予糾纏，最是耐人尋味。

施此一階段最重要的作品是中篇《維多利亞俱樂部》。此作原應是施彼時構思中的「香港三部曲」一部分，卻得以自成篇章，而且極其可觀。

小說始於一九八一年二月十一日，香港的維多利亞會所爆出經理威爾遜與採購主任徐槐串謀受賄的醜聞。這一天，會所雇用才八個月的職員岑灼向廉政公署舉報兩位頂頭上司的罪行，從而掀起了連串偵查行動。維多利亞會所是香港招牌最老、入會要求最嚴的俱樂部。它是英帝國殖民勢力在港落地生根的首要象徵，也是高級華人上邀榮寵的晉升之階。然而經過近百年的輝煌歲月，會所再難遮掩自內而生的腐蝕。貪污醜聞的發生，使「這座殖民地身分象徵的會所，名譽毀於一旦」。

小說以會所採購主任徐槐為中心，縷述他被檢舉、偵查、抄家的遭遇，奔走尋求自救的經過，終以法院聆判達到最高潮。但徐槐的官非只是施叔青小說的引線而已。藉著這個上海佬的浮沉顛仆，她要一窺維多利亞會所的發達記與齷齪史，也要為出入其間的華洋男女，理出一段段驕人或羞人的譜系。在此之外，施更順著徐槐四通八達的人際關係，白描香港的眾生百相。幾番繁華起落，無盡徵逐騷動，東方之珠一頁頁的殖民史，於焉來到眼前。一九八一年二月十一日不只是徐槐，也是整個香港，命定的不祥時日。同在這一天，英國國會以迅雷不及掩耳的手法修改國籍法，剝奪香港人移居英國居留的權利。九七凶兆，初露端倪。徐槐垮臺的那一日，也正是香港歷史陸沉的開始。

細心的讀者，可以在這篇小說中，找到前此「香港的故事」諸多人物情景的翻版，但這回他們有了足夠盤桓接觸的空間，因形成了極繁複的社會網絡。從殖民地官員到舞廳撈女，從過氣革命學生到商場買辦，從猶太裔難民到摩登訟師，施的人物熙來攘往，要在香港這彈丸之地上，出人頭地。他們既相吸又相斥，嗔癡喜怒的關係宛如走馬燈般轉換，在在令人炫目。行有餘力，施叔青更大肆鋪張她（與她的人物）對物質世界的貪戀。錢納利的中國貿易風名畫，GALE的玻璃藝品，皮爾卡登亞曼尼迪奧登喜路；三天三夜燉出的佛跳牆，四萬港幣一席的乳鴿舌大賽，白蘭地酒拌魚翅……是了，這是「施叔青的」香港：吃盡穿絕的香港，上下交征利的香港，人欲與物欲合流的香港。

一個半世紀以前，巴爾札克以近百部的小說，串聯出《人間喜劇》。巴黎是巴爾札克世界的中心，在其中冒險家與淘金客，貴族仕紳與風流男女，相生相剋，共同組成了一個充滿金錢、權力，與機緣的曠世都會奇觀。各部小說中的角色情節盤根錯節、互為主配、息息相關。整個《人間喜劇》的結構或正如巴黎本身的社會與建築結構，複雜萬端，牽一髮而動全身。而填充這些結構的，是巴黎市民或過客永不止息的公私活動。藉此巴爾札克呈現了資本主義興起時分，一個都市的欲望與憧憬，生機與殺機，洋洋大觀，不愧為古典寫實主義的奠基之作。

比起巴爾札克的成就，施叔青當然遠有未逮。但就《維多利亞俱樂部》以及以後的「香港三部曲」，施所經營的架構視景，倒頗有幾分雖不能至，心嚮往之的意味。她的香港崛起於亂世，幾經風雨，竟成為東方的花都，集蠱惑與奢靡、機運與風險於一身。這裡的人事升沉快過金錢流轉；權力的遞嬗有似江湖幻術。唯一不變的，是殖民者無所不在的宰控機制。《維多利亞俱樂部》中的徐槐當年逃避共黨，攜母倉皇來港，三十年間，居然家成業就。然則好夢由來最易醒，貪污的官司終要把他送回一無所有的境地。

《維多利亞俱樂部》以徐槐為中心人物，是一妙著。徐身膺「採購」主任，微妙的點出他在小說中的歷史地位。採購是徐的職業，更是他的娛樂與本能。在金錢與貨物轉手之間，徐槐伺機而動，攫取額外利益。他對商品及商業交易有幾近美學般的愛好，擴及其他，他與上司、情婦及家人的關係，也只能以無盡的物欲徵逐來定義。而徐槐任職的維多利亞會所本身，又何嘗不是一殖民者採購、消費「東方」的貿易殿堂？徐槐三十年前由滬赴港，從無到有，本身就是商業機會主義的見證。從當年用哆嗦的手買下第一條名牌領帶起，他已經成為香港這個「大商場」最虔誠的供養者與代言人之一。但採購主任停職不到一月，「徐槐已經跟不上形式了……那種往日與物連在一起，人在貨品中遊走，伸手隨便可觸摸、變成物的一部分的歸屬感沒有了。」徐槐的墮落，不是道德的墮落，而是生存本能的墮落[27]。

儘管徐槐長袖善舞，他舞不出殖民地執掌經濟者的手心。徐的頂頭上司威爾遜與徐狼狽為奸，但總能隱身幕後，坐收漁利。這個出身不高的英國人從來不把徐放在眼裡，卻絕不拒絕他的供奉。合在一塊兒，威爾遜與徐槐成為殖民地經濟關係的縮影：老闆與買辦、主人與僕從，互相識視算計，卻又不能須臾稍離。然而大難來時，殖民者到底棋高一著；威爾遜越洋供出徐的一切，以取得自身罪狀的豁免權。徐槐再精打細算，到底不能衝出歷史環境深植於他周遭的瓶頸。他的慘敗，不始自今朝，而是在香港割讓給英國時就注定了。

徐槐這樣的人物，寫來不容易討好。施叔青卻能以相當的耐心，敘述他的少懷大志，他的叵測機心，還有他的虛浮情欲。她寫徐槐早年因不名一文而遭女友遺棄，日後久別重逢，他一身名牌披掛，向其示驕；嘲弄之餘，實有無限悲憫。小說後半，施一再以「抄家」一詞指涉徐遭搜查的厄運，無疑沿用了《紅樓夢》的筆法。大難來時各自奔逃的窘困，繁華散盡後的荒涼寥落，縈繞整本小說。

在「香港的故事」中，施叔青最動人的角色多是女性。可怪的是，《維多利亞俱樂部》中最弱的一環，卻是女性。與徐槐萍水相逢，即掉入情欲的泥沼而不能自拔的馬安珍，是脫胎於〈情探〉、〈一夜遊〉、〈愫細怨〉等作的正宗「女鬼」型角色。馬年逾摽梅卻名花無主，在張皇中成了徐槐的情婦，任由後者眷養消受。她一次又一次的要擺脫這地下情，卻一次又一次的讓徐槐勾去她的三魂六魄。這段孽緣直到徐出事受審才算告一段落。只是馬真能重新為人麼？這類角色，施叔青寫來應駕輕就熟的，但在《維》書中，我們看不出任何精采之處。倒是施寫徐槐的初戀情人涂玉珍，從當年的志比天高，到與徐再相會的悔不當初，再到之後力圖重收覆水，以迄徐案發後的自我解嘲，閒閒數筆，每有可觀。《維多利亞俱樂部》要描寫香港極頹廢、極豔熟的感官世界，但少了要命的或不要命的女人，自是失色不少。

「眼看他起朱樓，眼看他宴賓客，眼看他樓塌了」，維多利亞會所的一頁興亡史，儼然是殖民地大觀園由絢爛到消解的一則寓言。施叔青由小處著手，卻擅於堆砌雕琢、踵事增華。她所形成的縟麗繁複的寫實風格，在晚近一味追逐後設、遊戲的小說潮中，反屬彌足珍貴。施以寫臺灣的故鄉鹿港起家，反以寫僑居的香港，攀上她創作的一個新的高峰。在這方面，她有前例可循：巴爾札克的故鄉不是巴黎，卻終以「小說巴黎」的代言人傳世。

三、「香港，我的香港」

「香港三部曲」是施叔青創作生涯的高潮，這（三）部小說也代表她與東方之珠一段情緣的總結。施綜觀香港開埠百年的歷史，並選擇了一個妓女做為鋪陳的焦點。暗潮洶湧的歷史際會，頹靡幽麗的情欲探險，殺機處處的天災人禍，交織施筆下的香江殖民史。

小說第一部《她名叫蝴蝶》以妓女黃得雲自一八九二到一九九六的四年間，在香港的淫情豔跡為主線。黃十三歲被人口販子自故鄉東莞綁架至港，幾經調教，竟出落成傾倒眾生的豔妓。她妖嬈多姿、煙視媚行，不但吸引華人，更吸引洋人。黃與潔淨局的代理幫辦史密斯的一段混世孽緣，是全書前半的重頭戲。循此施叔青又穿插了各色人物：殖民官員、基督教士、單幫商販、通譯買辦、地方仕紳、鴇母恩客、江湖戲子等，不一而足。他們因緣際會，共聚在香港這個規模初具的殖民小島上。他們何嘗預見，一切的恩怨苟且、愛恨纏綿，竟要造就下一世紀東方之珠的耀眼光芒？

海峽兩岸的歷史大河小說，動輒上下三代家譜，外加孤臣孽子、烽火兒女，務求涕淚飄零而後已。施叔青反其道而行，以一個沒有家的妓女做為一段家史的開端，以一個墮落的荒島做為一場世紀盛會的舞臺。她似乎暗示，殖民地的「歷史」，恰似過眼雲煙，也只能以虛構形式托出：香港**就是**傳奇。施本人「客居」香港的身分，更為這一連串的弔詭命題，增添一註腳。

施這一以小搏大、從庸俗反史傳的用意，其實前有來者。張愛玲當年的〈傾城之戀〉，寫的正是二次大戰期間，一對男女落難香港而生的情緣。香港的傾圮或光彩，無非只成為怨女癡男的催情劑。同樣的，施筆下的妓女黃得雲何德何能，竟讓她的異國孽緣與香港開埠以來最大的瘟疫，共相始終。香港不過是歷史洪流中的渡口，管他悲歡離合、劫毀救贖，都將隨波而來，逐波而去。張愛玲的史觀，尖誚蒼涼。比較起來，施叔青的傾城之戀式故事，畢竟多了一份悲憫。黃得雲的苦苦追求而一無所獲，寫來是要讓讀者為之嘆息的。

女性主義者以及當令的後殖民主義者，大可就著施叔青創作立場，多作文章[28]。施將妓女的命運與殖民地的興衰等而觀之，政治喻意已呼之欲出。但究竟她是為女性鳴不平，或是再度剝削女性身體的意涵？究竟她寫出了殖民與被殖民者間的怨懟與糾纏，還是她只虛張異國情調，因之墮入雙重「東方主義」的彀中？這些問題值得我們細細推敲。

對此我願從不同角度，再進一言。我曾於另文（〈世紀末的中文小說〉，見《小說中國》）提出當代小說的「新狎邪體」是九〇年代文學的一大特色。作家上承一世紀前狎邪小說風格，寫情場如歡場，而其對浮華世界的好奇，對歷史嬗變的喟嘆，則有過之而無不及。情天欲海的無盡徵逐，可以看作是淫猥頹靡的末世奇觀，也可以看作是反抗絕望的最後姿態。在這一面，作家都是晚清小說如《海上花》、《九尾龜》等自覺或不自覺的繼承者。而施的成績，應可與臺灣的朱天文（《世紀末的華麗》）、李昂（《迷園》）、大陸的賈平凹（《廢都》），相互較量[29]。

在《她名叫蝴蝶》最後，黃苦苦相戀的英人史密斯棄她而去，她曾一見傾心的伶人姜俠魂也早已不見蹤影。這個煙花女子將何去何從？《遍山洋紫荊》正是由此開始。被情人史密斯拋棄的黃得雲碰上了新的冤家屈亞炳。屈是史密斯的華人聽差，在《她名叫蝴蝶》中還是個小角色。黃得雲山窮水盡時，屈奉主子之命來「資遣」黃，卻竟然墜入了她的脂粉陣中。小說頭章〈妳讓我失身於妳〉有個絕妙的標題，講的正是三十歲的童男子屈亞炳，如何成為黃入幕之賓的過程。

比起《蝴蝶》，施叔青的歷史視野顯然開闊得多。儘管黃得雲的事蹟仍貫串全書，她卻不再是我們注目的焦點。西元一八九七年維多利亞女皇登基六十載，大英帝國的版圖橫跨亞歐四洲。與此同時，隨著馬關條約的簽訂，英國殖民霸權更藉機延伸香港界址至九龍半島新界地區。香港（一九）九七之限，由此肇始。而在此殖民藍圖中，最重要的一筆是九廣鐵路的興建：一條自九龍經中國，銜接西伯利亞、中西歐、直通倫敦的超級跨國動脈。

施記錄這段歷史，並不避諱英人的奸狡，但也未將華人抗爭寫成民族血淚史詩。這裡遊走中英雙方，上下其手的人物是屈亞炳。如前所述，屈在殖民者的帳下行走，是日後洋場掮客買辦的前身。小說中新界的失去，屈難逃關係，而屈家又是新界的大家族。施叔青處理這個人物，顯然費了工夫。屈的無義寡情，不在話下，但他有他的弱點。家族中的庶出身分，過分自卑與自尊心結，不斷啃齧他的靈魂；其極致處，他出賣了族人及家鄉，也成為自己欲望的犧牲——他得了不可救藥的陽痿。

施如此寫殖民世界裡的性與政治，已具有教科書意義，難怪性別主義及後殖民主義學者個個摩拳擦掌，都藉機一顯身手。我卻以為做為《遍山洋紫荊》的樞紐，黃得雲寫得並不出色。黃自遇屈亞炳後，一心從良。施叔青也刻意以「平淡無奇的文字」，來敘述黃的尋常百姓生活。從穠豔到質樸，施原是要以修辭風格的改換，凸顯黃由絢爛到平凡的過程。但施忽略黃得雲的大起大落原本就不平凡；就算她不操花柳生涯了，她的境遇依舊離奇。小說後半部寫黃輾轉受雇當鋪，開始成為商界強人，是要讓人人側目的。施力作謙抑的文辭，反而顯得矯情。

小說的其他人物方面，亞當．史密斯的完全墮落，延續了前一部的暗示，令人無奈卻不意外。這個憂鬱的殖民者很有康拉德（Conrad）小說人物的影子，發揮之處卻不多。神祕的姜俠魂數次現身，夾以繪影繪聲的傳說，是神來之筆。特別要一提的是率兵攻占新界的懷特上校。這又是一個殖民世界中性格扭曲的人物典型，剛愎顢頇、自欺卻又自虐。施叔青藉懷特妻子的逐漸瘋狂，來照映殖民者揮之不去的夢魘與陰影，聲東擊西，可記一功。

整體而言《遍山洋紫荊》的布局完整，意圖深遠，寫得稍嫌粗枝大葉。做為三部曲的中段出現，此書成績不能超過第一部。平鋪直述的筆法使一些原該頗有看頭的段落，顯得平平。而施叔青不擅處理戰爭及群眾場面的弱點，也因此凸顯。有讀者或要抱怨黃得雲經商買賣土地，似與書中香港歷史、政治部分漸行漸遠。這點倒不用擔心，因為在完結篇《寂寞雲園》中她自有交代。

《寂寞雲園》延續了《她名叫蝴蝶》及《遍山洋紫荊》的線索，處理名妓黃得雲下半生的遭遇，以及相隨而來的香江風雲。如施叔青篇首自述，由於《蝴蝶》及《洋紫荊》刻意求工，以致情節進程緩慢。如何在最後一部曲中，加快腳步綜述本世紀香港崛起、以迄回歸前夕的種種波折，成為她「創作生涯中最大的挑戰」。以《雲園》的架構來看，施的確是煞費心思。她將背景定在七〇年代末，創造了兩個新人物，黃得雲的曾孫女蝶娘及新近客居香港的敘事者「我」，由她們回溯、接駁五個中篇章節，倒述黃家的恩怨情仇。

這樣前後穿插的安排使施叔青擺脫前此的直線性敘事方法，因此能重點包括多數歷史標記事件。有心讀者或要覺得勉強，但施畢竟以「彈指神功」解決了她「寫不完」香港史的基本問題，事實上，跳躍多端的敘述法暗暗輝映了權屬「現代」的時間觀念，與香港的發展若合符節——而施是否意識到這一層次的巧合呢？可以肯定的則是她在情節人物處理上，下了大工夫。黃蝶娘淫逸妖嬈，不啻是她曾祖母的化身；黃得雲暮年與英籍銀行大亨之戀，又好像重演她與亞當．史密斯的情史。甚至黃蝶娘勾引的中產階級買辦，或黃得雲的古怪侍女，都可找到早年的對應，更不提那無所不在的姜俠魂。

藉著翻版的情景、對位式的人物，施叔青必有意使三部曲前後呼應，連成一氣。我倒以為她技巧上的參差對照，更可帶出一種徒然的歷史感喟。黃得雲以娼門起、以姘居終，其間〈連環套〉似的遭遇讓我們想起張愛玲的賽姆生夫人。所不同的，黃因緣際會，從無到有，成就了偌大家業。然而驀然回首，她畢竟有太多名實不副的遺憾。當她的財產利上滾利，重複增值時，她的愛情及家族關係卻在因循已然的模式，成為一種永劫回歸式的空洞追求。黃得雲自己的遭遇不說，她的子孫也一再重蹈覆轍。至於黃蝶娘，饒是她有多大床上功夫，並不能真正興風作浪，只靠串演曾祖母的往事自娛娛人罷了。

施叔青因此有意無意間洩漏了她看待香港的（高）姿態。《雲園》中真正的主角是那個第一人稱的作家「我」。黃蝶娘其實是她的煙幕，好讓她合法合理的在黃家家史中登堂入室，最終闖進黃得雲的心扉。這位作家有可能是施叔青現身說法，但也有可能是你是我，自行想出寫出香港情事。已經移民的香港作家也斯不是說過，「香港的故事？每個人都在說，說一個不同的故事。到頭來我們唯一可以肯定的，是那些不同的故事，不一定告訴我們關於香港的事，而是告訴了我們那個說故事的人，告訴了我們他站在什麼位置說話。」[30]

從女性主義到後殖民論述，靠著施叔青的香港故事說故事的評論已經不少。《雲園》應該又是一本絕妙素材，寫香港殖民經濟的轉型尤可細讀。就施自己的創作歷程來看，她最拿手的部分，還是人鬼同途的怪誕故事。幽幽雲園內，遇邪整蠱、傷逝戀屍的怪事層出不窮。這座與滙豐銀行同時起建的新廈，落成即如古堡；而它最繁華的日子，恰是它大崩潰的前夕。雲園裡人人怔忡不寧，他（她）們的情欲總是橫遭壓抑。最受矚目的，當然是黃得雲與小她好幾歲的滙豐總裁西恩・修洛的「傾城之戀」。西恩是迷戀東方主義的典型，面對心愛的蝴蝶，卻是有心無力。幾場有情無色的挑逗，施寫得幽怨淒迷。但我最欣賞的還是黃憑姿色引來西恩與兒子黃理查共商投資大計等情節。黃的情欲與物欲相濡以沫，被殖民者誘得殖民者朋比為「姦」，這才是她出人頭地的地方。

像「香港三部曲」這樣好看又好談論的小說，書市已不多見。但閱罷全書我仍不禁自問，從妓女史到殖民史，從異國情緣到世代恩怨，這本作品該有的都有了，何以卻還讓我覺得意猶未盡？何以就算情理之外的安排，也好像盡在「意料之中」？小說有不少可圈可點的地方，但我以為施受制於「三部曲」這類想像架構，或更進一步，使這類架構成為可能的歷史論述方式。九七大限成為這些年香港溯源憶往的地點與終點，種種政論學說共同形成一套起承轉合的敘述邏輯。付諸小說，「三部曲」的寫法恰可為例：小說結束也是香港的結束。但香港史就這樣寫完了麼？黃得雲家族的百年興衰還有太多始料未及，也可能後見不明的「插曲」值得細述。施的《維多利亞俱樂部》已為此開了先例。或許度過九七、告別「三部曲」的大限，施鬆口氣後可以再接再厲。套句張腔，「她的」香港故事應該還沒寫完，也完不了。

四、「碎碎吧，一切的一切。」

《微醺彩妝》是施叔青重回臺灣後第一本長篇小說。儘管施旅居多年的香港與臺灣只有一水之隔，而且她對家鄉的一切常保關懷，但由過客變為歸人，想來仍然感觸良多。八〇年代以來，臺灣歷經政治、經濟大盤整，從而牽動人文、社群關係的急遽轉換。施叔青就算見多識廣，恐怕也要眼花撩亂。香港殖民時期那樣精益求精的消費文化、綿密細膩的政治機器，與臺灣粗糙卻生猛的種種現象相比，竟有絕大不同。

這回施叔青選擇的切入點是九〇年代末期，盛行臺灣的紅酒風潮。臺灣過去在菸酒公賣制度的壟斷下，洋菸洋酒理論上原只能聊備一格。然而奇貨可居，洋菸洋酒一直是高級消費文化的重要表徵。而隨著臺灣經濟發展，以及關貿稅制的開放改訂，洋菸洋酒早已「飛入尋常百姓家」了。風水輪流轉，早期被奉若絕品的白蘭地、威士忌有了新的勁敵；紅酒白酒一夕而起，成為消費者的新寵。這一切到底是怎麼發生的？是跨國資本主義的又一勝利，還是新臺灣人飲食花樣的精益求精？葡萄酒是商品拜物教的又一圖騰，還是飲食男女欲望流動的興奮劑？施叔青一本她上下求索的寫實技巧，為我們敘述了一則世紀末臺灣酒話——及神話。

小說以報社記者兼品酒家呂之翔的鼻子開始：他的嗅覺出了問題，倉皇求醫。呂對洋酒原一無所知，一次在富商王宏文的品酒會上開了洋葷，從此矢志學習，居然小有所成。他的嗅覺一旦有異，不啻斷了前途，難怪惴惴不安。圍繞呂之翔的一群人物，各自發展出情節副線：下臺外交官威靈頓．唐（唐仁）與南部酒商洪久昌炒作臺灣紅酒市場；呂與投機客邱朝川也伺機蠢蠢欲動；富商王宏文藉酒大玩政治登龍術；呂的醫生楊傳梓與妻子吳貞女琴瑟失調，沉迷杯中物；還有呂與葉香、小王、莉塔．羅等商場及歡場女子的情緣。藉著酒色財氣他們形成了生命共同體，較之於天主教的聖飲聖餐儀式（communion），這無疑是最大嘲諷。

這些人物、情境，坦白說，並不十分新鮮。但施叔青不愧是箇中老手，穿插編排，仍然頗有看頭。呂之翔讓我們想起了《維多利亞俱樂部》的徐槐；他出身平平，卻總有夤緣而上的虛榮與決心，也在這一過程中為其腐化。他的起落，是標準資本社會的道德故事。小說的後半部屢將呂之翔與希臘神話酒神戴奧尼修斯作對比。做為後現代臺灣酒神，像呂這樣的人物運用媒體大灌迷湯，引得全民如醉如癡。但正與希臘神話暗相呼應，呂的狂縱必以自己的身體為最後祭壇。另外值得注意的是唐仁。唐原求在外交界一展抱負，但當臺灣的外交伙伴日益龜縮之際，他再無英雄用武之地。這位老家湖南的外交官居然與出身高雄鹽埕紅燈區的洪久昌搭上了線；他們一洋一土，共謀大計，由此帶出小說高潮。九〇年代末進口臺灣的紅酒千千百百，民眾莫衷一是。唐、洪偵得臺灣菸酒公賣局玫瑰紅酒產銷不均，於是買定正牌法國酒廠「仿造」口味趨近臺灣產品的次貨，進口銷售。這以洋侍土，以真為假的鬧劇，居然落得皆大歡喜。反正黃湯下肚，誰又管得了許多？

酒在中西文化傳統中一向占有重要位置。在先民的經驗中與祭祀、巫卜、醫藥關係匪淺，更不論助興遣懷的功能。「古來聖賢皆寂寞，唯有飲者留其名」。酒文化涵泳的意義深厚，千百年如斯，但藉酒誇示豪奢，也其來有自。唐朝的單天粹聚眾狂飲，無醉不歸，時人稱為「觥籌獄」。施叔青緊緊掌握這一理解，引經據典，堆砌材料，據以觀察臺灣的紅酒嘉年華。她提到民國十年出版的《臺灣風俗誌》，日本學者片岡嚴把臺灣人不嗜酒列入善良風俗篇。但到了世紀末，臺灣進口紅酒量總數超過三千萬瓶。流動的酒精液體，亢奮的消費激情，一種新的風俗已經形成，一則新的「神話」已在醞釀——正如羅蘭．巴特（Roland Barthes）對歐洲葡萄酒的「神話」（意識形態）意義所描述的一般。巴特有言，從強身到解頤，葡萄酒「做為現實與夢境的託辭，運用之妙，端看飲者如何看待此一神話」。不僅此也，「相信紅酒是一種強制性集體行為」[31]。當王宏文蒐集紅酒至尊，好帶進國民黨十五全大會拍賣；當連戰持紅酒敬客拉票，紅酒成了欽命正統的瓊漿玉液。

呂之翔的品酒專業繫於他的嗅覺；但嗅覺不只是他的感官本能，也是他的職業稟賦，因此帶有形上意義。當他的鼻子不靈了，呂所恐懼的與其說是難嚐好酒，不如說是失去因此發酵的政商人脈錢脈。但施叔青更進一步，將嗅覺與記憶相連，陡然帶出小說的歷史關懷。小說之初呂之翔氣急敗壞的要聞出周遭的雜陳五味，聞出生長軌跡的酸甜苦辣，然而他的努力盡屬徒然。呂周圍的人物也藉味道建立他（她）們的過去與現在。楊傳梓醫生眷村不快樂的歲月，莉塔．羅迪化街家中的往事，唐仁與小女友的花店邂逅，都隨著酒精、香水、花朵的氤氳散漫開來。事物的味道浮動著，記憶的味道隨之而來；普魯斯特《追憶似水年華》式的筆觸，真是歷久彌新。呂之翔生理的障礙，成為他作「人」失敗的開端。果不其然，隨著小說發展，他的味覺、視覺一一開始毀敗。

施叔青處理筆下人物的嗅覺經驗，讓我們想到朱天心的短篇傑作〈匈牙利之水〉。朱同樣的也藉嗅覺與聽覺意象，啟動她的角色進入歷史迷宮的契機。時移事往，所有的湮沒記憶、似水年華只能偶然隨暗香流淌，舊曲播散。這不請自來的聲嗅魅影，讓朱（及她的角色）沉醉卻也焦慮不已。施的小說缺乏朱那樣辯證兼抒情的細膩層次。相對的，她一本自然主義精神，要看看我們的社會在半醉半醒之間，如何捏造現實、偽裝記憶的把戲。她筆下所有的人物寄情酒色，卻空無所得，種種怨懟矯情的姿態由此而起。

呂之翔在喪失嗅覺後，依然四處遊走，演出品酒專家的好戲。他的本事原就可能是裝模作樣，現在更虛假得緊。但做為紅酒神話的傳布者，他推銷的不只是酒精，更是酒經。「專家」的教誨於是有了祕教意義，但渡有緣，也有錢，之人。另一方面唐仁與洪久昌狼狽為奸，從法國訂做、進口「純正」臺灣口味的紅酒，打著紅旗反紅旗，簡直就是晚清黑幕小說情節的翻版。但歷史並不倒流。在後現代的風潮中，假的「就是」真的，布希亞喃喃的告訴我們[32]。君不見桃麗複製羊已經成功，香奈兒的贗品珠寶貨假價實，賣得比真品還貴。本書書名《微醺彩妝》指的是雅詩蘭黛的新化妝術，「輕掃腮紅，裝出微醉的化妝術」。正是酒不醉人人自醉，色不迷人人自迷。

馬克思當年批判資本主義社會金錢的異化效應，指出生產關係的紐帶裡出現了剩餘價值，金錢以其象徵意義凌駕物質交換的自然關係。資本像鬼魅一樣的流竄，創造出愈來愈失真的生活、勞動與消費結構。而施叔青暗示在後現代的臺灣，這一鬼魅不只託身於經濟制度，更無孔不入，滲透其他上下層建築。再用巴特的話說，做為一種新的拜物幽靈，紅酒「成為社會的一部分，不只因為它提供了道德基礎，也因為它提供了一種環境的底色——為日常生活最微不足道的應對儀式，裝點門面」[33]。

我們也可再思深藏小說中的文化殖民批判。紅酒的暢銷固然是「西方」主義的又一強勢輸出品，但當臺灣的飲用者配之以蒜泥白肉、醬爆雞丁時，他們雖然自暴其粗俗無文，卻也攪和了紅酒文化的精純度。唐仁與洪久昌合謀炮製臺灣配方的原裝法國產品，誰是誰非，更是不知伊於胡底。「香港三部曲」中繁複的殖民主義辯證，在《微》書中以酒的隱喻持續推展。洪米・峇峇（Homi Bhabha）早已注意被殖民者沐猴而冠的「謔仿」（mimicry）往往瓦解了殖民者在屬地複製本尊的能力。人類學家陶西格（Michael Taussig）也提及第三世界對第一世界文化事物的模仿，每多造成畫虎不成的謬誤。但正因此謬誤，反而暴露了第一世界自我異化的潛在威脅，以及第三世界由模仿「借力使力」的動機。誰是被模仿者，因此混淆不清。更重要的，在此一「模仿過度」（mimetic excess）的過程裡，被釋放出的不只是文明與權力的機制，更是一種始原的，有樣學樣的魔力。[34]

而從更大格局來看，紅酒大舉入臺，並且可以憑客人口味訂做複製，更凸顯世界末跨國貿易／文化的生存鎖鍊，息息相關。第一與第三世界的交投日益緊湊，班雅明（Benjamin）對現代主義映像機械複製化的觀察，仍可做為我們的依據。紅酒既然一向在西方有其神話淵源；我們要問它渡海來臺時，是否也移植其特有的「靈光」（aura，或是在此應為aroma），傾倒可「嗅」而不可即的平民大眾？[35]曾幾何時，紅酒平價化，量販化了，但它所具有的靈光不但不必消失，反而成為象徵資本、促銷法寶。不僅此也，有關紅酒的偏方（紅酒泡洋蔥！）傳說（喝酒可以喝出健康！）應運而生，自成一格。恍惚之間，紅酒迷思魅象滿溢潑灑，形成一種誘惑的奇觀。這是由神話再生的神話；還是由神話墮落而成的鬼話？與此同時，施又施展她一向擅長的古典民俗怪譚。中邪降蠱驅魔收驚；鼻上長出「棺菇」的腐屍；遊走陰陽之間的怨婦……施的世界不倫不類，人人氣體虛浮。她立志寫本暴露寫實小說，但後現代的超現實（hyper-reality）幽靈早已不請自來。

大陸的莫言早在一九九二年寫出了《酒國》，《微醺彩妝》勢必要被引來做為比較。莫言的小說藉虛構的酒國寫盡共和國禁欲數十年後，改革開放、吃喝拉撒的奇觀。嘉年華式的肉體衝動，一朝解禁，真是一發不可收拾[36]。相形之下，施叔青處理欲望的方式，似乎素樸得多。但我要說《微》書的人物間合縱連橫，暗潮洶湧；施對世紀末臺灣人及歷史的處境及感喟，自有深沉曲折之處。《酒國》的高潮裡，主角醉醺醺的跌入糞坑，一命嗚呼。《微》書並沒有真正的結局。呂之翔四處遊蕩，來到日據時代華山酒廠的舊址。「他腦力枯竭，記憶像流砂般消失……一切失去真實感，一切變得極為遙遠，無從觸摸，像做一場醒不過來的夢似的。」此時華山酒場已被提議改為前衛藝術工作的空間。一束幽光穿過廢墟，眼前正敷演著《酒神的黃昏》。臺灣的戴奧尼修斯騷動起來，「感覺到從自己抽離出來，看到自己加入女祭司們的行列，先是舒手探足，最後也狂奔起來。」呂之翔將奔向何處？

「荒蕪就是下一次繁榮的起點。」施叔青藉他人之口這樣的省思著。而荒蕪也可能是一切潰敗與寂滅的起點。眼耳鼻舌身意，色聲香味觸法，盡皆如空。「呵，碎碎吧，一切的一切。」小說在此倏然而結。世紀末的臺灣剛經歷了一場空前地震浩劫。我們視為當然的盛世繁華，也驟然間裂縫處處。施叔青本世紀的最後一部作品在此時推出，沉思臺灣文化的何去何從，竟顯得像巧合一般。「碎碎吧，一切的一切。」半個多世紀前那場地震後，一個鹿港女孩豁然認識了她的家鄉。在另一場地震後，女作家要如何再賦予她的家鄉一個新的意義？

---

1 戴天〈九曲橋感受〉，收於施叔青《愫細怨》（臺北：洪範，一九八四），頁二二六。

2 施叔青〈那些不毛的日子〉，《拾掇那些日子》（臺北：志文，一九七〇），頁九。

3 施叔青〈壁虎〉，《那些不毛的日子》（臺北：洪範，一九八八），頁六。

4 白先勇《約伯的末裔》序（臺北：仙人掌，一九六九），頁四。

5 施叔青〈那些不毛的日子〉，頁一九四—九五。

6 除前述白先勇專論外，亦見李今〈在生命和意識的張力中〉，《文學評論》（一九九四年四期），頁六一—六八；張小虹〈祖母臉上的大蝙蝠〉，楊澤編《從四〇年代到九〇年代》（臺北：時報，一九九四），頁九三—一〇〇。

7 施淑〈論施叔青早期小說的禁錮與顛覆意識〉，《施叔青集》（臺北：前衛，一九九三），頁二七一—八七。

8 同上，頁二八六。

9 Wolfgang Kayser, *The Grotesque in Art and Literature*, trans. Ulrich Weisstein (Bloomington: Indiana University Press, 1963),

pp. 33, 53.

10 王德威〈女作家的現代鬼話〉，《眾聲喧嘩》（臺北：遠流，一九八八），頁二二三—二八。

11 Sigmund Freud, "The Uncanny," *The Standard Edition of the Complete Psychological Works of Sigmund Freud* (London: Hogarth Press, 1955), 17:217-52.

12 Rae Beth Gordon, *Ornament, Fantasy, and Dsire in Nineteenth-Century French Literature* (Princeton: Princeton University Press, 1992).

13 Mikhail Bakhtin, *Dialogical Imagination,* trans. Helene Iswolsky (Cambridge: MIT Press, 1968).

14 Michel Foucault, "Teatrun Philosophicum," *Language, Counter Memory, Power,* trans. Donald Bouchard and Sherry Simon (Ithaca: Cornell University Press, 1981), p.70，德勒茲對敘事行動形成鬼魅鎖鍊的討論，見*Logique du sens,* guoted from *J.* Hillis. Miller, *Fiction and Repetition* (Cambridge, MA: Harvard University Press, 1982) , p. 4。

15 Baudrillard的相似論述，散見多部著作中，見如Jean Baudrillard, *Simulations* (New York, Semiotext (e), 1983)。

16 Jacqes Derrida, *Specters of Marx* (New York: Routleedge, 1994)。對德希達的批評，見*Ghostly Demarcations,* ed. Michael Sprinker (London, Verso, 1999)。

17 T.A. Hsia, "Aspects of the Power of Darkness in Lu Hsun," *The Power of Darkness* (Seattle: University of Washington Press, 1968), pp. 146-62.

18 施叔青《情探》序（臺北：洪範，一九八六），頁七。

19 同註10。

20 見註7，頁二八三。

21 見註4。

22 語出明．馮夢龍話本小說〈楊思溫燕山逢故人〉。

23 蒲松齡〈聊齋自志〉，《聊齋誌異》（臺北：中華，一九六二），頁四。

24 施淑〈嘆世界〉，《愫細怨》序，頁一—九。

25 張愛玲〈自己的文章〉，《張愛玲全集》（臺北：皇冠，一九九五），頁一九。

26 Guy Debord, *Society of the Spectacle* (Detroit: Black and Red Press, 1970).

27 亦見如郭士行〈屬性建構的書寫與政治隱喻——解讀《維多利亞俱樂部》〉，《中外文學》（一九九六年十一月），頁五六—七一。

28 廖炳惠〈從蝴蝶到洋紫荊：管窺施叔青的《香港三部曲》之一、二〉，會議論文。南方朔〈近代第一部後殖民小說：《遍山洋紫荊》〉，《聯合報》讀書人，一九九六年二月十八日。張小虹〈殖民迷魅：評施叔青《遍山洋紫荊》〉，《中國時報》人間副刊，一九九六年一月七日。李小良〈我的香港〉，收於與王宏志、陳清僑合著，《否想香港》（臺北：麥田，一九九七），頁二二四—三六。

29 王德威〈世紀末的中文小說〉，《小說中國》（臺北：麥田，一九九三），頁二二一。

30 也斯〈香港的故事：為什麼這麼難說〉，《香港文化》（香港：香港藝術中心，一九九五），頁四。

31 Roland Barthes, "Wine and Milk," *Mythologies,* trans. Annette Lavers (New York: Hill & Wang, 1972), pp. 58-62.

32 見註15。

33 Barthes, p. 61.

34 Homi Bhabha, "of mimicry and Man: The Ambivalence of Colonial Discourse," October, 28 (1984) : 83-95. Michael Taussig, Mimesis and Alterity (New York: Routledge, 1993), Chapters 10-16.

35 Walter Benjamin, "The Work of Art in Age of Mechanical Reproduction," *Illuminations* (New York: Harcourt, Brace & World, 1969), pp. 217-52.

36 見王德威〈千言萬語，何若莫言——莫言的小說天地〉，收於《紅耳朵》序論（臺北：麥田，一九九八）。

目次

微醺彩妝

我們失去家鄉的味道，只能從家鄉來的葡萄酒找回。

——Norge Les Quatre Verités

一之1

暮春的雨夜，臺北東區一家綜合診所，日光燈的招牌還是照耀得像白晝一般，寫有臺大、榮總、長庚醫師聯合門診的玻璃門，被人從外面用力一推，闖入一個神色倉皇，還算年輕的男子。

藥局旁的掛號處，等待下班的護士沒料到這時分還會有患者上門，不太情願地放下正看了一半的漫畫書，抬起頭，一臉被打擾的不悅。

「看哪位醫生？」

來人沒有反應。

「初診吧？總知道看哪一科吧？」

「呃，耳鼻喉科吧！」

「也就只剩楊醫生一個人還沒下班了。」

護士嘟囔著，收下掛號費，撕下一頁空白的病例表遞到櫃枱：「健保卡留下來，你自己上去，電梯按二字，拐過去就看到。」

原本以為醫生的門診室就在取藥處後，沒想到還要搭電梯上樓。來者轉頭看了一眼玻璃門邊的白色長椅，醫生在樓上看病，比較隱密，可避免長椅上等待的患者干擾吧。

電梯門開了，日光燈下雪亮的一面鏡子，像觸電一樣，照鏡的人驚惶的移開臉，不敢面對自己。好似懼怕鏡中會突然映現一個犄角崢嶸的怪物，或科幻片見到的那種頭臉。

他背對著鏡子，頹然地倚靠在冰冷的電梯，感到心灰意冷。

「醫生，我是個廢人！」

迸出這句話，全然放棄地跌坐在椅子裡。

隔著診斷桌，聽到表示有患者求診的鈴聲才匆匆披上白袍的楊傳梓醫生，戴著一副黑框眼鏡，人瘦得出奇，神情陰鬱。他自覺患了季節性的情緒失調症，這春夏交接乍暖還寒的時節尤其令他情緒低落，這麼晚了，還待在診所不願意回家。

眼前求助於他的患者，三十多歲年紀，拖在牛仔褲外的芥末黃襯衫，上下鈕釦錯扣而不自覺，眉峰緊皺神色驚惶，瞳孔散失焦距，楊醫生判斷他黑紫色的嘴唇——這人有一張與臉型頗不相配的小嘴——不僅是被香菸熏的，還因驚嚇而發紫，扭動鼻翼不安的抽搐著。

一個除了渙散的神態，外表看來健康的患者。

「賴家祥先生？」

楊醫生辨認病例表潦草的字跡。

「對，那是我戶籍上的本名。」感覺到醫生的詫異：「一般我用慣了筆名，呂之翔，我在報社工作，是財經報的編輯。」

醫生若有所悟的點點頭，握著一管Mont Blanc牌最新型的金筆，診所開張時獲贈的賀禮之一，筆酣墨飽，等著記錄：

「賴——呂先生，怎麼幫到你？哪裡不舒服？」

「喔，鼻子報廢了，嗅覺完全失靈，聞不到任何氣味！」

剛才呂之翔從五樓公寓奪門而出，一口氣跑到醫院來求救。他本來在廚房下麵條，一邊躺在沙發上聽王菲的新歌專輯，沉浸在音量窄窄的、卻極蠱惑人的歌聲，等到回過神，衝入廚房，麵條早已燒成焦炭，瓦斯爐熊熊的火把鐵鍋燒得變形凹塌，爐火呼呼作響，好像下一秒鐘就要爆炸似的，恐怖之至。

「麵條燒焦的焦味、鍋子融化的味道全聞不到，萬一瓦斯爆炸，房子失火，除非眼睛看到，靠鼻子聞不到煙味，一定完蛋！」

拔掉公寓裡全部的電源插頭、關掉瓦斯，逃離黑暗的屋子，跑來向醫生求救。

面對這個死裡逃生、驚魂未定的患者，一時之間楊醫生有點錯愕，他搜尋腦海中的醫書，嘴裡喃喃：

「嗅覺喪失症，你覺得自己得了嗅覺喪失症？」

「醫生，我聞不到任何氣味，天地之間任何一絲絲味道，香的、臭的，完完全全聞不到。」

「嗅覺失靈，所造成生活上的困擾……」

呂之翔打斷醫生，改正道：

「生活上危機四伏，也生趣全無。」

他和一群好吃的饕客朋友，志同道合組成美食會，成天追求口舌的享受，一聽到餐廳做出新的菜式，立即聞香而去。昨天晚上他們到一家四川餐廳品嚐廚師新嘗試的煙燻牛蛙腿，黃澄澄的色澤，比酥炸的顏色深，食客們異口同聲，連連讚道煙燻得恰到好處，香濃可口。

呂之翔也夾了一塊放到嘴裡嚼，不要說聞不到煙燻香，連牛蛙也食不出其味。

「楊醫生，這半個多月來，我肚子不知裝進多少垃圾，鹹腥臭爛，反正分別不出，腸胃中毒還算事小，大不了到醫院洗腸，死不了，」患者絕望的嘆了口氣：「可是，瓦斯漏氣，渾然不覺，沒事一樣的點香菸，轟一聲，逃都來不及，全完了！」

聽到這裡，楊傳梓覺得應該做出醫生的動作了，他放下那管昂貴的新筆，起身給患者做例行檢查。

示意呂之翔坐上那隻有腳踏，形狀像牙醫診所那種三邊圈圍，銅牆鐵壁般的椅子，好像無論患者如何掙扎，也摧毀不了它的堅固，再是像被牙醫無情的電鑽鑿入某顆爛牙，椎心之痛，全然無助中，也只能抓住扶手，任憑醫生宰割。

呂之翔踩著腳踏，離地而坐。戴上透明手套的醫生，碰觸他的下顎，隔著手套，感覺到患者的肌肉僵硬，仍然處於驚恐狀態。醫生有點遲疑地沿著下顎往下揑摸患者的脖頸，然後放開手，拿起一枝米色的小木片示意患者把嘴張開，用小木片按住舌頭，左手握住一把小圓鏡探照患者的咽喉深處，幾個「啊」聲中，醫生似是查無所獲地放下那把帶柄的探照鏡。

接下來，檢查耳朵，楊醫生示意患者把頭歪向一邊，問是自己掏耳垢還是上理髮店給師傅或小姐掏？

「自己掏。」

聲音甫落，醫生從他的耳裡夾出一團黃色的東西，放在枱子上的一張白紙。

「自己掏，棉花棒可以把耳垢掏乾淨嗎？你看，」又夾出一團變黃的棉花屑：「沒想到吧，這東西積多了，會影響聽力的。」

楊傳梓醫生分析：

「耳垢分乾、溼兩種，乾的像粉屑狀，會自然從耳道剝離掉落，溼的呈條塊狀，最好不要隨意亂掏，因為耳道內有一種酵素的成分，可抑制細菌滋長，掏掉它，反而使耳道失衡，易受感染。」

楊醫生警告患者，千萬不要讓理髮店師傅掏耳垢：

「那些師傅不講究衛生，不管多少客人，手上那把耳扒子、鑷子都是同一副，從不消毒，長滿了各種細菌，」晃著手上尖銳的鑷子：「何況師傅一不小心，刮傷耳道，還可能併發其他疾病！」

他舉上個月求診的案例：中年男性患者上理髮店掏耳垢，當時右耳內部感到一陣抽痛，患者不以為意，一週之後，右耳腫脹，疼痛加劇，連續高燒，引發急性中耳炎，導致中樞神經感染。

「送到診所時，患者已出現譫妄，神智不清，我問明病因，立刻叫救護車轉到臺大加護病房。」

楊醫生本來還想講他採取雷射治療醫好的一個口水流個不停的病童病例。口腔疾病也在他的範圍之內。五歲大的男孩，口水過多，連一句話都說不清楚，出現自閉現象。他檢查出男孩唾液症病因是神經系統出現障礙，楊醫生引用腺管內雷射光凝法，以之取代傳統電刺激療法及腮腺切除外科手術，結果臨床視察病童嚴重流涎的頻率大加改善，語言學習也有進步。

覺察到椅子上的呂之翔不耐煩的肢體語言，楊醫生略去病童案例，只對掏耳垢一例做結論：

「當然，那種因掏耳垢外傷而併發顱內感染的病例，畢竟少見！」

這個喪失嗅覺的病例，在他行醫過程中，尚屬初見。雖然身為耳鼻咽喉專家，楊醫生的嗅覺並不特別發達。

他從小在屏東眷村的竹籬笆內長大。籬笆外小溪旁有一家皮革工廠，每當南風一吹，帶來一陣陣令人作嘔的臭味，黏附在皮上動物的肉腐爛的味道。每年一到這季節，他母親關緊門窗，終日焚香驅逐臭氣，只有楊傳梓一人喜歡跑到小溪旁的皮革工廠玩耍，看工人穿著長筒塑膠雨靴，把一張張的牛皮浸泡在裝滿石灰水的大水塘。石灰水把工人的雨靴、廊下的木頭柱子侵蝕得灰溜一片，天井汪著多半是牛的屍體的汁水，臭不可聞。

還是小學生的他，追逐取笑那個脖子長了一大粒腫瘤的工人，鬧個不休。一直到楊傳梓進了國防醫學院，才讀到脾臟炎是鞣革工人常犯的毛病，症狀是耳、喉、臉頰長著腫瘤大癰，即使不致命，也會被毀容。

聞得到氣味會是如此重要？

每天日落以後，便有一股爆炒九層塔的香味，從門窗隙縫飄入診所，多半時候不看病的楊醫生總會站在窗前往下看，診所旁的巷子口停了一輛發財車，車上擺滿魚丸、牡蠣、切成小段的魷魚、鴿子蛋、銀杏等，用竹枝串成一串串，供客人串燒。蛤蜊炒九層塔的香味從牆角瓦斯桶的炒菜鍋揚起，充滿了向晚的小巷。

為什麼巷底那家四川牛肉麵店，楊醫生想，有那麼古怪的店名？叫「三隻牛」。紅燒牛肉麵的香味。然而，他的患者告訴他，多麼懷念住家路邊那個臭豆腐攤販傳過幾條街的味道，爆米花的濃香，太陽下山後，剛鋪的瀝青柏油路蒸騰散發的氣味，甚至老街道沒蓋的下水溝的臭味，他全都懷念。

呂之翔心醉神迷的追憶：

「玫瑰的花香、太陽穴塗白花油、薄荷油蒸發出來的辛辣嗆鼻味，下午走過剛出爐的麵包店，撲鼻好聞的麥香、牛油烤香。」口氣一轉：「醫生，就是炒腰花的尿臊味、腐爛的雞蛋、一星期沒洗的鍋子、臭襪子，我都不介意，只要聞得到。」

沒經過楊醫生的許可，患者逕自跨下腳踏，離開那張銅牆鐵壁似的診斷椅，在日光燈照耀如白晝的門診室疾步繞行，張開鼻翼四處吸嗅：

「消毒藥水的味道，每家診所都有的，我嗅而不聞。」

把鼻子湊到雪白的牆上聞嗅：

「粉刷白牆的刺鼻油漆味，聞久了要頭暈的，對我來說，就像這白牆，無臭無味，一片空白。」

楊傳梓醫生對患者擅自終止診斷，繞室疾行，視醫生如無物頗感不悅，他雙手抱胸，擺出姿態責問呂之翔：

「你嗅覺出了毛病，鼻塞難過，隨便跑到藥房買點鼻藥，不得其法亂用，結果弄巧成拙。點鼻藥的功能是在解除鼻膜的充血，使血管收縮，」楊醫生扶了扶黑框眼鏡，以專業的口吻解說：「鼻膜的組織構造好像海綿，點了藥，血管就收縮，鼻膜體積因不再充血而縮小，鼻塞自然就好了。」

他責備呂之翔不諳其用法，誤解點鼻藥的作用具有一般敷藥的功能，以為噴了藥之後，任憑藥物留在鼻內，捨不得擤出來。

「這是一大錯誤，這些藥物滯留在鼻膜上，久而久之，會損害纖毛細胞，也可能影響到你的嗅覺功能——我是說可能。」

為了避免造成「藥物濫用鼻炎」，楊醫生叮嚀患者不要持續使用點鼻藥，造成習慣性及心理上的依賴性。

一之2

「最後一次聞到氣味是什麼時候？」

過完年後從峇里島飛回臺北的機上。旁邊坐著一個穿短袖襯衫的黑人，難以形容的惡臭狐臭從黑人的腋窩排山倒海轟擊鄰座的呂之翔。他先是閉氣不敢呼吸，還是坐不下去，只好站在廁所外等待空位，最後坐在一個印度女人旁邊，她嘴裡呼出的口氣與領口上升的汗酸體味混合出一股無以形容的異味，呂之翔這才體會到香港朋友為什麼避免和印度阿三同搭電梯。

「嗯，根據醫學實驗報告，得到的結果是，黑人的鼻子比較靈敏，嗅覺區域顏色比較深，」楊醫生說：「不過，你在飛機上的經驗，似乎剛好掉轉過來，是你受不了黑人的體臭。」

據人類學家研究，有些原始部族僅僅因為不喜歡另一個部族的氣味就能發動戰爭。

呂之翔失去嗅覺後，所讀到的知識。有的民族對體臭不但不在乎，歡迎都來不及，像新幾內亞人說再會，是把手放入對方的腋窩下，抽回後，撫摸自己的身體，沾染朋友的氣味。楊醫生賣弄他的知識。

在那黑人難以忍受的狐臭與現在嗅覺一片空白，呂之翔寧願選擇哪一個？

從峇里島回來後的第二天，呂之翔就病倒了，鼻塞失聲、雙耳疼痛，有似千軍萬馬踩踏的耳鳴，兩眼痛哭流涕，狠狠地發高燒，昏天暗地地躺了幾天，不知究竟燒到幾度，只感到頭有千斤重，腦後的筋，一抽一抽的，頭痛欲裂，嘴巴澀苦，想喝點水，額頭蓋條包冰塊的毛巾，舒緩一下頭疼，都得支撐著坐起，二十坪小公寓，呂之翔第一次覺得從臥室走到廚房，竟會是距離那麼遙遠！

肚子空了幾天，想吃碗爛糊麵，小時候在家病癒後，精於美食的母親為他煮的爛爛的麵糊，加點蝦米青蔥，可口無比。

下樓去請巷子底的上海小吃店老闆娘煮一碗，電梯的鏡子映現出一個眼眶凹陷、面色青綠，一頭汗水浸溼了又乾、乾了又溼的豬鬃似頭髮，一根根硬硬豎立，他給自己的尊容嚇住了，轉身拿背擋住自己。

電梯停了，進來一個年輕的女人，呂之翔的眼睛逗留在她飽滿的臀部，不無詫異自己還有此興致，卻在這時放了個很響的臭屁，可憐那女子在電梯裡無處可躲，拚命往角落靠過去，忍不住伸手捏住鼻子，臊得呂之翔恨不得那一刻昏厥失去知覺。

頭痛欲裂，他請理髮小姐很輕很輕地搓他的頭皮，刮去鬍子的臉憔悴依然，起碼走在街上不致招來眼光。燒還沒退盡，又著了涼，這一次鼻塞繼續惡化。

病癒後，呂之翔喪失了嗅覺，連帶地品嚐食物的味覺也受到阻礙。

「醫生，你一定要幫我找回嗅覺，醫好我的鼻子，我必須在八月初以前聞到味道。」

「下次早點來掛號，護士小姐先給你驗血，看看是不是過敏，臺灣天氣溼熱，灰塵大、空氣污染，蟑螂繁殖快，花粉、香菸、黴菌等，也會造成鼻黏膜的發炎，感染過敏性鼻炎。」楊醫生又加了一句：「必要的話，做掃描檢查一下！」

為什麼八月初以前？

送走憂心忡忡的患者，楊醫生脫下白袍之前，不自覺地聞嗅了一下袖子。

他的妻子總是在壁櫥、衣櫃裡放太多的樟腦丸，他穿了一個冬季的毛衣，到了現在季末還聞到一股嗆鼻辛辣的樟腦味。妻子洗衣服時，白蘭洗衣粉也放得太多，梅雨天氣，晾在浴室陰乾，有一股難聞的怪味，如果楊傳梓醫生嗅覺靈敏一點的話，他會受不了內衣褲那股揮之不去的洗衣粉味，混合體溫，蒸發出令人作嘔的異味，說不定他會認真考慮穿紙內褲來代用，髒了就丟，他也許也會把襯衫送到洗衣店去洗燙。

在這春夏交替的時節，他的情緒失調，嗅覺感官也變得畸形。不過，楊醫生從來不是個感官的享受者，篤信佛教的妻子，供在佛龕前的鮮花、香丸、檀香的香味都與他無緣，令他感受不到嗅覺的歡愉。

回家的路上，空氣中充滿了下雨前潮溼的味道。楊醫生感歎人類的嗅覺是何等的奇妙，又盲又聾的海倫·凱勒是用鼻子來看世界，靈敏的嗅覺可輕易聞嗅出天氣的變遷，從蒸氣土壤上升的氣味，分辨出明天將會下雨或有霧。世上最細緻最飄忽的氣味都逃不過盲人的鼻子。

楊醫生快到家時，突然轉入附近的一家便利商店，他走到漱洗用品架，仔細瀏覽架子上的物品，取下一瓶強生牌的口腔清香劑，又拿了一瓶空氣芬芳劑，準備擺在浴室，付帳時，看到青箭口香糖，使他聯想到電視上的廣告：不知何時需要它，螢光幕上，一個女的突如其來的吻了男的，所以要嚼青箭，隨時保持口氣芬芳。

楊醫生不知他的妻子是否坐在燈下等他，最後一次吸嗅妻子頸項、肩胛，聞嗅女人肉體芬芳，是在什麼時候？他記不得了。

二之1

邱朝川來電話之前的幾個月，呂之翔有過一次至今仍然難忘的品飲紅酒佳釀的經驗。

每日擺足架子的報社採訪主任降貴紆尊地帶他去赴一個美食家的飲宴，席設世貿頂樓的聯誼社貴賓廳。這是由十來個食不厭精的成員所組成的雅集，包括退休的立委、張大千書畫收藏家、名醫、企業家第二代、炙手可熱的律師等，每月一次輪流作東請客，採訪主任出身士林世家，也敬陪末座。

今晚的主人是宏亞企業的繼承人，人稱二世祖的王宏文，他與採訪主任私交甚篤，特地讓祕書告知他晚上預備好酒，務必出席，而且雅集成員之一的李醫生，赴夏威夷參加醫學會議，無法赴宴，他可帶個朋友頂這個難得的缺。

通知得太倉卒，採訪主任臨時找了還留在辦公室的呂之翔。

水晶燈下，一桌子的美食家，呂之翔一眼認出王宏文，比八卦雜誌常見的照片、電視上看到的更有型。

這位素以品味和懂得享受聞名於臺北社交圈的二世祖，晚上穿了件凡賽斯銀灰色絲襯衫，領口結了個鵝黃綠點的蝴蝶結，左手撐在椅背上，無框的圓眼鏡後的眼睛少去了電視上被訪問時的倨傲，匆促地招呼新來的兩個客人，又回去盯住面前一隻細頸肚大的刻花水晶瓶。瓶裡的紅酒在璀璨的水晶燈下，呈暗紫紅，酒質濃郁不透明，與時下流行的玫瑰紅大為兩樣。圓桌轉枱擺了一截點過的白蠟燭，旁邊一支倒空了的勃根第紅酒瓶。

一桌子的賓客也隨著王宏文把視線投向水晶瓶，彷如瓶中的酒有生命似的，每一秒都在變化中，他們都在靜觀其變。

採訪主任壓低聲音，向呂之翔解釋王宏文正在給酒做Decanting，把這瓶七八年的Romanée-conti，勃根第的極品紅酒倒入水晶瓶換瓶，現在正在醒酒。

「陳年紅酒到了一定時間就會產生沉澱物，倒出來換了瓶後，」採訪主任說：「不僅酒色澄清，還能在倒入新瓶的過程中，增加酒與氧氣的接觸，散發香氣，使酒味更好！」

呂之翔反射作用地深深吸了口氣，聞到鼻腔裡的卻不是醉人的酒香，而是燒過的燭芯焦味。

「那截白蠟燭……」

「你來晚了，漏過一場精采的表演，」鄰坐的朱律師說：「怕光線不夠亮，看不清換瓶時，酒流過瓶頸的狀況，二世祖點了蠟燭放在酒瓶後照明。」

「不過，這房間燈亮，不必靠燭光，湊近前也可看到沉澱的顆粒，」唐裝打扮，留了張大千式的長髯的收藏家插嘴：「我眼看快流到瓶口了，立刻叫宏文停下來！」點蠟燭是換酒的傳統方式，收藏家認為平添氣氛，增加品飲的樂趣。

「美中不足的是，晚上二世祖忘了叫司機帶他那把白鑞過濾器，嘴長長的漏斗，」徐婦產科醫生比畫形容，他自稱上週末在王宏文別墅喝酒看過：「小小一支五千元，臺灣還買不到，餐廳更沒有了。」

少了細密的網過濾，王宏文剛才把酒倒得很小心、很慢，他擔心有少許渣質倒入新瓶，把醒酒的時間拉長。徐婦產科醫生補充。

「諸位耐心一點，再等個七、八分鐘。」王宏文每一次開陳年紅酒，免不了擔心酒會變質，香味走樣，他咬牙根道：「酒這東西變化多端，我行我素，一點都不受控制，媽的，我最恨這一點！」

一桌子的客人哄然大笑，氣氛輕鬆了下來。

「每一瓶葡萄酒因產地、釀造過程及儲藏方式不同，使每一瓶酒都是獨一無二的。」

採訪主任向呂之翔傳授他的品酒知識。

等待這瓶七八年的Romanée-conti酒發揮到最精采的那一刻，張大千字畫收藏家提到上回蘇富比拍賣張學良的收藏，當中有件大千親手寫的宴客菜單。

「一件斗方食譜，拍了兩百多萬元，高出售價十倍，也是前所未有呀！」

在等待的空隙，收藏家道出一段掌故：

民國七十年元宵節的第二天，大千以大風堂名肴宴請張學良夫婦。大千親手擬訂十四道菜，他最拿手的乾燒鰉翅、蔥燒烏參、蠔油肚絲都在其中。佳肴之外，又逢摩耶精舍的垂絲海棠盛開，賓主盡歡。

宴會後，張學良留下菜單做紀念，大千在空白處畫上一小撮蘿蔔莖及五株帶鬚的紅蘿蔔，上面橫列了幾顆大白菜，最後還題上一首詩及一段跋，菜單變成別致的藝術品。

收藏家說著，取出一疊影印紙，拿食指舔溼一張張分給每一個客人。

「大風堂的荷葉煮粥食譜，我親口聽大千說，印出來與諸位分享。去過摩耶精舍的，一定記得那株種在大水缸裡的白荷花，花瓣好像白玉，苞尖透出一點淺紅，襯著綠葉，多麼脫俗……」

「怪不得大千畫荷那麼傳神呀，還親手種的荷花！」

退休的盧監察委員點頭稱讚。

「大千在世時，夏天喜歡用荷葉煮粥消暑，煮出來的粥帶一股荷葉的清香，泛著一點淺淺的綠。」

收藏家形容。

席上每人接過食譜，都說要回去照著煮荷葉粥，清清濁氣。呂之翔讀著一手工整的蠅頭小楷：

材料：圓糯米半杯、蓬萊米半杯、清水七杯、荷葉一張。

作法：1.將兩種米混合、洗淨，加水浸泡十分鐘後，移至爐上煮開，再改小火熬。

2.將洗淨的荷葉分兩份，一份切大片，放入粥內同煮，待米拉熟爛時揀除。

3.將另半張荷葉鋪在大碗內，再將煮好的粥沖入，食用時可酌量加少許糖調味，不加亦可。

盧委員把食譜摺好放入口袋。上個月他回揚州老家，想吃一條新鮮的長江鰣魚，動用所有的關係，還是失望而歸。

「早兩年，上海的自由市場還賣過，一公斤好幾百人民幣，味道也比不上從前的鮮美，」盧委員無限感慨地：「如今是無價也無貨！」

鰣魚曾經是長江下游的名貴魚類。由於生態破壞，長江、鄱陽湖的水受污染，以致溯江入海的鰣魚無法繁殖生長，加上漁民濫撈濫捕，已經瀕臨絕種。

「唉，共產黨瞎搞，揚子鱷、白鰭豚、胭脂魚也沒有了。」

「盧老，吃不到鰣魚，」朱律師說：「用鱘魚卵取代，怎麼樣？」

盧委員手一拂，表現他學貫中西的美食知識。

「去去，少拿洋人吃的魚子醬來比！」

二世祖王宏文一聲：

「酒醒得差不多了。」

客人們精神一振，閉嘴看王宏文試酒，他倒了一點點到高腳杯裡，用食指和中指夾住酒杯的腳，在桌上輕輕晃動，釋放出酒香，然後湊近鼻尖一帶，來回聞了一下，抿了一小口含在嘴裡，讓酒液流向舌頭中部，再擴散滋潤整個口腔，使分布四處的味蕾同時感受到酒液的滋味。

嚥下去後，頭微偏細細回味那流連的餘韻。

「嗯，還可以。」

他親自執壺為客人布酒，佳釀流入酒杯，揚起一股沁人的清香，客人們模仿二世祖的品酒儀式，把杯中的酒仿照如儀的搖了搖，湊近鼻尖聞了又聞，做出被香味陶醉了的表情，最後才小口輕啜細品。

「噢，在喝液體黃金呀，」銀行董事長說：「好幾萬一瓶吔，這還是自己帶來的，如果向聯誼社買，照規矩乘三點五……」

「那這瓶酒要十來萬嘍！」

眾客咋舌驚歎，王宏文聳一聳肩，輕鬆地轉移話題：「你們在談魚子醬？」

朱律師搶先插嘴：「西華飯店的法國大廚向我推薦的，兩片圓形的吐司，上面鋪十來粒魚子醬，再撒上煮熟的蛋黃、洋蔥末，一口一千元，要不肉痛，還真不容易哩！」

「魚子醬要配香檳才吃出味道，」王宏文說：「最好的Beluga，是從二十五歲大、三百公斤的鱘魚取出來的，次等的Asetra也要十五歲以上的，便宜的就別提了。」

談到香檳，採訪主任記得上星期的一則外電消息：

一批海底考古者，在芬蘭外海打撈，發現一艘沉船載了五千瓶香檳、六十七桶白蘭地，它是二十世紀初俄帝的陸軍所訂購的，被德國人的潛水艇擊沉了。為了爭奪沉船的開採所有權，芬蘭和瑞典正在鬧得不可開交。

「哇，百年香檳，王兄，你的最愛，」徐醫生湊興：「要是買得到，你老兄一定不計代價，明天就飛斯德哥爾摩！」

「沉到船底下的好酒也不止這一起吧，王老弟要真的想，天底下還有什麼瓊漿玉液他喝不到的！」

對長輩盧委員的恭維，二世祖笑笑，等於默認。

「我說，何必飛到斯德哥爾摩，這就是瓊漿玉液了，」銀行董事長舉杯：「沾王兄的光，感謝。」

「順口極了，真捨不得喝完它！」

「酒沒了，杯子還香的，真的名不虛傳！」

呂之翔抿了一口，來不及細細品味，順著喉嚨嚥下，聽到行家們的歎賞，他的臉紅到耳根，為自己的暴殄天物而自責。

默默記下那瓶酒的酒標，散席後，他連夜到誠品書店的書架抽下《我的第一本葡萄酒書》、《葡萄酒事典》、《葡萄酒大全》……回去挑燈夜讀。

臺灣第一個飲食文化的網站，即將登場。這個費時十六年蒐集考據，可提供高達十一億字豐富無比的飲食資訊，取名「鍊珍堂」，典故來自唐代講究飲饌的宰相段文昌，相府廚房題名鍊珍堂，主廚的廚娘是位不嫁的老婢，四十多年調教出一百多位天下第一流的女廚師，聞名古今。

「三世仕宦，方解著衣吃飯。」歷史上美食家的掌故，不可盡數。晉武帝司馬炎到女婿王濟家吃蒸蹄膀，豬是吃人乳長大的，肉質細嫩鮮美不可言。

宋理宗的宰相賈似道，嗜天台山桐木上寄生的野菇，為了避免採下的野菇變色變味，命人連桐木帶野菇一併鋸下，從天台山運至杭州賈府，以供烹饌。

賈似道好吃苕溪的鯿魚，為了保鮮吃活魚，命人造大船，船中設水車機關運轉，以活水養活鯿魚。

明末江南四公子之一的冒辟疆，在他著名的水繪園大宴天下名士，端上桌的羊肴，取三百隻羊的下唇做成，嫌其他部位腥臊不足吃。如此奢侈揮霍，天下僅有。

臺灣企業界繼承人王宏文的宴客排場，盡集中、西美酒佳肴於一堂，令呂之翔歎為觀止。細細嚥下最後一滴七八年的羅曼尼—康帝，銀行董事長宣稱，下個月雅集輪到他作東，席上的美酒將會是一瓶飄浮金箔的東歐名酒，名為「海洋之星」的極品。

眾賓客都說拭口以待。

自以為頗懂得享受的呂之翔，最近與一票好吃美食的同道，通過管道找到烏來一家養殖場，吃到巴西的白鱘，到處誇耀下肚的魚肉一萬多元一斤，直到世貿聯誼會的席上，聽二世祖王宏文談魚子醬，非二十五歲大、三百公斤的鱘魚卵不值得入口，聽得呂之翔的臉紅一陣、白一陣，羞慚極了。二世祖的口氣，鱘魚只為取卵，醃製成魚子醬，魚肉根本不屑一顧，而他還為能吃到白鱘肉沾沾自喜。

此後呂之翔再也不會擺出老饕的架式，教新進報社的記者，到臺南沙卡里巴老店赤嵌食堂吃正宗棺材板，得先吃蓋子，再吃肉餡，最後吃外皮。或者發現陝西菜在臺北起死回生，為能嚐到勺勺客那一道醋芹而雀躍不已了。

二之2

下一個週末，呂之翔到仁愛路四段的精品店連走了三、四家，才挑中一套近似那晚王宏文穿的吊帶褲，雖說這種裝扮在電視主持人、影歌星相繼亮相之後，早已廣為流行，然而，能夠把吊帶褲、蝴蝶結搭配得如此恰適、如此無懈可擊的，呂之翔以為非二世祖王宏文莫屬。他決定效法。

穿上吊帶褲之後，呂之翔想到二世祖的無框眼鏡，兩條細細的銀線露出耳垂下，配上腦後藝術家式的小辮子，實在夠酷、夠有型。呂之翔尤其欣賞他接受電視訪問時，左手撐在椅背上，目中無人的坐姿。

宏亞電子企業的繼承人王宏文，替代了亞洲巨砲棒球全壘打王呂明賜，成為呂之翔心目中的偶像。

呂之翔穿著嶄新的吊帶褲，到報社上班那天下午，英國航空的頭等艙，二世祖王宏文啜飲向空姐指定的法國Mun牌粉紅色香檳，一邊翻閱精美的拍賣目錄，蘇富比為作曲家安德魯．韋伯爵士即將在倫敦舉行的名酒拍賣，王宏文看中市場上少見的Krug、Don Perignon等陳年香檳，以及一九四七年一．五公升大樽裝的拉杜紅酒、一九四五年的拉菲蒂極品。

以音樂劇《貓》、《歌聲魅影》聞名於世的韋伯，受英女王加封為爵士，蘇富比拍賣他分別珍藏於英國波克郡別墅和法國南部的酒窖，數量高達一萬八千瓶之多。

如此龐大的存酒量，難怪蘇富比倫敦洋酒部董事蘇姬芙歎道：「足夠品嚐五輩子，無論在品質、數量或選擇上都是品酒家夢寐以求的極品，只有羅馬神話中的酒神巴庫斯的藏酒寶庫，才可以望其項背吧！」

王宏文望著安德魯．韋伯與他部分藏酒的合影，作曲家穿著橘紅色襯衫，手拎了一瓶特大號的酒中之王，身子微側，王宏文啜了一口粉紅香檳，有一天那照片中人將會換成是他。

倫敦拍賣結束後，他預備先到法國南部的普羅旺斯，品嚐新上市的松露，滿足他的老饕之欲。紐約一磅賣到五百美金以上的松露，號稱世界上最貴的蔬菜，據說含有一般公豬身上兩倍的雄性荷爾蒙，難怪母豬聞到那味道拚死命去挖，以為埋在松樹下的菌子就是公豬，男人吃了，可以像一頭難以馴服的雄獅一樣。

普羅旺斯嚐鮮之後，他將飛到波爾多，到五大酒莊之一的拉杜酒莊去試新酒，九六年天氣太好，少有的好年份！

品酒是一種藝術。王宏文覺得他遺傳了父親對藝術的愛好，他的父親終生不渝地熱愛古典音樂，到了他這一代，轉移到口舌的享受。到目前為止，他幾乎嚐遍天下的美食，對美酒的狂熱激情，不亞於父親對莫札特、華格納的崇拜。

為藝術！王宏文舉杯自飲，衷心感到美酒是種祝福，一種土地、陽光、水和葡萄結合的喜悅，是自然的禮物。

他舒服地靠著椅背，回味兩個月前巴黎那頓難忘的晚餐：沿著黃昏的塞納河散步到餐廳，天還沒暗下來，暮春的河岸邊，飄落著細細、雪一樣的白點，灑了他一身，伸手輕輕一抓，又飛走了，抬眼一看，白點從柳樹隨風飄灑下來，王宏文第一次看到柳絮飄揚翻飛的景致。

晚上去的餐廳是法國公認的美食聖經《米其林餐飲指南》一書評鑑，獲得三顆星榮譽的餐廳，全法國二十一家中的一家。坐下後，先來一杯餐前酒，用紅葡萄釀的口感較濃厚的香檳，搭配魚子醬，沙拉淋上地中海區出產的新鮮橄欖油，佐以玫瑰紅酒。主菜點的是野味雄雞，肉質嫩、野菇香濃，配上波爾多波利雅克八二年的一級紅酒，酒色深濃，香味濃烈，與野味互補，恰到好處。

高單寧但年份夠的卡本內．蘇維翁葡萄佳釀不僅不先聲奪人，反而激發出食物的美味，混合成複雜回味無窮的味覺，那種感覺有如以不同的樂器，合奏出一曲優美動聽的交響樂，美酒與美食配合無間，把他帶到一個和諧的境界，他父親的古典音樂的世界。

所不同的是王宏文的父親，這位宏亞集團的董事長，早年學習聆聽古典音樂的過程，極為艱苦，出身寒微的他，每天打著赤腳來回走四里路到淡水上小學，放學回家還得幫家裡做木屐貼補家計，勉強讀完小學，到臺北電器行當店員，有次奉命到迪化街一棟漂亮的洋樓去送一枝德國進口的唱針。

王宏文的父親一進屋，聽到如天籟般優美的絃樂，洋樓的主人是位古典音樂愛好者，定期邀請迪化街、延平北路的醫生名流共聚聽唱片，一個月兩次播放不同作曲家的作品，王宏文的父親聽的是莫札特的小提琴協奏曲，他倚著樓梯扶手融入那如泣如訴的音樂，渾然忘了此行的目的。

十年後，他開了臺北第一家古典音樂唱片行，西洋重要作曲家的曲子他無不熟悉，最後成為迪化街洋樓的音樂會成員之一。

王宏文拿出他父親開唱片行時背誦古典音樂的毅力來背不同酒莊產地、年份的紅、白葡萄酒、香檳，一個是音樂癡、一個是酒癡。

三

唐仁抱著妻子的骨灰從華盛頓飛回臺灣安葬。

他是臺灣駐中南美洲某一小國的領事，因崇拜中國近代外交界的奇才顧維鈞，取了同樣的洋名叫威靈頓。久居國外，他早已習慣自己是威靈頓．唐，漸漸忘了唐仁這個本名。

聖誕節過後，與他兩地分居的妻子，淋巴癌惡化，病情嚴重，住進華盛頓的醫院，正碰上中共打壓臺灣的大使館，面臨新一次的危機，大使每夜給外交部寫報告寫到夜深，威靈頓．唐則疲於應付臺灣媒體不斷的越洋採訪，趕到華盛頓見妻子最後一面，臨終囑咐他把骨灰帶回臺灣安葬。

辦完喪事，威靈頓．唐回到華盛頓郊區的家，院子裡那株櫻花又含了苞，七年前就在這棵櫻花樹下，妻子告訴他想住下來，不願陪他到南美洲那個除了香蕉，其他一無所有的小國上任，她想到馬利蘭大學的圖書館找份工作，回到本行。

「以後這裡就算是我們的家，等你和孩子們回來過聖誕節。」

當時威靈頓．唐對外交官生涯仍然熱中，正在期待一個副大使的空缺，需要一個大方得體的賢內助陪伴著出入社交場合，與大使夫人套交情。他怨恨妻子斷送了自己的仕程，滿心不悅的隻身上任，連家庭團聚的節日也藉故不回。

沒想到妻子比他先走，更沒想到她的遺願是長埋桃園拉拉山腳下的墓地。民國三十八年，她與父母渡海而來的第一個落腳之處。妻子不想落葉歸根，安眠在她紹興的周姓家祠，為此威靈頓．唐很是不解。

咬著菸斗，他站在櫻花樹下，仰望異國的天空，想到自己如何打發有限的餘生，也許提前退休，離開那鳥不拉屎的香蕉小國，回華盛頓來把屋頂翻修，加蓋間書房，漆成湖綠色，利用國會圖書館，做點中美外交史的研究，到最近開放的檔案室翻閱資料。

威靈頓．唐在臺大政治系的碩士論文題目是重慶時代的中美關係。時至今日，蔣公撤退臺灣時帶去的檔案，至今還存放在大溪慈湖的紅木櫃中，並無對外開放的跡象。威靈頓．唐尋思，也許利用美國國會圖書館可找到的資料，寫點著作，也算給他一生的外交生涯畫上句點。

唐仁在過農曆年前，抱著妻子的骨灰罎抵達臺北。原以為擇吉日安葬後，即可回南美大使館銷假，沒料凋年殘景，雇不到墓地工人，只好多做逗留。

借住復興南路的公寓，屋主是他臺大的室友，學物理的，回臺灣之前，在普林斯敦大學的實驗室做次原子粒子的實驗，就在他同組研究的教授獲得諾貝爾物理獎的前一年，這人放棄美國的工作，應聘回臺大教書，現在主持新竹科學園區的一個高科技計畫。

聽說唐仁臨老喪妻，物理學家深表同情，怕他獨自下榻旅館冷清，邀請他住進復興南路空著的公寓，說是幫他看家，他人住在新竹，房子空著也是空著。

過年前兩天，一個細雨纏綿的午後，唐仁捧著妻子的骨灰搬了進來。他把一套西裝掛在衣櫥裡，換洗的衣物卻仍然留在皮箱內，反正只是暫住。

除夕那天，他和平日沒兩樣，在亡妻靈位前點了一根白蠟燭，拿起《聖經》，就著窗外的天光閱讀。雨絲綿綿地落著，天灰濛濛，記憶中臺北過年總是這種天氣，久雨不歇，壁櫥發出霉味，門框膨脹，地毯每一腳踩下去，都擠得出水似的，唐仁手中的《聖經》書頁軟塌，形成波浪狀。

唐仁婉拒外交部同事和家人吃年夜飯的邀請，他缺乏過年的心情，也不願意在火鍋和電視機前守夜。唐仁只想陪伴妻子，為她朗誦幾段經文，靜靜地度過年節。

雨依然無聲地落著，百葉窗外的都市逐漸沉寂了下來，車聲人聲稀疏了，聽不到小販吆喝麻油雞的聲音，前幾天叫得很響的修理紗窗、紗門、玻璃、磨刀的聲音都消失了。

這種異於往日的安靜，使唐仁放下手中的《聖經》，走到窗前往下看，整條復興南路冷冷清清，空蕩蕩的，像一條凝止的灰色的河，平日壅塞的公車、計程車、摩托車全失去影蹤。

整個城市凝止屏息，等候除夕夜的到來。年的氣氛從落地窗的縫隙一寸寸漫進屋裡。

唐仁不自覺地打開電視，迪化街搶購年貨已臻至尾聲。一個攝影機俯瞰的鏡頭：南下高速公路歸心似箭的返鄉人潮。

漠然地盯著螢光幕，唐仁覺得事不關己。他無家可歸，也沒有人等他回家。他早已不過年了，長期駐外使節生涯，使他視感恩節、聖誕節為家人團聚的節日，在臺北他只不過是個過客。

唐仁關掉電視，拿起《聖經》，翻開摩西晚年的禱告：

「主啊，你世世代代作我們的居所，在你看來，千年如已過的昨日，又如夜間的一更，早晨他們（世人）如生長的草。早晨發芽生長，晚上割下枯乾——我們度盡的年歲，好像一聲嘆息……轉眼成空……」

凋年殘景，陰鬱如斯的經句更令人傷感，唐仁想離開公寓，下樓去買一束百合花，放在亡妻靈前。

除夕夜的午後，臺北變成一座空域。

唐仁撐著一把凱悅飯店的大傘，踽踽走在空了的街上，花店關門了，清粥小菜的餐廳鐵門深垂，今晚的街道少了餐廳五光十色的霓虹燈，將陷入何等的黑暗，唐仁想。

走過更多提早打烊的商店，一家名叫「躲貓貓」的PUB，多麼特別的店名，愛貓的人開的吧，店門虛掩著，茶褐色的玻璃窗內闃然無人，唐仁希望晚上會開，也許他會坐在吧凳上喝一杯曼哈頓，與酒保聊些臺北的變遷，一起守歲，度過除夕夜。守著點白蠟燭的骨灰罈，畢竟太淒清了。

辛亥路口，紅綠燈在空無一人的街上兀自眨眼，沒有行人車輛，交通信號淪為多餘的存在。唐仁撐傘施施然穿紅燈，走進臺大校園。

多年不見，校內多了好幾棟建築物，一路蓋過來，剛完工的圖書館，鐘樓前廣場還堆著廢土，通往臺階的斜坡躺了一輛沒上鎖的單車，唐仁把它扶了起來，拂去墊子上的雨水，跨上去朝著兩排大王椰子騎過去。

雨中空無一人的校園，踩著車輪，夾克鼓滿了風，召回唐仁久違了的大學歲月。傅鐘後的行政大樓，他心目中臺大最美的建築，廊下的希臘圓柱風情依然，三十多年前，他在柱子下吻了他外文系的女友。兩人的初吻。

文學院水池旁的電話亭，透明的玻璃，雨絲中看起來有如從外太空而降的異形物，與古風的校園的不協調，引發唐仁的聯想，他有點想拿起電話丟下銅幣，通過外太空神祕的連線，說不定可以聽到天堂妻子的聲音。

他給自己的奇想嚇住了。回過神來，發現手中的傘打歪了，左臂全淋溼了，袖子沉重地垂墜著。騎出羅斯福路，紅磚校門雨中更顯滄桑斑駁，在新生南路樓房的威壓下，破敗不起眼，旗杆插著國旗，在雨中垂頭喪氣。

同樣的國旗，唐仁在日益罕見的國外偶爾看到，那種感覺與眼前所見完全兩樣。沿著新生南路的千層樹騎過去，對街廊下的書攤也收起來了，大四那年他買過魯迅、新馬克思主義的禁書，後來考外交官時，還擔心會被列入記錄。年輕人顧忌太多，唐仁自嘲地牽動一下脣角。

瑠公圳排水溝早已被填平，鋪成十米寬的柏油路，唐仁很懷念從前男生宿舍的空地，一到夜裡，大聲公推著攤子來賣廣東粥，敞開大喉嚨吆喝及第粥、牛肉皮蛋粥，冬天開夜車，餓了，半夜坐在攤子前窸窣喝著燙嘴的魚生粥，那種置身寒夜，卻周身溫暖的感覺。

大聲公的攤子變成對街兩層樓的餐廳，大掃除的員工指著牆上的遺照，說大聲公死去好幾十年了。

「年初二開張。」

唐仁點頭說他一定會來。他要回來喝那一晚燙嘴的魚生粥，雖然大聲公已經不在了。

轉入溫州街，雨天的巷弄，臺北特有的風情，去國後前幾年夢中常見的景象。女友的父親是歷史系的教授，住在院子裡有三棵椰子樹的日本宿舍，與偷渡離臺前的彭明敏教授比鄰而居。

一路過去，也只剩那一排日本宿舍風情依舊，其餘的街景已是面目全非。集合式的公寓大樓取代了往日巷口的小雜貨店、裁縫店、山東老漢的燒餅油條店，前面空地還養了一窩窩的蘆花雞，這些都不見了，那種各自圍著竹籬笆，院子裡雞犬相聞的生活，只留在回憶裡。

唐仁的初戀只持續了一個學期，暑假後女友不理他了，他掉了魂似的日夜在那幢三棵椰子樹的日本宿舍前徘徊，透過低矮的圍牆，看到女友的教授父親種在院子水缸裡的荷花，葉子一路轉黃、枯萎。唐仁絕望的把額頭頂住信義學社洗石子的灰牆，為愛的挫敗而神傷，惹來路邊賣車輪餅小販同情的眼光。

轉出溫州街，真理堂依然保持他大學時代的神貌，十字架矗立在逐漸轉暗的天空，唐仁想進去教堂靜坐一回，置身上帝的殿堂，應該會更靠近妻子吧。

華盛頓的火葬場，取到妻子的骨灰，抱在懷中的那一刻，開始了他對她的思念。兩地分居多年，唐仁忘記了妻子頸項間、耳後的氣味，也忘了他的手在她皮膚上遊行的感覺。

抱著骨灰罈，妻子在他的懷裡一寸寸的活了過來，她沐浴過後，敞開浴袍，把乳液抹在熱水泡紅的膝蓋的動作；她臨睡前，坐在梳妝枱前，把頭一低，用銀柄的髮刷刷頭髮，鏡子裡她的抿著雙脣認真的側臉……

滿心淒淒地遵守妻子長眠桃園山腳下的遺願，唐仁捧著骨灰飛回臺灣，一路上絮絮地述說他的無限思念，為他的冷淡而自責。

凋年殘景，花店關門，買不到那束百合花，唐仁兩手空空地回到妻子的靈前，點上一根白蠟燭，輕輕地告訴她：

「我回來了。」

除夕夜唐仁一覺睡到天亮，他的時差完全轉過來了。初二那天他到大聲公餐廳吃那一碗他等待久矣的魚生粥。

四之1

接到邱朝川的電話時，呂之翔已經知道那天晚上在世貿聯誼社，宏亞企業的繼承人王宏文開的那瓶勃根第佳釀，是七八年的羅曼尼—康帝，一瓶市價三萬多元，一西西等於四十元，那年產量才六千五百二十五瓶，酒瓶標籤上有標示。

這個舉世最貴的葡萄酒園，面積才兩千英畝，酒園門戶森嚴，特別是八、九月採收葡萄時，閒雜人不准入內，怕影響收成，熟手工人揹著竹籃，一串串挑成熟的才摘下，不像一般酒園，工人揹著背桶不分生熟隨意摘取。

呂之翔還讀到一段那個酒園易手最精采的歷史掌故：十八世紀的康帝公爵，如何與法國路易十五美豔絕倫的情婦龐芭杜夫人競相叫價，多花了八千金幣，以相當於當時最好的葡萄酒園的十五倍價錢購得酒園，龐芭杜夫人一氣之下，從此拒絕喝紅酒，而改喝香檳。

呂之翔對葡萄酒的知識，可見一斑。

原名賴家祥的他，曾經沉迷棒球，因崇拜棒球名將呂明賜而取了呂之翔的筆名。他是屬於那類深夜觀賽，對著電視機高喊「中華隊、加油」，打贏了，第一個跑出去放鞭炮的小孩。

一九八五年十一月二十四日晚上七點半，亞洲巨砲呂明賜，在體育館擊出一支石破天驚的全壘打，他與兩萬多名觀眾，目擊那粒精靈似的白球，躍入夜空，在穹蒼畫下一個漂亮的弧形，飛越臺北市立棒球場計分臺，最後像顆彗星落在體育館正門口噴水池。四百三十呎高的特大號全壘打。

賴家祥戴上球王簽名的球帽，取了呂之翔的筆名，那時他剛進一家晚報跑社會新聞，很遺憾自己不是體育版的記者。他騎摩托車去上班，一到報社，把那頂白色球帽的帽沿轉到腦後，下班離開辦公室又把它轉回來。這頂被球王加持過的帽子，除了睡覺，從不離開他的腦袋。

正是這頂不管日夜、不同場合總不離身的球帽，使呂之翔遇到比一般社會新聞的記者更為離奇的經歷，當他手舞足蹈，沉浸於轟響的音樂大跳迪斯可，流星雨似的水晶燈濺得他的白球帽點點紅紅藍藍，一個身著黑色緊身衣，滿頭鬈髮的男人，看起來又老又年輕的舞客，挨近呂之翔，指指他的球帽，豎起大拇指。

那人是黑道大哥，某個幫派的總護法，年紀不輕，喜歡五光十色的夜生活，剛蹲完監獄，戴了頂假髮，混跡舞場消遣。

大哥的黑夜，比別人的白天還光明？

天文臺預測出二十世紀最後一次日全蝕，將於一九九九年八月十三日，格林威治標準時間早上九時三十分，臺北時間下午五時三十一分開始，月影最先降臨加拿大海岸，以二千四百公里時速越過大西洋，飛掠歐洲。羅馬尼亞的林尼庫維西鎮是月球軸心最接近地球之際，為日全蝕的高峰，歷時二分二十七秒。

持續近三個小時的日全蝕會在格林威治十二時三十分，從印度的孟加拉灣落幕。估計全球將有二十億人爭睹這自然界的壯觀奇景。

日蝕發生時，陰影會遮住太陽，變成一輪黑色的太陽，黑暗驟然在白天降臨，地平線發出怪異的光，氣溫急速下降，鳥禽飛回樹林棲息躲藏，以為是大災難的預兆。黑色的太陽，白天的黑暗。

政壇上赫赫有名的「大哥立委」羅福助，最近獲國民黨立院黨團協助，以最高票當選司法委員會的召委。消息傳來，著實令調查單位傻了眼，媒體記者們期待攝取掃黑部長向上任的大哥召委送花致賀的稀奇鏡頭，沒料法務部和調查局卻決定不依循往例送花，使得媒體記者撲了個空。

一連串綁架、關狗籠、口頭恐嚇、肢體壓制的事件，受害人與檢調單位都把矛頭指向羅福助，卻又提不出足夠的證據，無怪乎這位大哥立委揚揚得意地說出這句頗富哲思的名言：

「我的黑夜比他們的白天還光明！」

呂之翔崇拜的英雄呂明賜轟出十五支全壘打，贏得「亞洲巨砲」的封號，可惜好景不常，日本教練矯正巨砲揮棒的姿勢，呂明賜無法適應，每況愈下，一直到他倦鳥歸巢，從日本回到臺灣職棒找尋發展，呂之翔戴著那頂洗白變形的球帽，擠在體育館，期待巨砲奪回昔日雄風，締造另一高峰。

呂之翔失望了。

他脫下球帽，環顧報社同事，驚覺比他晚出道的都早已跑在他前面，穿名牌、戴名表，每天吃香喝辣。呂之翔轉到一家財經報，跑起股市新聞，因採訪而認識邱朝川，鴻展證券公司的老闆。

邱朝川生得方頭大耳，留了個小平頭，肩膀寬闊，咧著兩片血色飽滿、女人會以為很性感的嘴脣，不確定地微笑著，他親自把呂之翔請進寬敞的董事長室接受訪問，被問到對未來股市的評估，邱朝川拿起辦公桌上的金框眼鏡戴上，嘴角那抹不確定的、帶著幾分謙卑的笑，瞬息間消逝得無影無蹤。

這位股票大亨以不容置疑的肯定語氣對蠢蠢欲動的股市做出驚人、後來卻證實完全準確的預言。

三個月後，股市開始狂飆，營業員忙到無暇上廁所，索性包著成人尿布衝刺賣股票，他們開著進口的寶馬汽車，成為酒家、聲色場所的新貴，證券公司附近應運而生，新開了好多家餐廳，午飯供應的是魚翅、鮑魚套餐。

民國七十九年股市崩盤，股票從一萬多點跌到區區兩千多點，邱朝川約呂之翔喝咖啡，一見面遞給他一個牛皮紙包，把呂之翔在他證券公司投資的一筆為數不大的金額如數奉還，還抱歉沒能付利息。

呂之翔把那一疊鈔票推還給他，又給推了回來。

「老弟，收下吧，我證券公司玩輸了好幾億，怎麼會欠你區區這一點錢，拿去娶個老婆好過年！」

邱朝川結束了證券行，年底到美國投靠他在休士頓的連襟，找機會東山再起。

「聽說休士頓的太空總署，正在招兵買馬，臺灣去的科學家也網羅不少，去的人多，要房子住，我連襟在那裡做房地產，說不定我也去美國炒地皮！」

股市失利，他一夕之間傾家蕩產，卻毫無頹喪失意之色，坐在那裡對未來充滿憧憬。呂之翔服了他。

今年剛過，呂之翔在報社接到一個電話，聲音又陌生又熟悉，卻一下辨認不出來，聽到那獨特的笑聲，才記起是邱朝川。

約他在遠東飯店三十八樓喝下午茶敘舊，還是留著小平頭，握手的手勁依然有力，手掌溫暖，穿了件登喜路米黃色開襟毛衣。這兩年休士頓的房地產，隨著美國太空計畫縮減裁員，跌入谷底，他連襟的房地產公司關門，把妻女留在美國，邱朝川一個人回臺北找機會。

「我也成了太空人，呵呵。」

依舊笑聲連連。

這天下午，邱朝川談起一段鮮為人知的往事。小時候家窮，赤腳從板橋走到圓山幫美軍協防司令部的美國人洗汽車。

「美國人給錢，不拿，用勞力換美軍的空酒瓶，瘦長、矮胖的、圓的扁的、四角的，各式各樣的酒瓶，有的還刻花紋，水晶透明的，很好看。」

空酒瓶積多了，找輛人力車，兄弟一前一後，拖回板橋，撕去標籤洗乾淨，賣給板橋加工廠裝花露水。

「家裡窮，一天到晚想出人頭地，」邱朝川搖搖頭：「偷偷做了張名片，封自己是董事長，空瓶公司的董事長，交完瓶子，找會計小姐收錢，櫃枱很高，我踮起腳跟，遞上名片，小姐看了看，問董事長是誰，我心一慌，趕快改口，說是我爸爸。」

邱朝川追憶從前的板橋。

幾年前他第一次到北京，剛巧碰到下班，騎單車的人潮，使他想起童年板橋的加工廠，一放工，鐵門一開，工人像開了閘的潮水湧出來。

聽完他的出身，呂之翔若有所悟。他把視線移到邱朝川的膝蓋上搜尋。下午他穿了條簇新的藏青色西裝褲，膝蓋平整完好毫無異樣。

在邱朝川還是鴻展證券公司董事長的時代，呂之翔有過一次至今難以釋懷的記憶，他請呂之翔到中山北路的通天閣吃日本料理，兩人盤腿坐在榻榻米上，邱朝川點完菜，囑咐穿和服的女侍最後才上炸蝦。

「別人請日本料理，我通常不先吃蝦子，怕一下肚先飽了一半，吃不下其他好料的。」

呂之翔納悶不解。這位股市大亨點了好幾樣價位最貴的關西大阪料理，這頓午餐六、七千元買單跑不掉，邱朝川從來是慷慨大方，付起帳來面不改色，何以口出如此寒酸上不得枱盤之言？

就在這頓午飯，呂之翔吃驚地發現邱朝川盤腿而坐的左膝蓋有個小小的補丁，呢布穿久了被磨破損了，纖維稀朗了，用顏色接近的線密密地繡補成一個圓圈，因為靠得近，補丁痕跡清晰可見。呂之翔簡直太驚駭了，這位每天股市上好幾億元進出的做手，竟然穿有補丁的褲子。

呂之翔的困惑在幾年之後終於得到答案。宴席不肯先吃蝦子和褲子的補丁都與邱朝川極端困苦的童年有關。

這天下午，在遠東飯店三十八樓的咖啡廳，邱朝川語出驚人，他說他雖然不相信命運，可是冥冥之中，好像注定他下一波要做與瓶子液體有關的生意。

「不是香水，是葡萄酒。」

他正在籌備一家貿易公司，進口法國葡萄酒，為了紀念少年那段記憶，邱朝川決定用他自製的第一張名片的名字來登記公司。

「澤川堂有限公司，名號不錯吧？大編輯，」他預備把公司設在從前美軍協防司令部附近：「前天我還去站在路旁大樹下，回憶十幾歲時，穿美國救濟的麵粉袋做的褲子，屁股有幅美國國旗，腰邊是淨重五十五公斤，拉了一車美軍不要的空酒瓶，赤腳從中山北路回到板橋，那種心情……」

呂之翔聽了，為之動容。

「咳，不提那段悲情歲月了，反正美軍P.X.長什麼樣子，你老弟也沒看過，大不了就是海霸王旁邊圍起來的空地，在那裡長草而已。」

直到七〇年代末期，保護臺灣安全的美軍協防司令部撤走後，海霸王過去的一整排曾經是臺北市最現代的建築，逐一被怪手夷為平地，片瓦不留。附近的美軍顧問團，本來是日據時代的圓山運動場改建的，美軍撤退後，還原為足球場，轉了一圈，還是又回復到運動場的本色。

美軍的際遇似乎不及日本皇軍幸運。最近北投興建於大正二年的老公共浴場，被內政部正式公告為三級古蹟，臺北市政府允諾編列二億元經費，預備將之整建為臺灣獨一無二的溫泉博物館。

當年仿照日本靜岡縣伊豆山的溫泉公共浴場興建的北投溫泉，是一幢英國鄉間別墅的兩層建築，根據當地耆老回憶；一樓外觀為拱形紅磚，內設公共浴池，牆壁鑲嵌色彩繽紛的彩繪玻璃，二樓為木造外牆，內有一大通鋪。

占地七百坪的浴場，後來為接待日本皇太子裕仁來臺，又增建特別休息所，成為當時全日本最大、最具聲名的浴場，極盛時期，每年客人多達五萬人次，客商雲集，成為仕紳名人流連忘返的休閒之地。

光復後，歷經軍隊、派出所等機關占用破壞，最後淪為國片拍攝鬼片的場景。民國八十四年，北投國小師生進行鄉土教學，這座荒廢多年、形同廢墟的浴場才重新被發掘出土，從荒煙蔓草中重見天日。

邱朝川捋了捋袖子，愛拚才會贏。豪氣地說起他已經看準時機放手一搏，正透過翻譯與法國波爾多一家酒莊接觸。法國人來過臺灣，感覺到紅酒市場蠢蠢欲動，很快會風行全島，願意提供他行銷策略，假以時日，臺灣會繼日本、香港之後，成為亞太地區第三個懂得葡萄酒的國家。

最後道出了此次見面的目的，邱朝川請呂之翔幫忙，利用媒體傳播訊息，邀請一些站在資訊前端的文化人，製造時尚的時髦人士、廣告人，鼓吹紅酒，使它成為九〇年代末期流行品味的象徵。

「呂老弟，你比誰都清楚，媒體的威力，大到可以左右臺灣人的味蕾！」

四之2

邱朝川盤算過進口紅酒的投資報酬率：進口價加上一瓶八十九元的公賣利益，扣除報關費、管銷費，利潤仍然相當可觀。比較一般價位的葡萄酒，找連鎖商店合作，銷售量勢必驚人，如果有自己的零售通路，他算過了，每一瓶利潤可高達百分之四十。

葡萄酒種類繁多，酒莊產地、年份、加上不同的葡萄品種，一般消費者走進紅酒專賣店，對著琳琅滿目的酒瓶，一時之間無從分辨優劣，那種茫然的神態，和股民在選擇股票時一樣盲目。

對，邱朝川準備用炒作股票的方式來炒作紅酒市場，而他自己滴酒不沾，連啤酒都不喝。

幾年不見，這次重回臺灣，邱朝川感覺到臺北變了許多，社會正朝著國際化、追求生活精緻化的腳步邁進。

他到士林夜市吃小吃攤，天還沒黑，先驅車到天母轉了一下，忠誠路正在慶祝欒樹節，兩旁綻放金黃、橘紅的花樹，把街道點綴得繽紛耀目，露天咖啡廳、賣陶藝、耳環手工藝的攤子，熱狗、爆米花的小販，襯著後面商店的英文店名，一路過去充滿異國情調。

欒樹花落了他一身，邱朝川夾在高鼻深目的洋人裡，一時之間以為來到了外國。心有感觸地駛出忠誠路，迎面牆上斗大的「普羅旺斯」房地產商的廣告，臺北人雖身在臺灣，卻想方設法地想把心帶離臺灣，街道上不管是牆壁廣告，或是已完工的大廈，觸目不乏「巴黎花都」、「米蘭大鎮」、「林肯大廈」、「夏目漱石」等異國名字。

房地產商將心比心，識破臺灣人的心理，即使不能真的攜家帶眷移民國外，也要欺騙自己不是住在臺北，住在空氣污染、人車交戰、公共設施缺乏落後的混亂都市。大廈取自異國名稱，沾染異國情調及想像空間，臺北人得以躲避到符號築建的烏托邦，找尋虛幻暫時的精神安頓。

還不止是名稱而已。

號稱尊貴堂皇的高級住宅從外觀到內部，從建材到風貌，也無不希望遠離本土，最好一磚一瓦全用進口的舶來品打造而成。報紙整版的房地產廣告，標榜貴族品味的豪宅大廈，宣傳五百坪的凡爾賽宮花園，義大利花崗岩砌成文藝復興雕像的藝術廣場噴泉，中庭融合巴洛克與Art Deco的華貴風格，陽臺是日本進口的手工鍛造欄杆，衛浴設備採用法國名牌出產的臉盆馬桶，廚房的抽油煙機、烤箱、食物絞碎機、洗碗機無一不是美國原廠進口。

豪宅需要有美酒來搭配，邱朝川想像屋子的主人坐在義大利手工製的奶油色皮沙發，英國桃花心木的邊桌上擺著法國五大酒莊之一的極品紅酒，屋子的主人，一邊欣賞種滿窗臺洋溢著歐洲田園風味的薰衣草，持杯品飲美酒，度過一個有西洋歌劇為伴的午後。

中產階級住不起貴族豪宅，也都開始紛紛要求餐廳、咖啡廳講究氣氛格調，對空間設計的美感似乎已經超過了對美味口感的追尋。

觸覺靈敏的邱朝川，冷眼觀察到臺北人已經把飲食變成一種品味的象徵，視覺的刺激。比起幾年前他離開臺灣時，還停留在講求吃得好、吃得巧又進了一大步，現在是要吃得精緻，吃得有氣氛。

閒來無事，他坐在電視機前看一些綜藝節目，《美食碰碰胡》、《吃遍天下，食得也瘋狂》穿插飲食題材，使邱朝川看了大為感歎，這個民以食為天的民族，對世界各地詭異荒誕的飲食奇觀表現了極大的好奇與接受力。

媒體的威力實在不容低估，透過電視的誘導與引介，本來就勇於嘗試的臺灣人，口味愈來愈有國際化的趨勢，好些原本不屬於我們文化的食物，都開始主導了飲食的走勢，眼看就要成為主流。

葡萄酒代表一種品嘗生活的方式，一杯在手，讓人把花都巴黎聯想在一起，品飲紅色液體，不僅體味它的香味口感，也同時感受到精緻的法國文化。

假以時日，臺北的名流富豪在酒席上，將以開幾萬元一瓶的紅酒來決定他的身分地位，如同以身上穿戴的名牌來區分高下。邱朝川看到了他的紅酒生意的遠景。

五之1

妻子埋骨桃園山腳下，威靈頓．唐銷假回南美洲大使館上班，中共又放出風聲，願以高於市價三倍的價格向這小國採購香蕉，條件是放棄與臺灣的外交關係，情況比以前危急。

威靈頓．唐在接聽下一個臺北越洋電話採訪的空隙，點起菸斗，望著使館花園外的土路，三兩個印第安土著婦女，頭上頂著籃子，緩緩走過，揚起一片塵土。這個漫天飛沙走石的鬼地方，威靈頓．唐搔搔微霜的鬢角，他想念起千里之外冬日雨天的午後，走在臺北的巷子的感覺，聞到的氣味：

牆頭的石榴開著不合時宜的紅花，迎著寒風吹擺，人家院子盛開的桂花，花香滿了整條巷子，兩個穿棉襖的老人縮著頭坐在低矮的屋簷下下棋，廊下竹竿掛著烏魚子、臘肉等年貨……

威靈頓．唐萌生去意。他不想繼續在這香蕉園虛耗生命了。他想提前退休，認真地考慮退休後，是否真的回華盛頓，把房子加蓋書房，塗上湖綠色，到國會圖書館做中國近代外交史的研究，度過餘生。

一個偶發事件，威靈頓．唐被大使派回臺北，出差期間，剛巧遇到臺灣第一位民選總統就職一週年紀念，五月二十日，中正紀念堂廣場舉行了一場盛大的戶外音樂演唱會，主辦單位重金請來西班牙的多明哥、卡瑞拉斯兩位天王男高音，及一后黛安娜．露絲，音樂會前五排的貴賓席由政府各部門認購，唐仁應外交部的舊同事之邀赴會。

那夜天空晦暗，幸虧天公作美沒下雨，觀眾不必穿著主辦單位預備的黃色塑膠雨衣，坐在雨中聽演唱。然而，久雨稍歇的天氣，空氣潮溼，腳下石板的縫隙不斷湧上一縷縷寒氣。

二王一后在掌聲中攜手出現，在廣場正前方的舞臺大展歌喉。風從總統府的方向一蓬蓬吹拂過來，穿過歌聲，把它撕碎成一縷縷，在空中東飄西盪，聲樂的旋律變得飄忽不定，力量被削弱了不少，歌聲從風吹的間隙傳送到觀眾的耳朵裡，雖然不致支離破碎，兩大天王的男高音合唱沒有如預期的雄偉震撼。

從唐仁的座位，他不需借助望遠鏡，便可看到多明哥胸腹鼓脹肺活量，旁邊的卡瑞拉斯也調動全身的細胞，卯足全力引喉高歌。相形之下，瘦小的黛安娜，一身火紅的亮片禮服，大張雙臂，把兩隻褐色細瘦的手臂舉到最高，希望臺下幾千名黑鴉鴉一片的觀眾每一個都看到她。明星上場的架式。

已然老去的黑人女歌星，頭上刮得無限蓬鬆的爆炸式頭髮，黛安娜的招牌，下面是一個又紅又藍舞臺彩妝的臉，細長的脖子，像是撐了一具油彩胭脂滿臉的木偶。

唐仁看到她無袖的腋下明顯的凹陷下去，臂肉鬆弛下墜，老去的黑人女歌星賣力如斯地獻藝，使他感到悽愴。舊日同事頻頻遞過來單眼望遠鏡，他都推回辭謝了，不忍近看與自己同齡的過氣女歌星。

臺上的黛安娜．露絲，使他看到初老的自己。

唐仁低落的情緒一直到演唱會結束後，出席凱悅飯店的香檳酒會時才稍稍釋懷。駐臺西班牙商務代表，費南度．德．席爾瓦．里貝拉，以歌王卡瑞拉斯來臺獻唱為豪，特地為他舉辦酒會慶賀演出成功。

名單不在邀請之內的威靈頓．唐跟著舊同事出席，主人費南度．里貝拉，年紀仍輕，修長的身材，留了兩撇往上翹的鬍子，狹長淺褐色的臉，使人想起十七世紀西班牙肖像畫家委拉斯葛斯筆下的貴族畫像，油畫人物紫絲絨外套披上短氅，換成里貝拉剪裁合身，做工細緻的深黑色西裝，只是他眼瞼下那一抹陰鬱，比畫像上的無端淡化了些。

威靈頓．唐一眼看出這位外交官一定是出身西班牙上層階層，極可能有貴族血統。只見他以吻手禮迎接了一位身穿晚禮服的白種仕女，優雅地盡主人之誼，對威靈頓．唐的新面孔明知不在邀請之列，卻也極具風度地歡迎他，以一口不帶腔調的英語自我介紹，撫平闖入者的尷尬。

這個外交使節的酒會，臺北街頭不輕易看到的外交官們，二、三十個邦交國的大使、歐美辦事處的代表們帶著夫人、女友共聚一堂，似乎仍未從演唱會的興奮中恢復過來。

他們相互表示在臺北有幸參與這個國際級文化活動的驚喜，相互擁抱寒暄。威靈頓．唐手拄酒杯，他的三十多年的外放駐外生涯也就是在一個又一個觥籌交錯的酒會中度過的，難得有這麼一次，他不必積極參與，成為其中的一分子。他立在一旁，望著這一個以棕色、黑色膚色為主的駐臺使節圈，物以類聚地笑談，想到前天在天母意外重逢的童師傅。

童師傅剛給巴拉圭大使夫人上完花鳥工筆畫，從官邸下樓來，多年不見，仍舊是一身玄色唐裝，褲腳管像練武的人一樣，緊緊紮起，走路俐落虎虎生風，只是白了頭。

遠在臺灣退出聯合國之前，童師傅在臺北洋人圈就赫赫有名，他周旋在歐、美大使館的夫人們之間，教書法、打太極拳，兼講解易經。大使館陸續撤走後，童師傅的學生從駐臺商務代表擴展到中、南美洲大使天母的官邸，他用流利的英語向那些眼睛晶亮，巧克力膚色的拉丁美洲的夫人們講老莊道家思想，教工筆花鳥畫。

「嚇嚇，臺灣是愈活愈回去了，還像個樣嗎？」

童師傅抓住從前在外交部認識的唐仁，把臺灣比喻做人。

「中南美洲這些大使館的官邸租的全是公寓，二十來個客人就擠得磕頭碰腦，聖誕節Party，大使先生拉起一個女客跳探戈，沒多走兩步，雙雙鼻子碰到門了，唉唉！」

童師傅搖著白了的頭感慨。

「電梯口，擺了張桌子，一個穿制服的警衛站崗，大使的客人彈吉他唱拉丁情歌，警衛趕忙上前拉上虛掩的門……」

「為什麼？」唐仁忍不住問。

「為什麼？為了怕吵到隔壁的住戶呀，那份窘迫相！從前中山北路美國大使官邸，外面那一個陽臺，抵得過這些小國家大使的整個公寓……」

主人里貝拉見威靈頓‧唐一旁站著，不願冷落他的客人，上前來寒暄客套，發現客人酒杯空了，帶他到吧枱，建議他來杯西班牙Tores的紅酒，更以臺灣蓄勢待發的葡萄酒市場為話題，聊了起來，並提到這個週末世貿中心舉行一個西班牙食品展，參加的廠商以葡萄酒酒莊為主。

「唐先生，你一定聽過利奧哈的酒，馬德里以北的酒莊……」

「啊，西班牙最著名的紅酒，好像法國葡萄酒有一年受到牙蟲病害，還借重利奧哈的葡萄園……」

西班牙的商務代表不無詫異地望了威靈頓．唐一眼。

「唐先生知道這段歷史，太好了，波爾多的果農、酒商跑到利奧哈一帶，重新開拓葡萄園釀酒，保存了波爾多傳統的技術。這次來臺的還有Tores酒莊，這牌子已經在臺北賣開來了，怎麼樣？還可以嗎？」

他請威靈頓．唐留下名片，明天派人送去請帖邀請他參加西班牙食品展的開幕酒會。威靈頓．唐如約前往，受到里貝拉的親切接待，兩人漫談歐洲葡萄酒的近況。

「也許你都知道了，歐洲葡萄酒的原產地，銷售量一減再減，最近二十年來法國義大利減少了百分之四十的銷售量，最近五年，又衰退了百分之十二，」里貝拉的數據確切：「使得葡萄的種植面積一再縮減，庫存暴增。西班牙是世界第三大葡萄酒產國，過去幾年銷售量銳減百分之五十，種植面積卻比法國、義大利還要廣……」

為了排遣出差旅行的寂寥，威靈頓．唐與里貝拉有多次過從，一起品飲西班牙美酒。從幾次捻著他往上翹的鬍子中，威靈頓．唐聽他說起有意把幾個西班牙一級酒莊的佳釀介紹到臺灣來。里貝拉還道出一個頗令威靈頓．唐意外的觀察：臺灣願意出高價買一級酒莊的紅酒的行家，都集中在中南部，嘉義、高雄的醫生、銀行董事、地方上活躍的民意代表，可以不計代價，豪飲珍貴佳釀。

據里貝拉蒐集到的訊息，不是臺北，而是中南部，從年初開始，幾箱幾箱進口法國波爾多五大酒莊有年份的紅酒，不僅數量有增無減，而且買家不耐久等，往往自付運費、保險空運來臺。

里貝拉想向中南部的豪客推薦兩支西班牙好酒，一是被美國評酒大師羅勃．帕克稱為「西班牙的彼德綠堡」的耶魯斯，一是最近剛竄起來的「西班牙之星」拉米塔。

五之2

兩個月後，唐仁在福華飯店二樓咖啡廳等一個高雄來的酒商，洪久昌。此人以經營白蘭地、威士忌等烈酒為主，最近眼見葡萄酒狂賣，有意跟風轉型，親自北上到西班牙商務代表處查詢資料，里貝拉先生把他介紹給唐仁。

咬著菸斗，盯著咖啡桌上一疊照片資料，唐仁特地為此次見面所蒐集的，他微晃帶霜的頭，不太能相信自己坐在這裡等待南部上來的酒商。

那一天清晨，他漫步溜達，被金華街一家花坊給吸引了過去，大臺北水泥森林中美麗的花園，爬滿綠葉的窗緣，鑲著一屋子或怒放或含苞的繁花，燦爛得不可收拾。唐仁不覺駐足觀看，發現花坊裡有不少早年不易見到的進口花卉，如鬱金香、鳶尾花、荷蘭的芍藥，以及從夏威夷空運而來的好些叫不出名的溫熱帶球莖狀花卉。

他把目光停留在角落一叢待放的臺灣百合花，玉青色長長的梗，想到除夕那天，為亡妻遍尋不獲的那束百合花，不覺怔住了。

花叢中露出一張因為年輕，被百合襯得更加白淨的臉，顴骨兩邊似是沾上了百合花心飄過來的花粉，必須近前細看，才會發現那是一點點淺褐色的雀斑，頭髮剪得極短，穿白衣的上身往前探，以微蹙的眉頭詢問玻璃窗外怔住了的唐仁。

她是米亞，一個夏天穿白、冬天穿黑衣的女子。她愛花，更善於在花園培育花種，大學時卻從園藝系轉到生物化學系去，對歐美日新月異的生物科技實驗極為嚮往，每天追著看Discovery頻道的科學節目。米亞嫌臺灣生化研究所的課程太過落伍，正準備申請學校出國留學，暫時在表姊的花坊打工。

「說暫時，也有三年多了。」

說著，笑出一臉幾乎要令鮮花為之失色的燦然。

認識後，米亞形容那天唐仁咬著早已熄滅的菸斗，失了神地怔怔望著那束百合花，久久不曾移動，她擔心要出事。

唐仁拉過她那經常修剪花枝，生繭粗糙的手，包在自己的掌心裡，像安慰一個受驚的孩子：

「噓，沒事，沒事！」

他的確比米亞大很多。

因為快樂，情不自禁地，唐仁哼起美國歌星安迪．威廉斯的一首老歌〈The day of Wine and Roses〉。

「棒呆了，酒與玫瑰，外交官，我們來合作，你賣葡萄酒，我賣花。」

米亞自稱更愛種花，是個天生的綠手指。說著，張開雙臂，把一大叢玫瑰摟得花枝亂顫。

「全是我的作品！」

她每天在新店的花圃截取花樹的枝條，扦插令它長成另一棵花樹，或是拿植物的根、莖、芽的組織切片，重新培育，用插枝法和壓條法給花樹做無性繁殖。

「我在做植物的複製。」

「綠手指小姐本領可不小，不但種花，還會培育花樹苗！」唐仁讚歎。

他造訪過歐洲的葡萄園，發現周圍都種玫瑰花。

「倒不是為了美化環境，而是有它的作用，葡萄和玫瑰常常會受到黴菌的侵襲，玫瑰花比較嬌，一染上黴菌，立刻顯出異狀，果農就趕快採取預防措施。」

「哼，犧牲玫瑰，保全葡萄，公平嗎？」米亞雙手扠腰，氣盛地：「我可缺少這種奉獻精神喲！」

威靈頓・唐向外交部申請提前退休，他在敦化北路一棟還算新的大廈租了一間住辦皆可的公寓，客廳當辦公室，他向來客解釋臺北與法國時間差十幾個小時，相當於日夜顛倒，住家當辦公室，方便處理深夜傳來的傳真，不致耽誤事情。

唐仁把他對衣著搭配的品味發揮到家居擺設，幾件線條簡單的明式家具，把辦公室和展示間布置得清雅宜人，案頭花瓶鮮花不斷——米亞供應的。

他到法國食品協會查詢有關葡萄酒的資料，訂了美國、英國出版的幾本葡萄酒雜誌，如《*Wine Advocate*》和《*Wine Inspector*》，託海外朋友代購一本本磚頭一樣重的葡萄酒專書，光是羅勃・帕克著的就有好幾本，唐仁正在找這個美國評酒家，何以會被臺灣品酒者視若神明的原因。

他的書架列著歷年蘇富比、佳士得兩大拍賣公司拍賣珍釀的紀錄，羅勃・帕克的《波爾和一九六一——一九九〇》也在其中。剛出版的《蒙大維回憶錄》，給了唐仁很大的鼓舞，這位加州那帕谷的傳奇人物，五十二歲的一次歐洲之行改變了他的下半生，回那帕谷後，決定自立門戶，與兄弟分家。結果蒙大維釀出加州、甚至美國有史以來最好的紅酒。

比起蒙大維當年重新創業的年紀，唐仁也大不了幾歲，他正值年富力強的年紀，憑著過去在外交界遍嚐珍饈美酒的經歷，當個葡萄酒經紀應該是綽綽有餘。

閒時他在那張黑漆的明式骨董辦公桌鋪上毛氈，對著窗外樟樹綠蔭練隸書，童師傅教他邁開馬步，懸腕揮筆，臨乙瑛碑帖。寫書法一則修身養心性，二則可以養生，童師傅說，可怡養五臟氣血運行，活筋通絡。

然而，唐仁心裡知道，是花樣年紀的米亞牽絆了他，令他提前退休，現在坐在福華咖啡廳等待他的第一個可能的買家。

他向女侍應生點了玫瑰花茶。玫瑰花有疏肝理氣的效果，可緩和唐仁的神經性胃痛，米亞送給他一罐子的乾燥玫瑰花讓他加蜂蜜，熱水沖了喝。

喝了一口玫瑰花茶。還是米亞親手乾燥的味道好些。他把手壓在桌上的一疊資料，唐仁已決定辜負西班牙商務所託，不向洪久昌推薦那兩支冷僻的西班牙紅酒，資料夾裡是法國勃根第朋丘地區出產的Grand Cru的介紹。

洪久昌姍姍來遲，比約定的時間晚了半個小時，他對著手機講話，搖擺地走進咖啡廳，腳下穿著露趾的涼鞋，不到四十歲年紀，南部陽光曬得黝黑皮膚使他在人群中格外突出，唐仁一眼認出是他約的人。

也不為他的遲到道歉，洪久昌一屁股坐下。他穿了一件灰褐色的長袖高領恤衫，拉鍊一直拉到脖子，擠出豐肥的下顎，拉鍊下垂吊了一個金屬的Boss英文字牌。德國名牌Hugo Boss出品的服飾，會設計品味如此粗俗的休閒服嗎？唐仁懷疑。一定是拙劣的假貨，臺灣人個個想當老闆，把Boss戴在身上昭告天下，唯恐人家不知。一開口，不齊整的牙齒，卻沒嚼檳榔，還好不屬於紅脣族。

唐仁有備而來，他把為了這次見面所惡補的訊息說了出來，有點迫不及待。

「根據世界葡萄酒組織的調查，整個亞洲在過去兩年為之瘋狂，一九九五年臺灣的銷售量成長百分之十三，香港百分之十四，泰國韓國則更多、更驚人，成長了不止百分之一百……」

「喔，是嗎？」洪久昌的單眼皮的眼睛，橫了說話人一眼。他有橫眼看人的習慣。

「臺灣人的口味真會變，」他說：「十年前，公賣局第一次進口紅酒，酒精含量低，超級市場一瓶定價一兩百元，沒人買，高雄開了幾家歪吧——知道是什麼嗎？」

唐仁會意：「是Wine Bar。」

「答對。歪吧也找不到顧客上門，結果都倒店，四、五年前，紅酒才又動了起來……」

「現在情勢大不相同了。根據我從財政部關稅總局進口貿易月報得到的統計數字，一九九三年從法國進口四十二萬公升、九千萬元的紅酒，到目前為止，四年之內，進口量暴增了三十幾倍，高達一千四百多萬公升、三十五億元，這還不包括加州、澳洲、南非、智利等地區進口的紅酒，」唐仁緩了一口氣，又說：「如果統統加在一起，數字更是驚人，三千多萬瓶的紅酒湧入小小的臺灣。」

說著，連唐仁自己也禁不住驚歎。

「菸酒公賣局最新統計，今年上半年，葡萄酒的進口量，比較去年全年增加六倍，到今年五月公賣局核准了一百十二萬八千多打的葡萄酒。日本呢，泡沫經濟破碎後，紅酒人口不但不減少，反而增加，泰國也有這種趨勢。」

聽說洪久昌正預備從烈酒轉引進口葡萄酒，唐仁表示他有個建議，保證一出手，便會令他南部的同業刮目相看。

洪久昌橫眼看了一眼這鬢角帶霜、氣派不減的前外交部領事。

「說來聽聽，外交官。」

「現在已經不是了，」撫著菸斗，唐仁不無悵然。

報紙上登載一則別開生面的「尋人啟事」，即將被拆除，走入歷史的統一飯店，在報上公開找尋過去三十五年來，曾經在這飯店吃喝玩樂的有情人，希望藉著他們的回憶，讓風光了三十五年的統一飯店，在繁華落盡後，光榮地落幕。

六〇年代中期，這座三百三十個客房，十層樓高，走在時代之先的統一飯店，從周圍一片水牛耕地的稻田中拔起，昂然矗立，當時不少人擔心臺灣哪來那麼多的觀光客，預言它遲早會淪為美軍顧問團的療養院。

統一飯店創造了臺灣觀光業的奇蹟，不僅成為東南亞政要下榻的賓館，也曾經是外交部設宴款待外賓的場所，甚至連蔣夫人也曾慕名造訪。鼎盛時期，臺北的紳商名流以「住在統一、吃中餐到文華廳、吃西餐到金蘭廳、跳舞到香檳廳」為時尚。

唐仁初入外交界，也曾穿上新西裝打領帶，摟著身著拖地晚禮服的新婚妻子在夜夜笙歌的香檳廳翩翩起舞。

童師傅更是跟著統一飯店一路走來，共享榮枯起伏，直到香檳廳風光不再，轉租給紅頂藝人演反串秀，他就此拒絕上門。跟隨飯店度過三十五個春秋的公關經理，邀請童師傅在拆遷之前的最後一晚，回到昔日的香檳廳的惜別晚會，把酒憶舊一番，童師傅也約唐仁一起去憑弔。

取下早已熄滅的菸斗，唐仁回過神來，坐直了身子，迎接洪久昌斜斜投過來的目光，接續往下說：

「歐洲美國的葡萄酒很注重產地，不像洪先生一向進口的白蘭地、干邑、威士忌，法國政府規定只有酒莊生產的葡萄酒，酒瓶商標上才能註明產區，臺灣人就知道一個波爾多產葡萄酒……」

「名氣最響麼！」

「沒錯，可是，臺灣人知不知道——包括你洪先生在內，最近波爾多的價格猛漲，一年內漲了一倍，以瑪歌紅酒來說，九六年的比前年的就漲了五成，去年葡萄收成時天氣好，預料酒質也差不到哪裡去，結果酒商一窩蜂搶購一空……」

「還不都是臺灣人去搶的，把價格哄抬上去，便宜了老外……」

唐仁同意：「九六年的紅酒還存在橡木桶，必須等到明年三月才可裝瓶，搶購這批波爾多紅酒，其實是個冒險的賭注，紅酒要等裝瓶上市才可品嚐出好壞，對紅酒稍有常識的都知道這個道理。」

「咳，技術性的東西，大家才懶得去理，進口商把紅酒當股票炒作，一哄抬，價格上去了，抛出去，新臺幣落袋，安心。」

把紅酒當股票炒，唐仁聽了，感到刺耳。放下菸斗深深吸了口氣，調理了一下情緒，才緩緩地說：

「我最近在學書法，童師傅——我的書法老師——教我，像我這樣半路出家的，想在短時間內有所表現，唯一的法子就是走偏鋒，這句話給我很大的啟發。」

唐仁認為既然大家一窩蜂進口波爾多紅酒，他從側面打聽到中鋼、大同、台糖等幾家大企業也蠢蠢欲動，預備砸下幾千萬趁熱進口紅酒撈一票。

「這些大企業當然也是從波爾多進酒，」唐仁說：「雖然波爾多的產量是勃根第的五倍，不過，真正懂酒的都知道，勃根第的紅酒品質高，大部分只用一種葡萄釀成，總共也不過四種品種，卻有一套很嚴格的評級制度，比波爾多同級的酒還要貴，更有收藏價值。」

他建議趁現在臺灣進口商還不懂得勃根第紅酒的妙處，趕快先進一批，囤積起來，不必急著賣，等到波爾多酒缺貨，回過頭來發現勃根第紅酒的好處，那時價格一定飛漲。

洪久昌聽得有點心動。

「外交官的偏鋒理論，妙啊！你有門路？」

「有。西班牙商業代表里貝拉先生告訴我，中南部的醫生、議員、銀行家、企業家第二代，不少真正懂酒的，又捨得花錢，我利用從前在外交部的關係，已經跟勃根第的一家酒莊聯繫上了，正巧有兩百多箱九五年朋丘玻瑪的特等Grand Cru。」

「什麼報價？」

「大約兩千元，就酒質來講，應該算合理。」

「一瓶兩千元？」

「是吧！」

「是零售價？」

「不，進價。」

洪久昌伸了伸舌頭。

「洪先生，我打聽過了，公賣局葡萄酒進口稅，是按照容量而不是照進口價扣稅，每一瓶都是九十元，不管是AOC或便宜的Table Wine，所以，進貴價的錢應該比較划算！」

「問題是要有客路。」

「法國人把品飲葡萄酒當作是一種Spiritual，性靈的經驗，是一種文化，玻瑪這家酒莊的主人有一個紫色的鼻子，品酒家的標誌……」

洪久昌摸摸自己的鼻頭：

「鼻子也有紫色的？酒糟鼻是紅的吧？」

「重點不在鼻子的顏色，法國人把葡萄園當生命一樣愛護，那種精神才令人感動。」

唐仁提起勃根第第一個酒莊的經理，每天摸黑起身，第一件事就是去巡視葡萄園，每一株葡萄都記日記。碰到沒長好或得病毒，像霜霉病、蟲害的，就連根拔起，種新枝代替。

「他給新株綁上不同顏色的彩帶做記號，註明那株葡萄樹是何年何月何日種的，成千上萬株，他每一株都認得。」

洪久昌靜靜地在聽。

「葡萄樹跟人的生命週期一樣，十五歲上下的光長葉子不長果實，這經理就讓工人剪掉葉子，二十五歲以下葡萄樹，年輕力壯，拚命結果，但是，一棵樹結太多果，釀不出好的酒質，這時又得趁果實還小，全部剪掉。」

經理告訴唐仁，九五年剪掉三分之一的葡萄。

「哇塞，那不是個大損失，打死臺灣的葡萄農，他們也不會肯這樣幹。葡萄收成論斤賣錢，釀不出好酒是公賣局他家的事，消費者倒楣！」

「就因為臺灣人不喝本地釀的玫瑰紅，所以我們才會坐在這裡吧！」唐仁說：「法國人種葡萄樹，老株還不捨得拔掉，一過五十年以上，果實結得少，需要更多的照顧，可是釀出來的酒品質特別好，物以稀為貴，價格當然高。」

「進價二千臺幣一瓶的勃根第，就是這種老株葡萄樹釀的吧？」

「應該是。不過，五十年不算老，還有八十年的，像彼德綠酒莊的老株……」

「外交官，我很欣賞你的策略，捨主流波爾多，不跟人家一窩蜂，走偏鋒勃根第出奇制勝。」

洪久昌向他豎起大拇指，收下資料。

「我會好好考慮你的建議，回南部做市場調查。」

他在高雄結交一群雅痞，家裡都是做生意的，被父母送去洛杉磯一些市立大學學英語，混個學位回來經營家族生意。

「不過，他們喜歡喝加州葡萄酒，不習慣波爾多的，說比較澀。」

「我住過舊金山，常去那帕谷，也認識索羅瑪一家酒莊的主人。美國釀酒的方式比較多元化，用大型不銹鋼的釀酒桶，法國人比較保守，遵循古法，到現在還用橡木桶。留美年輕人比較可以接受創新的東西，像你南部的那些雅痞。」

「紅唇族也不愛喝酸酸澀澀的酒。臺灣人一年吃掉多少檳榔，外交官？」洪久昌伸出三個手指頭：「三百億。僅次於稻米的量，嚇人吧！所以紅酒一定要甜的。」

「要甜酒，臺灣公賣局做酒，是加糖去發酵，喝起來像糖漿，」唐仁提醒他：「喝勃根第Grand Cru的對象，恐怕不會是吃檳榔的吧?!」

「咳，外交官，錯了，你以為那些卡車司機、工地的工人才嚼檳榔？錯了，在南部，紅唇族的議員、銀行經理、公司董事長比比皆是。有個黑道大哥，掃黑逃到澳門去，手下每兩天要坐飛機專程送檳榔去，真有其事！」

六之1

「嗅覺是怎樣發生的？」楊傳梓醫生解釋：「簡單的說，當鼻子和氣味分子相遇，比如花香，你湊近去聞一朵玉蘭花，香味進入鼻孔，氣味分子與神經末梢細胞結合時，所發生的反應便會傳遞到鼻腔上的嗅球，再傳到腦部確認是哪一種氣味。」

患者似乎聽得滿頭霧水，楊醫生接下去：

「聽起來，過程好像很複雜，其實也不過就是氣味分子被吸入後，找尋適當的受體部位，跟它結合罷了。」

嗅覺上皮受了傷害，可能導致暫時或永久的嗅覺喪失。鼻腔上緣的薄層組織，叫嗅覺上皮，主要由四種細胞組成。

「嗅覺損傷，可能是神經出了問題，像帕金森氏症、阿茲海默症，失去記憶，同時也失去嗅覺，荷爾蒙或病毒方面的疾病，過敏、上呼吸道感染、暴露在有毒化學物下、鼻竇炎、腦瘤……都可能導致嗅覺失靈。」

楊醫生給患者做過一連串密集的檢查，經過驗血、掃描、過敏測驗後，一一排除致使呂之翔喪失嗅覺可能性，剩下的就是鼻竇炎和腦瘤。

楊醫生用鼻竇的X光攝影檢查，察視呂之翔的鼻腔內是否有局部的黏膜浮腫，中鼻道堵塞不通，鼻內有鼻茸存在，嗅球部位狹窄等症狀。

「鼻竇在生理上負有重要的功能，例如調節吸入的空氣溫度和溼度，同時也有助於發音的共鳴作用，能保護嗅覺神經、眼球以及頭顱內的中樞神經系統。」楊醫生又加了一句：「臺灣是亞熱帶氣候，溫度高而且潮溼，很容易患慢性鼻竇炎。」

「楊醫生，上次您說過，臺灣的天氣也很容易使人感染慢性鼻炎，又是鼻子癢、打噴嚏、流鼻水、鼻塞、鼻子出血，」呂之翔抱怨：「臺灣怎麼老是讓人生病啊！」

「人住在豬窩裡，不病也得病呵！」

醫生與患者都有同感。空氣沉悶了下來。

楊醫生最近老覺得空氣裡充滿了細菌，總是盡量閉氣不敢呼吸。

「鼻竇炎會造成嗅覺機能喪失，」半晌，楊醫生才打起精神解釋：「是因為鼻中隔和中鼻甲之間的嗅裂變得更狹窄，依你的症狀，可能完全閉闔，嗅覺神經末梢無法與外界空氣接觸，根本聞不到世界上的各種氣味。」

楊醫生安慰患者，並不是患有鼻竇炎的人都得開刀手術才能根治。他讓呂之翔接受鼻竇機能檢查，由鼻腔內下鼻道，對著顎竇做穿刺，從側壁穿入，用生理食鹽水加以沖洗，再注入一種含碘的攝影劑，讓呂之翔再做一次鼻竇X光攝影。

一週之後，又做了一次顎竇X光攝影，發現呂之翔的鼻竇機能正常，具有排泄竇內分泌物的功能。楊醫生宣布不用開刀的消息，令呂之翔雀躍。

然而，患者的頭痛、鼻塞依然如影隨形，嗅覺毫無起色。

「如果開刀，」呂之翔怯怯地問：「就可以解除我的症狀嗎？究竟鼻竇炎手術是怎麼一回事？」

「鼻竇是骨中的空腔，開刀就是把這個腔打開，把裡面的膿清掉，刮除黏膜——問題是你沒有長膿——」楊醫生做了一個比喻：「開刀為的是放寬鼻竇自然的開口，另外還打造一個新孔，可以有對流作用，不會再造成儲膿的現象，這個原理好比開罐頭時，需要打開兩個洞一樣。」

排除鼻竇炎導致的視覺神經失調，證實呂之翔不是天生嗅覺失靈，也不因震盪使他的嗅覺神經受到損害，剩下的只有一種可能：腦瘤。

雙手蒙住臉，呂之翔但願他的聽覺也一起失靈，就不會聽到這令他喪膽的字眼。

鼻咽部是一個隱密的死角，容易造成診斷上的盲點，不過，在鼻咽鏡的檢查下，腫瘤卻是無從遁形。楊醫生問患者：他家族中有沒有患鼻咽癌的病例？居住環境有無通風不良？夏天是否點蚊香？或拜佛的線香？飲食習慣有無大量攝取燻肉、鹹肉之類？問到是否抽菸？患者不再搖頭了。

由於報社職業使然，呂之翔一直是個菸不離手的老菸槍，在他喪失嗅覺前的一個月，聽到一個每天三包薄荷菸的朋友到義大利旅行，胸口脹痛在米蘭病倒了。朋友形容異鄉住院的淒涼，呂之翔決定戒菸，當下買了電視上廣告的，那種不含尼古丁的本草捲燒代替香菸。

最近才開始戒菸。楊醫生喃喃。在綠色燈罩下的病例寫上一串外國文字。

「臺灣人得鼻咽癌的比例比中愛國獎券還多，以四十五歲罹患率最高，不用怕，你還沒到那年紀，」楊醫生露齒而笑，算是安慰患者。醫生無肉的臉頰架著黑框眼鏡，突然露出兩排長長的牙齒，映著綠色燈罩，看得呂之翔的雙肩一聳，打了個寒顫。

楊傳梓醫生感覺到了，問他有無神經病狀，比如顏面發麻、舌頭麻痺？或有偏頭痛、耳鳴、聽力障礙？

他伸出兩隻潮溼冰冷的手，握住患者的脖頸，上下撫摸。

「頸部淋巴結病變是最常、最早出現的臨床表現，」楊醫生放下手：「頸部淺層的可動性淋巴結，通常都是良性的，埋在深層的，就必須小心，而且它還會轉移……」

這晚門診的結論是：定時間用鼻咽內視鏡經由鼻腔或口咽檢查。呂之翔下樓與護士約定日期，他不知道自己是怎樣離開診所的。

呂之翔說，他是在峇里島度假時，被當地土人下蠱，中了巫毒而失去嗅覺的。

他到峇里島過年，下榻庫塔區一家新開的飯店，酒吧枱浮建在游泳池當中，游得口渴了，爬上酒吧叫一大杯清爽的檸檬汁，喝完一轉身，又滑下泳池，仰躺在水面，感到有如置身天堂。

最後一天假期，他躺在沙灘曬太陽，無雲的藍空下，遠遠的海面有一個洋人在衝浪，隨著海浪翻騰起伏，跌下去又爬起來，如此週而復始地重複。

看久了，呂之翔感到無聊，抖去涼鞋的細沙，搭了飯店的巴士去逛市集，隨便走入一家工藝品店，在掛了一牆的木偶、皮影戲皮雕中，他選中一個黑漆面具，不似人類的紅嘴唇咧到腮邊，四周描了金線，女售貨員告訴他是印度史詩中的聖猴。

呂之翔把面具戴在臉上，模仿猴子搔癢，笑逗那個眼睛晶亮的峇里島女孩。

那天晚上，飯店復古的神廟劇場舉行一場舞蹈表演，在加美蘭樂聲裡，舞女們宛轉十指優雅慢舞，後臺衝出一隻搔首弄姿的猴子，舞者戴的面具與他下午市集買的那件頗為神似。

呂之翔在加美蘭叮咚敲響聲中，拎了一瓶紅酒坐在涼亭獨酌，一直到夜深，才踏著月色回房間，微醺中，感覺到芭蕉葉叢動了一下，閃出個穿著沙龍的窈窕身影。

接下來的印象如夢如幻。隱約記得月光下那絲緞一樣赤裸的肌膚，尖尖的臉像是下午海灘上用珠貝編織長髮的女孩，晶亮的眼睛又像賣面具給他的女售貨員。

天亮之前，他被突如其來的一股冷顫驚醒，勉強撐起瘧疾一樣顫抖的身子，起身關掉冷氣，從壁櫥上端拉下三床毛氈蓋在身上，還是冷得簌簌發抖，打開皮箱，把回臺北穿的寒衣全部穿上，拉過兩個床罩摺疊成好幾層，蓋在身上，還是冷。

平生沒這樣冷過。

呂之翔蜷縮兩條腿打抖，看到鏡枱上那件猴子面具，咧到腮邊的紅嘴脣，露出一口白森森的牙齒，不屬於人類的牙齒。晚上自助餐一大盤斬去頭，剝皮的青蛙腿，也是這樣白森森的。

呂之翔喉嚨一甜，青蛙腿從他口、鼻蹦出，一隻又一隻。

他中了蠱毒，峇里島的女人下的降頭。

在楊醫生拿鼻咽內視鏡插入他的鼻腔，再用特殊的光纖放大鏡診斷他是否患了鼻咽癌之前，他必須趕快找回他的嗅覺。

六之2

「我們失去家鄉的味道，只能從家鄉來的葡萄酒找回。」

近兩年來，中共接二連三地逮捕了涉嫌間諜案的臺商，造成兩岸諜影幢幢的緊張氣氛。透過調查摸底，中共實行諜對諜的反間計，祕密吸收臺商提供情報，據聞臺胞遭中共各單位吸收，交付情報蒐集任務的人數高達三萬四千四百七十七人。

最近海峽兩岸關係緊繃，中共公安部除了對旅居大陸的臺灣人進行「調查摸底」的偵防行動外，也對來臺訪問、探親、探病、奔喪後返回大陸的人士，進行所謂「歸後教育」。

呂之翔的母親回返蘇州老家探親，先前寄回的書、信、照片都被檢查，她可毫不知情，也沒察覺返鄉後，行蹤一直受到公安嚴密的掌控。她忙著每天到玄妙觀尋覓童年吃過的小吃，坐在蘇州賓館的餐桌上，回味兒時竹梆子聲中，路邊擔頭那一碗蝦仁薺菜配高湯的小餛飩，捧著一碗糖粥，想起爹娘去世未能奔喪而老淚漣漣。

離開蘇州的前一晚，她看了一場蘭州舞劇團的「香妃」，劇中有一景，乾隆皇帝揭下覆蓋在香妃身上的紅紗巾，拿到鼻子下深深吸嗅，做出為她特有的女香陶醉不已的動作，一股沁人的體香似乎也飄到觀眾席上，呂之翔的母親不自覺地深深吸了口氣。

呂之翔要回到兒時的家，找回他的嗅覺。他的母親從蘇州帶回百合，他要回去喝那一碗母親做的百合薏仁粥，好讓他清心安神，潤肺止咳。永和竹林路盡頭那棟有院子水泥的平房，充滿著成長歲月的記憶與氣味，他要回去重溫回味，把深埋的記憶挖出，重新感受回家的感情悸動。

他多麼懷念那種薰得人轉不過氣來的蒸騰的、濃烈的花香。大學聯考那個夏天，窗下兩盆桂花突然不合季節的怒放，原本清香的桂花，因為開得太繁茂，加上是個沒有風的夏日夜晚，濃濃花香一波又一波地轟擊著他，薰得夜讀用功的呂之翔差點心弦斷裂。

原來花香襲人的「襲」字是動詞，花的香味可以是攻擊性的。

呂之翔半夜把兩盆半人高的桂花搬到院子裡，讓它們各據一端，分散香味。然而以他目前的情況而言，再濃烈、再薰人的香味，他都無法歡迎。

一進永和竹林路的家門，呂之翔伸長鼻子到處吸嗅，有如喪家之犬終於找到家似的，童年的廚房的氣味、母親擦明星花露水的香味、客廳窗簾潮溼的氣味、餿水難聞臭味、壁上殘留冬日進補的當歸藥味、雨天衣物的霉味、穿髒了的球鞋的臭汗味……，這些陪伴他成長的氣味，埋在記憶深處，等待他去挖掘。

呂之翔的期待落空了。

他不死心的翻箱倒櫃，從塵封的箱子找出穿開襠褲的泛黃照片、霉跡斑斑的小學課本、筆記本、獎狀，堆在衣櫃深處的恤衫、穿舊了的牛仔褲、不成雙的襪子……，捧在手中發狂的吸嗅。

最後他從櫥櫃頂上翻出那頂變了形的棒球帽，亞洲鋼砲全壘打王呂明賜簽名的球帽，曾經與他形影不離，成為他生命的一部分的那頂球帽。

呂之翔先屏住氣，再小心翼翼地慢慢把鼻子湊上去，連黃漬斑斑的帽子上一層厚厚的灰塵也不彈，等待那油垢臭汗、頭皮屑、霉味混合，五味雜陳的氣味分子鑽入鼻孔，與神經末梢的細胞結合，發生反應，傳遞到鼻腔上的嗅球，再傳到腦部，然後他希望告訴自己：我聞到了。

鼻子依然故我。

他站在氣味滿盈的屋子——從前留下來的，與他離開後又新增添的，只是自己聞不到的氣味——感到有如站在一片廢墟裡，心灰成一片。

「人死後一切煙消雲散，唯有味道與氣味能留下來，難以捉摸卻恆久忠實，」普魯斯特寫道：「像靈魂一樣在一片廢墟中堅持記憶，等待與盼望。」

呂之翔差點失去生之意志。他還活著，就已經聞不到那不可捉摸的神祕的、那股令他震動心弦的味道。

回到自己租來的住處，忍住幾天不洗澡，又到附近的小公園慢跑幾十圈，然後姿態不雅地搓著腋窩，放到鼻子前聞自己的體臭。如廁時，頻頻深深吸氣，希冀聞到自己的排泄物。

一切的嘗試終歸徒勞。

七之1

吳貞女想改變她的家。

她和楊傳梓醫生結婚，同住在一個屋簷下，一開始就困難重重。每次一吵完架，吳貞女就試著改變他們新居的現狀，企圖創造出一個不同於先前的空間感覺，好讓吵完後的她可呼吸自如，繼續與丈夫在同一屋簷下過日子。

也不知哪來的精力，五尺不到又瘦又小的吳貞女，一天之內可從客廳到臥室，使四十五坪大的家，整個換了個樣，把沙發、桌椅，甚至彈簧床的位置，來個換位大搬移，全部重新布置擺設。

做丈夫的從診所回家，面對面目已然全非的公寓，一時之間，差點以為走錯了門。定睛一看，桃紅色的皮沙發，一組三件，看上去很眼熟，地氈的織花圖案、色澤也似曾相識，移換了位置，難怪一時之間認不出來。家已經不是他早晨離開時的家了，不僅大件家具，甚至連音響、電視、北歐進口的壁櫃，也從靠窗的這面牆，移動到另一面去。

這個丈夫眼中手腳短小，總愛穿大兩號的衣服，外面還喜歡披一件暗色罩衫，長裙拖地，看來拖泥帶水的妻子，不知發哪門子瘋，短短一天工夫，把個好好的家，而且是新家，來個天翻地覆，甚至連臥室挨牆對著門的彈簧床，現在也變成對著窗，衣櫃、壁櫥也因雙人床的位置而移動。

如果昨晚兩人不是爭執得太厲害，或是一天下來的勞動，多少化解吳貞女滿懷的怨怒之氣，她會雙手抱胸，乜斜詫異得嘴半開，對眼前所見難以置信的丈夫，挑釁地在她重新創造出來的空間來回走動，邊走邊噘嘴說：

「躺在床上，兩隻腳對住門口，挺屍啊，就差旁邊點一枝白蠟燭送終！」

眷村長大的楊醫生，無法理解臺灣人的忌諱。

兩天之後，雙人床又被推到另一個角落，這一回，她連藉口都懶得找。

一開始，吳貞女也想改變丈夫的體質。

楊醫生不用到冬天，也手腳冰冷，中醫所謂的「陽虛」，他的妻子相信用藥補加上食療，勢必可以調理他的體質，讓丈夫脫胎換骨。

她從中藥房抓回鹿茸、肉桂、高麗參、紫河車等養生藥材泡成藥酒，也用成藥八珍湯、十全大補湯、四神湯拿來與雞鴨、羊肉慢火細燉，或用鰻魚、土虱烹煮。

楊醫生回到家，聞到屋子裡一股濃濃的中藥味，皺起眉頭，整晚把自己鎖在書房。最後滋養的補品還是落到吳貞女的肚子裡。

她會捧著一大碗燉補，對著書房緊閉的門，故意大聲稀索喝湯，期待四溢的香味最終會把丈夫引誘出來。

那時剛結婚不久，吳貞女還有這種興致。

中醫治療陽虛怕冷，用一種反其道而行的治標方式，讓冰冷的四肢伸入冬日的自來水浸泡，一旦四肢暖和，才擦乾，拿毛毯緊裹。

楊醫生把中醫顛倒過來的療法再顛倒回來，他放掉浴缸妻子為他儲存的冷水換上熱水，給自己腳底按摩，希望藉此治療他的失眠症。

婚後他的失眠愈來愈嚴重。最近連礦泉水、半瓶可樂、一粒巧克力都會令他輾轉反側。楊醫生試過所有的安眠藥、抗過敏的藥、含氟含氯的含溴的鎮靜劑，效果枉然。

「失眠與心、肝、脾、腎、胃、膽等臟腑有密切關係，」仁和堂的老中醫捋著白鬍告訴吳貞女：「思慮勞倦，內傷心脾，驚恐則傷腎、情志抑鬱則肝腸擾動，飲食不潔，胃氣不和。」

如要清瀉心火，主方為硃砂安神丸；心脾兩虛，主方為歸脾湯；清肝瀉火，主方為龍膽瀉肝湯；心膽氣虛，主方為安神定志丸合酸棗仁湯；胃氣失和，主方為半夏秫米湯……

「不寐之病位在心，」老中醫結論道：「所謂六肺之有疾者，皆取其源。」

根據世界衛生組織的最新統計，全世界約有百分之三的人口罹患各式各樣的憂鬱症，依此估計，全世界憂鬱症患者多達一億多人。據臺灣地區的精神醫學流行病學之研究發現，臺灣一般人口中，憂鬱症患者每萬人中約有二三〇人。

世界衛生組織的研究報告預測，西元二〇二〇年時，憂鬱症會僅次於心臟病，成為人類健康的第二大殺手。

英國利來藥廠出品的百憂解，上市後被渲染成不僅有解除憂鬱的療效，還可增進快樂，楊醫生吞下那一顆綠色的膠囊，果真情緒高亢，興奮到想飛躍，他耳聞醫院一位貌醜的護士交到了男朋友，不能自禁地附貼到她的耳邊，警告她「小心祕密燃燒的熱情」，把那個護士嚇得臉色發白，被侵犯了。

要不是看在楊醫生一向沉鬱低調，一定是吃錯了藥，令他兩眼發光，舉止怪異，護士真想到院長室告他性騷擾。

楊醫生以不忍干擾妻子睡不安穩為理由，搬到書房睡沙發床。他特地加裝隔音的雙層窗戶，換上不透光的窗簾，躺上床之前，先把白色的大蚊帳掛好，避免蚊蟲咬擾。

吳貞女擁有書房以外的所有空間，丈夫與她分房而睡後，她不必再搬移家具為自己製造空間了。

最近她渴望走出家門，留在外面的時間愈長愈好。只要丈夫在家，雖然關在他的書房裡，吳貞女也會感到窒息一樣，氣轉不過來。市府環保局實施垃圾不落地之後，出去等垃圾車變成她晚上盼望的活動。

吳貞女早已不與丈夫同桌吃飯，丈夫回家，她像傳統的妻子一旁伺候，不等他吃完，便到廚房刷鍋洗碗，拎起垃圾，打開家中的兩道門，木門之外是防盜的鐵門，一到外面，吳貞女的呼吸立刻感到舒暢。

她愈來愈早站在小公園的那棵樟樹下等垃圾車，颱風下雨也一手撐傘，一手拎著垃圾站在路邊。

吳貞女很羨慕有娘家可回的女人。

不止一次，實在難挨的時候，她真想離家一走了之，搭上火車回彰化老家。其實她無家可歸，父母雙亡，兄姊分散各地，祖屋只剩一個行徑古怪的尾叔，獨自守著。上一次回去，老家周圍的街市拆遷重建，原本的巷道變得柔腸寸斷。吳貞女一時間迷了路，竟然找不到尾叔住的老宅，她們吳家的祖屋。

吳家本是花壇的大戶，吳貞女的祖父是位擅寫漢詩的鄉紳，在世時，近處寺廟每年元宵節的燈謎都是他出的題，她對阿公的記憶是他總穿著褲頭很寬的白綢褲，每次看著他左手按住肚臍，右手把褲頭往外那麼一拉，再塞入腰裡，然後，躺在廊下竹編的涼椅，撲拍著鵝毛扇，嘴裡咿咿啞啞吟誦他剛完成的一首七言絕句。

小時候，吳貞女為擔心阿公的褲子會掉下來，而苦惱不已。

祖父去世後，她的尾叔匍匐回來奔喪，就此辭去臺北廣告公司的工作，理了光頭，穿起他父親的唐衫，只是褲頭改用鬆緊帶，腳下一雙黑布鞋。他親自開耕田用的鐵牛到溪底搬運急流沖刷，凹凹坑坑的石塊，以及颱風過後，從上游漂流而下的枯樹根，把它們搬回家擺在祖屋院子當裝飾，發揮他藝術系畢業生的審美眼光，翻修隨著父親癱瘓，荒廢大半的磚屋。

獨居祖屋的尾叔，是鄉人眼中的怪人。謠傳他與一個鄰鎮頗有姿色的寡婦有染，被看到兩人手牽手沿著落日染紅的村路散步。後來那女人不告而別，據說到臺北來開了一間卡拉ＯＫ，雇了一個音樂教師晚上兼職，賣起法國葡萄酒。

為了追蹤愛人的下落，吳貞女的尾叔還跑了一趟臺北。多時沒來，他在這城市迷了路，一天晚上，無意間走過松江路，從兩棟辦公大廈夾縫的窄巷，飄出一蓬蓬的香燭味道，夾雜女人的香水味，他被那股似曾相識的香水味牽引了進去，愈往裡走，夜色下煙霧繚繞。

巷底陰暗處隱約可辨一座六角亭，當中供奉了一尊四面佛，騰騰煙霧中，彷如有個女人彎身向亭子旁的賣花婦接過一串白色的，似是茉莉花的花串，然後步上六角亭獻花默禱。那女人走動的姿態背影極為熟悉。會是他踏破黑布鞋北上尋覓多時的愛人？

吳貞女的尾叔駭然。他撫著牆壁，竟然沒有勇氣上前。

七之2

吳貞女是在向晚時分離家的。她在信義路的巷子招來計程車，一上車，發現車裡琳琅滿目都是字條，司機座椅背後貼了一張「乘客須知」，正楷的毛筆字，反光鏡夾了一排字，被一張紅紙擋住看不全內容，車內的燈被符咒似的黃紙包住，一個密宗的吉祥結垂吊在司機旁邊，隨著車子前進，晃啊晃的，駕駛臺從左到右一排塑膠蓮花，借著車外的街燈，看得出是粉藕色的。

臺北住久了，吳貞女碰到過形形色色的計程車司機，其中不乏稀奇古怪的，像是一邊開車，一邊手不釋卷讀日本推理小說的，向她兜售鑰匙圈、假手飾的，甚至裝了一車的盆栽，幾乎強制乘客認購的司機。

最恐怖的是預言世界末日的到來的那種司機，比如當天上的七顆星排成一直線，臺灣就會沉到海底，或是比那年白河更厲害的地震指日可待之類。

今晚這個司機，後腦勺半頭椒鹽色的頭髮，空出右手，指指垂吊的吉祥結，打開話匣子：

「這是個迴環貫徹一切通明的吉祥結……」

流利的臺灣國語，不斷句一口氣講下去，吳貞女聽出是文言文的四句聯。她記得外祖母在世時，說話像念詩，也是這樣文縐縐的，似乎還押韻。小時候她一句也聽不懂，倒記得外祖母說過她娘家祖上是個前清的捐官貢生，到了她這一代已經沒落了，不過大屋前剩下的柱子，需要好幾個玩伴手牽手才能把它圈圍起來。

頭髮椒鹽色的司機從她一上車，滔滔不絕氣也不換，自稱不只是個計程車司機，他早上開工之前，還在一家電臺主持一個喚醒世人的節目，屬於「惠」字輩的組織，他的師兄們是佛陀滅後被選出來拯救世人的後代。

光一個「心性」，他可以在電臺講好幾個月。

「……學佛光明見本心，無心萬物自無生，無生自在清淨性，淨性靈寂是本心。」

司機大談空性，「馬路是空的、車子是空的、杯子是空的，臺灣人只談有，不談空。」

他們「惠」字輩的師兄們有一道符，專治臺灣人的心病，那顆患得患失、驚恐散亂的心……對後座插不進嘴的乘客，讚歎他有幸與智者共渡，萍水相逢……

話語甫落，雨點一滴滴掉在蒙了一層厚厚灰塵的車窗，每落一滴玻璃有如被打了一個破洞，司機握住方向盤的雙手，疾疾如風的交叉舞弄，像是在打手印作法，而老天似是也以下雨做為回應。

吳貞女喊停車，逃離那個古怪的司機，她發現自己站在重慶南路武昌街交叉口。大學畢業後，她很少回到臺北的這個老城區，記憶中武昌街口的廟宇並不很具規模，相別多年，變成眼前巍峨堂皇的一座大廟，廟裡香火繚繞。

吳貞女不自覺的走了進去，右邊立了尊龐然的白衣觀音，不知從哪裡引來的淙淙流水聲，聽得她出神。直到一個廟祝模樣的男人向她推銷線香金紙，吳貞女才擺手辭謝，走出廟宇，她沒看清中間供奉的主尊是何方神聖。

對面那家賣排骨飯的老店還開著，她記得薄薄一片，炸成黃金色的排骨，攤在淋了汁的白飯，吃第一口便停不下來，當年她也顧不得女大學生應具備的斯文吃相，蒙頭便把一盤飯扒個精光。

吳貞女真想坐在那油膩膩的店裡，耳聽排骨在那一口黑黝黝的油鍋滋滋作響的聲音，重溫她的大學時代。儘管那是個毫不精采、乏善可陳的四年。

晚飯時間已過，垃圾袋堆積用過的竹筷、紙巾、保麗龍碗，吳貞女望著一地的狼藉，頓時失去胃口。

她還是不想回家。

轉身沿著重慶南路燈火通明的書店，來到衡陽路，總統府就在前方，剛才計程車路過，看到它圍著藍色塑膠布裝修，鷹架橫搭，從來不讓吳貞女覺得威嚴的這棟日據時代的老建築，維修的襤褸模樣，卻是又悽愴又可笑。

火災後重建的衡陽路，布莊、服飾店、咖啡廳、禮品店、花坊、食品鋪一間挨著一間，吳貞女很想走過中華路那座陸橋，到沒落的西門町，毫無目的地的亂晃，也許上萬年大樓四樓的海報店，再去買一張黑白的奧黛麗赫本海報，結婚前她租來的小套房牆上就貼了一張，然後坐在成都路電影院旁的冰店吃一碗任選六樣的剉冰。

吳貞女沒有爬上中華路的陸橋，她隨意進了一家生意清淡的素齋小館，在角落的位子坐了下來，翻開前一位客人留下的晚報，社會版頭條，斗大的猩紅字體：

環保流氓，亂傾倒汞污泥、黑道大亨，暴力介入工程。其餘的新聞不外乎：大廈屍臭，再傳兩獨居老人死亡、全省掃蕩檳榔西施，成效零星……

兩則新聞吸引了吳貞女。一則是涉嫌替人消災解厄詐財：

蕭嫌利用「命運青紅燈」廣播節目，販賣未經衛生署核准的藥物，「七葉蘭」、「力潮甘勇」、「天然鈣」等，又自稱精研茅山法術道行高深，夥同兩個兒子及自稱「廣靈大師」的吳嫌設壇作法驅鬼斂財，初步查出被騙者數百人，詐得金額上億元，都被蕭嫌轉移他處或購買名車。蕭嫌一家六口就擁有三輛賓士五〇〇轎車。

被害人黃婦，每夜睡到半夜胸口疼痛驚醒，到醫院檢查不出病因，聽廣播求助蕭嫌，留下頭髮、指甲設壇連續作法燒冥紙七七四十九天，後經另一受害人指點，發現了替她受災擋難的紙衣道袍等物，並無如蕭嫌所說「放水流」，而是隨便丟棄垃圾桶，才知被騙。

另一則是臺中美容院老闆黃某，強暴未滿十六歲的女學徒，將她反鎖拘禁一年，迫令墮胎三次。

吳貞女的視線停留在禁閉少女的兩道鐵門，黃某外出時，總是將之反鎖。她信義路的家也有兩道門，一道是木門、一道是防盜的鐵門，吳貞女很慶幸自己有鑰匙，可以來去自如。

吳貞女有家不回。

素齋館的燈熄了，她還是得離開。重回街頭，她不想回家，漫無目的地走在街燈轉暗的衡陽路騎樓，來到大火劫後尚未復建的商家，頹牆敗瓦前，一張簡陋的小四方桌點著一盞燈，幽微的光線映顯桌上擺著成疊的佛經善書、念珠、佛陀觀音等聖像，兩個衣飾樸素的女孩，雙手交握各立桌旁，笑迎吳貞女，她們是北投嵩巖寺淨空上人的弟子，下班後每晚到鬧市來擺善書桌，免費贈閱佛經書刊，接引有緣的信眾。

吳貞女請了一部《觀世音菩薩普門品》、一部《藥師琉璃光如來本願功德經》，以及嵩巖寺出版的雜誌回家。

八之1

呂之翔的嗅覺曾經短暫的恢復過。

那天晚上，他回家途中，轉入住處旁的巷子，逆著風，拂面聞到一股回鍋的餿油味，呂之翔以為是幻覺，又害怕那氣味會隨著走動而消失，趕緊停下腳步，拚命翕動鼻翼，像水中鼓著腮的魚。

喪失嗅覺後，他似乎也忘記如何呼吸。

看到巷口那間排骨便當店的燈還亮著，呂之翔的心稍微放了下來。

不是幻覺。

最近不止一次，聞到垃圾、腐爛的花、路邊狗屎的臭味，醒來後才知道自己是在做夢。

沒錯，這股陳年的回鍋油加熱滾燙的味道，是從巷口那家「秀蘭便當」店飄送出來的，違章建築似的矮房子，每次路過，看不見炸排骨的油鍋，卻聽到滋滋的油炸聲，從黑黝黝的裡間傳出，隨即撲面一股噁心的餿油。

呂之翔常會看到一個胖大的女人穿著及膝雨靴，坐在一隻黃色的塑膠圓凳上，在屋前水龍頭前，泡洗堆得像小山的排骨，水桶浮著一層油光，動物的脂肪，一片片死豬肉泛著屍白，雨靴下不加蓋的水溝潺潺流著洗屍體的水。

今晚呂之翔一點不覺噁心，他翕動鼻翼，恨不得把所有的餿油味都吸到鼻腔裡，開心得幾乎手舞足蹈，興奮地衝上樓，取出多時沒用過的開瓶器，開了一瓶Barolo，義大利北部的好酒，九三年的，這一年不止是波爾多的好年份，義大利的更不俗。

拔開軟木塞，倒了一大杯，呂之翔迫不及待地把鼻尖深深塞入杯口，一連串吸氣狂嗅，吸嗅那芬芳撲鼻，聞之心醉，久違了的酒香。

他終於找回了嗅覺。

皺起鼻子，捲曲舌頭，調動全身的細胞，讓氣味分子鑽入最隱密的嗅覺、味覺感受體，送到大腦皮質，呂之翔的心房飽脹著空氣，他斜坐沙發，等待紅酒的單寧柔和適應，一邊奇怪自己哪來的耐心，閉起眼睛，回味從前喝酒，紅色液體在口腔裡擴散，哪裡都到了，然後深吸一口氣，那一股令人心醉神迷的香氣。

睜開眼，拿起酒杯，先是小心翼翼地抿了一口，害怕香氣口感瞬息即逝，無以捕捉，索性一飲而盡，連續喝下兩杯。失去嗅、味覺後，呂之翔滴酒不沾，空腹喝下，酒精使他眩暈，卻喝不出這瓶九三年義大利名酒的精采之處。

不管怎樣，都該大肆慶祝一番。抓起那瓶沒喝完的義大利紅酒，呂之翔興匆匆地下樓。晚上他那票美食會的朋友相約開車到大溪吃青魚，說是魚塭特地用白米飯飼養，不含臭土味，一隻十幾斤的大青魚，肉質細而嫩，連腸臟都肥鮮可口。呂之翔登上車，他要趕去吃軟糯汁稠的青魚頭，他的最愛。

報社工作應酬，呂之翔吃遍了臺北的餐廳，他結交了幾個志同道合的饕客，組織一個美食會，四處探聽具有特色的菜肴、鄉土風味的小吃，一有斬獲，立即奔走相告，呼嘯聞香而去，也不管路程多遠。

美食會的一票人南征北討，幾個好吃鬼曾經摸到基隆巷子的路邊攤，在小凳上排排坐，大口小口吃著剛離水的烤蝦蛄，野生的紅蟳、魚蝦。袁枚食經中強調的「現殺現烹、現熟現吃」，他們是最佳實踐者。

一票人也曾不辭勞苦，深入桃園深山泰雅族部落，享受原住民用甘蔗皮燻的豬頭，佐以小米酒，喝得醉醺醺踏月色而歸。

到頭城去試全宜蘭唯一手工做的糕渣、卜肉，南投名間綠色隧道旁「隨意食堂」吃煙肉筍、烤茭白，臺中退伍老兵開的「將軍極品美食」的徽州油煎臭豆腐。

吃盡寶島南北美食，意猶未盡，組團渡海到香港去滿足口舌之欲，個個對港島海域撈起的海魚，滑細腴嫩的肉質讚不絕口，搭地鐵到沙田去吃五十年老滷所泡製的柱候乳鴿。

呂之翔雙手按住方向盤，對著黑夜搖頭，香港政府最近下令禁止餐廳供應內臟，使北京酒樓的那一道核桃腰花成為絕響，令他遺憾之至。

「但願鵝生四掌，鱉留兩裙。」五代謙光和尚感歎。他不忌酒肉，尤其鍾情於鵝掌和鱉裙。

最後一次與美食的饗客聚會，呂之翔記得是南下到桃園雲南人聚居的忠貞村，一家挨一家，遍嚐最道地的原味雲南小吃：豌豆粉、大薄片、中國的乳酪——乳扇，一夥人吃得興起，不願就此回臺北，有人提議乾脆一鼓作氣驅車南下，去新竹峨眉山品美人茶，佐以客家茶農著名的茶凍、茶冰、嚐嚐咬勁十足的茶湯圓、墨綠色的茶菜包，使這次美食出遊盡興。

繞著環湖公路上峨眉，山腳下霧氣繚繞，湖中浮出幾個綠色的小島，像散了串的珠子，灑落湖中，夕陽西下，成群白鷺鷥翩翩飛舞，沙洲上一片雪白。呂之翔一行人以為來到了世外桃源。

那天正巧碰到農曆節慶芒種，茶山飛來一種名叫「小綠葉蟬」的小蟲，吸食白毫烏龍茶的幼芽，使得茶葉心反捲，成為湯匙的形狀，顏色呈黃金色並有清晰可辨的白色絨毛，加上茶樹受山川水氣薰陶，焙製出來的茶色是漂亮的琥珀色，味道醇厚，帶有熟果或蜂蜜的香味。

啜飲潤滑，有喉韻的新茶，吃著好客的茶農不斷端上來的茶點心。遠遠的茶山，霧氣繚繞，一陣風吹過，露出蒼翠的山巔，頃刻間，又是煙霧濛濛。呂之翔吸嗅著茶香，啜了一小口，感覺到舌根生津，難忘那種舌底鳴泉的感受。

嗅覺失靈後，連帶失去對食物的興致，呂之翔自動脫了隊，美食會的餐桌上久已不見他的蹤影。

呂之翔打開車窗，恨不得吸盡天地間所有的氣味，黑夜的空氣飽脹著溼氣，風雨欲來的跡象，他的鼻子感受到風雨前夕的悸動，開始流下鼻水。呂之翔為自己感官的復甦而眼眶潮溼了起來。

晚上大溪海產料理的廚師，仿燒上海和平飯店的名菜「紅燒葡萄」從屋後魚塭現撈幾條大青魚，取下魚頭劈成兩半，以魚眼為中心，選取下巴圓塊，狀似葡萄的活肉，精心烹調，工細料精。

重新歸隊的呂之翔，在一陣歡呼夾雜咒罵聲中坐下來，好整以暇準備細細品嚐盤中那色澤醬紅、皮軟肉嫩，令他垂涎欲滴的美味。他拿筷子挑起魚鰓蓋下那一塊嫩賽豆腐的核桃肉，期待他等待了許久的那種腴潤不膩、入口即化的口感。

吃到嘴裡，出乎意料之外的又苦又澀，鼻尖迴繞一股混合著陰溝的臭土味，呂之翔尋著風吹的方向吃驚的轉過頭，他以為這股難聞的臭土味是從後面的魚塭飄過來的。

眾目睽睽下，他不敢出聲，屏住氣，吞下那半個奇臭無比的青魚頭。

飯後大夥兒強迫呂之翔請大家到陽明山洗溫泉，再到竹子湖消夜，為他久未露面謝罪。幾車人離開大溪，呼嘯往北走，繞著蜿蜒的山路上山，山腳下燈火閃爍的臺北漸去漸遠。

月光下，小油坑依稀可見，呂之翔打開車窗，山風蓬蓬地吹，一股濃濃的硫磺味，隨風吹送過來，愛泡溫泉的他，一向最難以忍受的，被呂之翔形容是臭鴨蛋的硫磺味。在他嗅覺恢復的今晚，傳遞到鼻腔上的嗅球，經過腦部辨認，卻變成令他聞之心曠神怡的香味。

呂之翔鼻翼大張，拚命吸嗅，想把小油坑的硫磺味全吸入他的體內。

自此之後，不論走到哪裡，呂之翔撲鼻聞到的氣味，都是讓他噁心反胃的腥臭，他的嘴巴發苦，含了多少薄荷片也驅逐不了口中的苦味。

感官受到詛咒，呂之翔直奔醫院掛急診看楊醫生。

最近楊醫生的情緒低落到極點，心情惡劣，不時興起自我了斷的念頭。

他不得不承認他的憂鬱症不止是季節性的，不止在春夏交替之間才發作，隨著炎炎夏日的到來，他自覺每況愈下，睜著長期失眠的眼睛看出去，世界是一片灰暗黑敗，好像在看一部永遠放映不完的黑白影片。他疲倦欲死，感到自己油枯燈竭，認定已無法從絕望的深谷爬起來，度過這個低潮。

病因主要是七情所傷，氣血、陰陽失和所致，臟腑功能失調，才不得安寐，針灸可治療嚴重的失眠。仁和堂的老中醫捋著白鬍子，告訴代丈夫求醫的吳貞女。從上到下有三個穴位，選在下午與晚間睡前針治為佳。位於頭頂的四神聰，為經外奇穴之一，沿皮刺入，有疏通經絡、寧心安神的作用。

二為位於手腕部的神門穴，腕掌倒橫紋尺側十三段的中點處，針灸十至二十分鐘，可益心健脾、柔肝益陰之效。三為位於小腿內側，脛骨內側緣後方凹陷處，有助運化、通經活絡及調和氣血的作用，針灸十至三十分鐘。孕婦禁針。

楊醫生枯坐門診室。等待醫生同事全下班了，走廊沒有人走動，鎖上門，掏出一大串鑰匙找出其中一支，打開辦公桌最底層的抽屜，取出密藏的酒，拿患者用的塑膠杯倒滿滿一杯，小心翼翼的把酒瓶鎖回抽屜，然後皺著眉舉杯自飲。

當樓下掛號處的護士按鈴通知他有患者急診，楊醫生已經喝完大半瓶，聽到敲門聲，他把所剩無多的酒瓶藏回去，上鎖後，起身正要去漱口沖淡酒精味。

呂之翔迫不及待的推門進來，一看是他，楊醫生重又坐了下去。他有恃無恐。

聽完患者的敘述，楊醫生無肉的顴骨泛起紅暈——他是那種愈喝酒臉愈死白的人——找到同好的興奮。

「啊，原來大編輯也喝酒！」

空腹灌下的酒使了勁，楊醫生感到微醺，他兩手撐住椅把，竭力控制自己。

「現在你知道了，嗅覺失調並不一定完全喪失嗅覺，有一種嗅覺障礙症，」拋出醫學名詞以掩飾他的狀態：「你的症狀屬於嗅覺殘障，比如說，一朵玫瑰花，給你一聞，變成咖哩的味道，或者是不論走到哪裡，都聞到臭水溝的味道，硫磺的味道，嗅覺殘障患者，味道是以一種扭曲的形式出現……」

楊醫生想到屏東眷村附近的皮革工廠的氣味。

「除了硫磺味道聞起來是香的，其他都噁心極了！」

楊醫生咂著嘴，酒癮又發作了。

「噯，義大利北部的酒，紅酒，我也喝的，喝一點點……最近每個人都在喝，連巷子底的小西餐廳也在開品酒會，小小的空間擠滿了人……」

星期天晚飯後，家居無聊，煩悶的楊醫生推門外出，撐了把傘在雨中散步，穿過信義路巷子盡頭，一家開在住宅區的西餐廳，「地中海」的招牌在雨夜暗巷裡閃著光，餐廳裡燈火通明，門口掛著「波爾多紅酒試酒會」。

楊醫生好奇的推開餐廳的門，裡面座無虛席，正在聽白板旁西裝男人的演說，侍者殷勤地端來一隻凳子請楊醫生在後頭坐下。

「……接下來講單寧，原文Tannin，單寧來自釀製時浸泡的葡萄皮，是構成葡萄酒口感的主要元素，給酒帶來澀味——再請教諸位一次，」品酒師拉高嗓子問：「舌頭的哪一個部位最會感受到澀味？」

「中間部位。」

「很好。答對了。葡萄酒一釀好，會很澀，不過，經過一段時間儲存，單寧逐漸柔化，變得容易入口。」

品酒師讓在座者抿了一口紅酒，含在口中，閉上眼睛，輕輕吸了一口氣，讓液體擴散到整個口腔，感受不同的味覺區，再從鼻腔徐徐噴出，酒精通鼻順暢，有一種很舒服的感覺。

楊醫生從診療室華貴堂皇的紅木書架取下一本精裝書，翻開一頁，遞給呂之翔看，書頁上畫了一個紅色的舌頭，標出各個味覺感應區。

「人類的舌頭分布有上千個味蕾，一共分五個味覺區，西餐廳那個品酒師在白板畫了個舌頭，說得有模有樣，」楊醫生輕笑一聲：「從味蕾經過神經系統傳到大腦的味覺中樞，產生酸、甜、苦、辣、鹹五種不同的味道……」

呂之翔接下去：

「舌尖對甜味特別敏感，舌後緣兩側特別能感受酸味，邊緣外側可品嚐鹹味，舌根對苦味敏感……」

八之2

這股葡萄酒流行風潮，呂之翔多少起了推波助瀾的作用。

那天邱朝川在電話的那一端興奮的大嚷：

「找到賣點了！」

見面後，遞給呂之翔一疊資料。

「唔，世界衛生組織的報告，完整的全文中譯，歐美六十幾個流行病學者花了將近二十年的研究成果，」邱朝川表示強烈不滿：「臺灣報紙才節錄了一小段，豆腐干一小塊，這麼重要的消息，引不起注意，有沒有搞錯？」

根據這份報告：

適度飲用紅葡萄酒，可減少心血管疾病的危險。

所謂適度是指每天兩到三杯酒量，這種作用對男性、女性一樣有效。紅葡萄酒使血液中高密度脂蛋白的濃度增高，這種脂蛋白可以把組織中多餘的膽固醇運送至肝臟，有助於膽固醇的排除。

紅葡萄酒含數種酚化合物，可抑止心血管疾病。法國與歐美國家同屬高膽固醇的民族，法國人嗜食鵝肝醬、生蠔、乳酪、澆淋濃汁的紅肉，根據研究結論，法國人死於冠心病的比率，卻比美國低很多。美國人的心肌梗塞的死亡率是法國人的二．五倍。這種現象稱為「法國人的異象」。法國人飲用大量的紅酒對心臟提供保護作用，才會出現這種醫學上的奇觀。

醫學界進而發現，烈酒、白葡萄酒，以及啤酒幾乎都對心臟不具保護作用。研究人員發現各種酒精在千分之一的濃度下，只有紅酒在觀察下可使人類的冠狀動脈在十五分鐘左右產生擴張，白酒及純酒精皆毫無作用。

最後一段特別用紅筆畫線。

「這下子，臺灣人只要喝紅酒，吃得再精、再爽都不必怕了，紅酒一喝，再多的脂肪也沖洗得一乾二淨，」邱朝川雀躍地：「喝紅酒可喝出健康，對，這樣宣傳保證狂銷！」

「好一個法國人的異象！」

「大編輯，幫幫忙，借用你的大力把這消息發出去，創業維艱，等公司站穩了，我買全版的廣告！」

「邱董，這篇醫學報告只報喜不報憂，一個人每天喝四十西西紅酒，可減少心肌梗塞，喝過量了，會死翹翹的，」呂之翔惡戲地：「而且，對不喝酒的人，如果改喝葡萄汁，也有改善血質的保健功效吧！」

滴酒不沾的邱朝川，尷尬地摸摸剛剃過的小平頭，呵呵笑著：

「老弟放心，巨峰紅葡萄我整箱買回去榨汁，每天喝三大杯，好了吧！」

呂之翔抓住時下流行的飲食新意識——強調健康主義，把邱朝川的資料編寫成文章，標題為：

「波爾多紅酒，心臟病患者的福音」。

文章一登出，報紙的健康醫療版立刻聞風景從，介紹日本人的洋蔥泡紅酒的養生偏方；每天飲用一至二杯的洋蔥葡萄酒，可治療風溼痠痛、預防及改善糖尿病、幫助睡眠、治療心悸、氣喘、老花眼、白內障，防止並治療老人癡呆症、降低酒精對人體的侵害……

作法如下：

兩顆對切開的洋蔥與一瓶紅酒的比例浸泡三天，取出洋蔥後即可飲用。
除了喝紅酒可喝出健康，報紙的休閒消費版，時尚流行雜誌又以紅酒可延緩細胞老化、調和神經的感性書寫，宣揚用紅酒來搭配人生的理念：

紅酒「在現代文化中代表一種品嘗生活的方式」、「反映臺灣追求精緻生活的一部分」、「喝紅酒的情境是一種紓解」、「講究年份、產地不是附庸風雅，其實就像日本的茶道、花道一樣，都是生活的美學」……

短短兩個月後，葡萄酒在海島颳起一股流行旋風，從達官貴人到小民百姓無一倖免，高官富豪的宴席少不了葡萄酒，而且動輒一瓶上萬元，當年股市狂飆時的鮑魚魚翅餐廳，換上專賣紅酒的酒吧，所謂的「歪吧」。
這些歪吧採用一些稀奇古怪的符號做店名，有的像化學方程式，或者阿拉伯數字加英文字母，內部設計也製造出一種疏離本土的感覺，開在地下室的，長長一條像走廊，兩面白牆，白色的燈給人一種冰冷的現代感。
也有像暖房的玻璃屋內，種植各種熱帶的奇花異木，設在二樓垂著綠絲絨窗簾、猩紅椅墊、假壁爐，模擬巴黎紅磨坊的情調。

當某大家電企業旗下的紅酒進口公司搶先在南京東路的捷運站亮出一幅美女與酒並列的廣告：「葡萄酒顛覆臺灣，把酒當女人，享受她」，喝紅酒成為一種全民運動。

全臺灣進入紅酒總動員，與當年炒股票一樣。邱朝川的預言果然成真。

各行各業的生意人，看好市場的潛力，紛紛進口葡萄酒，連精於品酒的酒客也三、五個人出資湊足幾百萬，直接進口做起買賣。本來經營航運、鋼鐵、皮革、飲料、家電的大企業，眼見有利可圖，各自下海進口紅酒，公開販售，趁機大撈一筆之外，還可供老闆做內部餽贈，請客宴酢，或節下犒賞員工。

原本五、六十個進口商，到了一九九七年的夏天，竟然暴增到七、八百家，一時之間，洋酒專賣店、百貨公司、超級市場、量販店、便利商店……無不設有專櫃，狂賣紅酒。

紅酒業者傳出消息，宏亞集團的繼承人王宏文也將下海買賣葡萄酒，他與幾家大財團的負責人在波爾多自創品牌，釀造紅、白葡萄酒，上市後，有把握拿下亞洲華人世界三分之一的市場。

呂之翔認為這是誤傳。王宏文不可能推出平價的葡萄酒，使之大眾化到取代啤酒、紹興酒的消費者。王宏文剛獲得法國騎士勳章，呂之翔在電視上還看到他在介紹波爾多五大酒莊的特級佳釀，他怎麼可能放下身段，賣起廉價的葡萄酒，讓平民百姓三、四百元買一瓶去配宮保雞丁、紅燒牛腩喝。

呂之翔拒絕相信這些傳言。

八之3

王宏文的確差點買下一個波爾多的酒莊。

臺灣宏亞企業的繼承人王宏文，驅逐生命中無聊煩悶的方式之一，就是想像他挾帶巨金，來到風景如畫的法國南部，從不堪重稅的貴族後人買下一座歷史悠久的古堡。

二世祖王宏文浮想聯翩：

當他拎著一大串沉重無比的鑰匙，打開生銹的鐵鎖，手持蠟燭，走進蜘蛛網、灰塵遍布的藏酒的地下酒窖時，發現一堵可疑的牆，王宏文摸摸牆壁的質感，很像後來才加建的水泥牆，他親自掄起鐵錘，鑿破一個洞，果然是道假牆。他破牆而入，塵封幽暗的地窖，赫然發現整架的陳年佳釀。

原來古堡在二次大戰期間，被納粹占領，古堡主人為了保護祖上珍藏的稀世美酒，築造假牆矇騙強占的納粹，這祕密沒被下一代的繼承人發覺，結果一酒窖金子一樣的珍釀全歸王宏文所有……

幻想而已。

倫敦蘇富比拍賣作曲家安德魯・韋伯爵士的收藏，號稱「足夠品嚐五世」一萬八千瓶的美酒，其中不乏品酒家夢寐以求的極品，王宏文拍到了幾箱名牌的陳年香檳，一瓶一九四五年大樽裝的慕桐・羅絲喬紅酒，他志在必得，手中的牌子高舉不下，最後連敗日本和歐洲幾個競標者，據說其中的銀髮紳士還有伯爵的頭銜。

接下來王宏文的波爾多之行，卻不像拍賣場上那麼得心應手。

造訪梅鐸區介於聖愛斯台夫村與聖朱利安之間的波依雅克，五大酒莊之一的拉杜酒莊，王宏文遞上名片，求見那座圓形灰色古堡酒莊的主人。

下顎有一個凹洞的年輕接待員告訴他，酒莊主人不輕易見客，何況沒事先約時間。

彎腰拾起酒莊前葡萄園的一粒礫石，接待員以帶腔的英語當起導覽，他說拉杜酒莊能夠釀出特級好酒，全靠這土質之賜，養分小，排水性高，而且容易吸收太陽光，提高溫度的土質，最適合生長優質的葡萄。

「在法國，有許多葡萄園的等級，都是依照土質的結構來區分。」

接待員說。

王宏文站在礫石堆中，想到遙遠的、炎熱潮溼的家鄉。臺灣中部平原土壤肥沃，沒有霜害，採取高棚架的引枝法釀酒的葡萄，一年採收三次，創出世界紀錄，可惜產量與質量成反比，臺灣氣候潮溼炎熱，土地太過肥沃，反而不適合葡萄的生長，只會使枝葉茂盛，釀出淡而無味，還要加糖加香料的玫瑰紅酒。

這就是所謂的過猶不足嗎？臺灣宏亞集團的繼承人困惑了。

他被帶去參觀釀酒工人依照古法，用木棒攪動橡木桶中的葡萄汁，使味道圓潤甘甜。酒莊沿用傳統巨大無比的橡木桶發酵，木桶之大，也令王宏文開了眼界。

「橡木桶如此巨大，既可保持新鮮酒香，又不會成熟太快，也不致有多餘的木香。」

王宏文在陰暗溼冷的酒莊盤旋良久，相比之下，他在大臺北華城別墅的地下室酒窖，需要改進之處頗多，比如好酒對光線很敏感，這一點他可疏忽了。

試飲尚未裝瓶去年釀的酒，著名的卡本內．蘇維翁葡萄釀的，一股新鮮漿果香，新酒特有的香味，王宏文抿了一口，含在嘴裡，試著從它優雅的口感，預估幾年後的主香味。在老化過程中，憑著經驗他知道酒香會變得淡一點，然後產生Bouquet的陳年酒香。

「紅酒入瓶後，酒繼續發酵，」王宏文問接待員：「什麼時候才達到最佳狀態，是如何知道的？」

「憑經驗。沒有一定的方程式。」

下顎有一個凹洞的接待員不無自負地回答。他表示去年產量雖少，但氣候絕佳，可以預料裝瓶等它成熟後，一定是人間僅有。

王宏文一口乾掉僅剩的一點紅酒，高腳杯重重一放，他提議和酒莊主人見個面，有意把這一年的紅酒獨吞，一個人全部買下，他可以先付訂金，甚至悉數照付，何時把酒裝瓶，何時交貨，由酒莊全權決定，他尊重專業。他可以等。

接待員癟了一下嘴，微微一笑，把王宏文的鑽石卡客氣地退了回去。

好酒是有配額的。拉杜酒莊每年的訂單排起來有一哩之長，有的等了三、四年還沒輪到，老主顧能分到兩三箱就要喜出望外了。

臺灣來的企業繼承人，平生首次遭到拒絕，他萬萬沒想到新臺幣不是萬能。

為出一口鳥氣，王宏文真想在波爾多物色一個酒莊，然後重金把拉杜的釀酒師挖角過來。

在法國、義大利、西班牙的葡萄酒產區，只有富甲一方的上流階層家庭，才膽敢把擁有酒莊當作嗜好。一種最昂貴的嗜好。葡萄的收成、品質全憑老天的臉色，遇到冬雨過多，春天霜害，感染病毒，蟲害，那一年血本無歸，更不要說悉心呵護照顧葡萄樹所需要的人工了。

九之1

呂之翔對著浴室的鏡子，端詳自己的鼻子。

人類在母體內胚胎時期，最早授形，可以辨識形態的器官，就是鼻子。「鼻祖」這兩個字就是這麼來的。楊傳梓醫生聳了聳鼻子告訴他。

在生物學的研究中，魚類是最先有鼻子的生物，可是牠們用鰓在水中呼吸。新生嬰兒只會從鼻子呼吸，而不懂得嘴巴呼吸，楊醫生說這是造物主奧妙的地方，鼻子就是用來呼吸的，口腔是要攝食的。新生兒如果有兩側性鼻孔閉塞症，未能及時發現，設法使嬰兒用剪開的奶嘴塞在口內，用嘴呼吸，可能因而窒息而死。

女人更年期發生口腔變化，以味覺維生的婦女，像香水師、品酒師，因喪失辨別精細味道的能力，而被迫離職。

古代印度有一種刑罰，切下犯人的鼻子，稱之為劓刑，犯通姦罪的男女會遭到劓刑，成為臉上永遠的疤痕。日本從室町時代到桃山時代，也盛行劓刑，戰場上抓來的戰敗俘虜，甚至戰死的敵兵，把鼻子切下來當戰果，收攏合葬於墓內，稱之為「鼻塚」。

也是楊醫生說給他聽的。一個奇怪的醫生。

呂之翔凝視自己毫無特色的鼻子。這個器官具有的功能：呼吸、構音、嗅覺及反射，他的獨缺嗅覺。少去了這項功能，生命一片空虛。

扭開卡文．克萊牌子的古龍水，呂之翔負氣地把它倒到脖頸耳後，又向身上猛灑。誰說古龍水、香水為的只是喚起舒適、浪漫氣息，時下最流行的取名為：鴉片（Opium）、毒藥（Poison）、頹廢（Decadence）、迷情（Obsession）。

對，Obsession。呂之翔把半瓶有多的古龍水灑完的剎那，他想到葉香，那個總愛把酒香與香水味聯想在一起的女人。

葉香，報紙時尚生活版的編輯，呂之翔在她的版面闢專欄鼓吹葡萄酒，在他遊說葉香改變她飲酒的口味之前，這位女主編也不能免俗，跟著流行喝日本梅酒，把一瓶紀州蝶矢牌的梅酒喝到見底，皺著兩道紋過的眉，舐著那兩粒青梅，神情曖昧。她和其他女上班族一樣，看了電視廣告女性不宜反諷宣傳手法，反而勇於嘗試，成為梅酒的消費者。

直到呂之翔送給她兩瓶奧地利的冰酒，葉香很欣賞那細長典雅的瓶子，又聽他說用冰凍的葡萄釀的冰酒，是商界女主管的寵兒，一瓶容量才二百西西，賣價上千元，更引發葉香的興趣。

呂之翔告訴她：從前在歐洲，葡萄成熟後，找年輕力壯的男女用腳去踩榨汁，釀出來的酒味道特別好，一直到今天，葡萄牙產的波特酒，一種貴價酒精度數高的酒，還用傳統的腳踩法。

「這有什麼稀奇，宜蘭的蜜餞工廠，」葉香夷然地把嘴一撇：「也是用腳踩的呀！」

她是宜蘭鄉下的農家女，本名葉美香，當了報社記者跑新聞見過世面，就把「美」字去掉。既然叫葉香，又是跑流行時尚版，理所當然愛死香水。

閒聊時，呂之翔嘲笑女人用香水，等於把動物分泌物塗抹在身上，而且是用麝貓的肛門腺、抹香鯨腸內灰色的東西去提煉的，光想就覺得噁心，更不要說塗在耳頸後、胸前乳溝了。

葉香對這種論調嗤之以鼻。她向呂之翔發表她的香水經：

香水與人類的歷史是分不開的，古埃及人早就懂得用，傳說克麗奧佩翠拉坐的船是用香水浸泡的，埃及貴族婦女戴香蠟頭飾，讓它在夜晚的慶典儀式過程中慢慢融化，周身籠罩在一股異香之中。英女王伊利莎白一世走在時代的尖端，她始作俑者，用龍涎香、麝香、麝貓香混合做成香丸，帶在身上。好萊塢一個女明星的丈夫，全身浸滿妻子最喜愛的香水自殺，浪漫到死。記者問瑪麗蓮夢露她穿什麼睡覺？這位性感女神嬌羞的回答：香奈兒五號。

香水可改變情緒，令人改頭換面，注入愉悅的新氣息，只要向空中噴灑一下，死氣沉沉的房間立刻充滿活力，變魔術一樣，葉香說。法國還出版一種女性雜誌，把香水包藏在書頁中，讓讀者有一個香水之旅的閱讀，真有夠香豔！

香奈兒五號、廿一號是經典，永不褪香，適合成熟、有經濟能力的女性。九〇年代的香水走向，葉香強調卻是另一個故事，年輕世代的記憶是很短暫的，香水只能提供片刻的激情，結合彩妝的主要色調，才能流行短短一季，過季之後，就香消玉殞了。

「換一套新衣，要配一種香水，它是無形的衣服，英文說『穿』（wear）香水，很傳神，必須在耳後、胸窩、腋下點上香水，整個妝扮才可畫上句點。」

呂之翔讓她試紅酒，葉香把酒香與香水聯想在一起：馥郁的五月玫瑰香，紫羅蘭鳶尾花，風信子的香味，香根木，波旁草香，檀香木，東方的琥珀和麝香……

「香水味隨著不同的體溫，出現不同的味道！」

「紅酒也一樣！」

葉香用她到臺北來之前，在宜蘭鄉下種菜的手，這一雙因勞動而骨節比一般都市女子大的手，塗著時興的金色指甲油，她捏著高腳杯的細跟，將之傾斜一邊，杯中的紅酒映著白餐布，不同酒莊出品的紅酒，呈現出紫紅、玫瑰紅、胭脂紅、寶石紅等深淺色調不同的紅色系，使葉香聯想到今年剛上市的名牌香水，蘭蔻的「火紅」、迪奧的「蠱」、三宅一生的「生之火」……

過完年後，有次見面談稿子，葉香有意無意地向呂之翔透露，她對紅色情有獨鍾，雖然新年已過，她身上還穿著火焰一樣燃燒的紅色內衣褲。她說穿了可改運辟邪的紅內衣，對她和香水一樣，有異曲同工之妙，都是讓她「穿」了從裡到外，感到煥然一新。

九之2

呂之翔踏著夢遊一樣的腳步尋香而去。失去嗅覺，整個人飄忽了起來，有如漫步月球失重的太空人，腳不著地似的。

他先到新光三越買一瓶迪奧的「蠱」當禮物，它是這一季當紅的香水，葉香形容過：那金紅蘋果形的瓶子，伊甸園的禁果，一打開，像打翻了香料罐，那股又叛逆又霹靂的味道，讓人聞了，意亂神迷，一眨眼便陷入即燃的激情。

呂之翔但願不至動用這瓶「蠱」催情。他只想把臉埋在葉香發達的兩隻乳房的溝隙間，吸嗅她天然散發的乳香，一種母性的味道。葉香小時候下過田曬過太多陽光的褐色身體，會給他一種暖和沉甜、自在安全的感覺。

葉香住在忠孝東路巷子裡一個十來坪的小套房，裡頭擺滿了各家廠商的餽贈，或是廣告宣傳的小禮物，整個套房給人一種拼湊的感覺；西班牙式的單人床旁，擺了一張仿古茶几，結束營業家具店做人情的贈品，鑲金邊的白漆梳妝臺上，一排琳琅滿目的香水瓶，廚房家居用品，都是來頭很大的名牌，每一種卻只此一件獨一無二。

於是丹麥哥本哈根的細瓷咖啡杯，搭配一隻英國維奇伍德骨瓷的小湯碗，一圈黃色小花，屬於新出品的印度東方系列，難得有兩隻大小相同的Kenzo牌餐盤，一隻粉紅、一隻深紫，盤面畫的圖案也風格迥異。

「什麼都要成雙成套，太老土了，」葉香指指Kenzo的兩隻盤子：「同一組東西，色彩圖案各不相同，各有各的風格，設計師注重創意，最怕重複。」

「兩隻盤子畫得五顏六色，我擔心放一塊牛排在盤子上，還會有胃口？」

葉香反脣相稽，才多久不見，呂之翔就落伍了。

她剛從米蘭回來，專賣義大利精品服飾的老闆，邀請葉香到米蘭的秋裝發表會，歐洲還是暮春天氣，來自巴黎、東京、香港的名媛貴婦群集，卻爭先恐後在選購半年後的冬裝。

「實在太不可思議了！」

葉香喃喃。她形容一個義大利設計師怎樣看她：

「這人腦後也綁了條小辮子，有點像香奈兒的設計師，卡爾．拉格斐，他先把視線投到我的肩膀，然後往下一溜，根本不看我的臉，臉不穿衣服，沒看頭。」

說著，拿眼睛模仿那設計師只看衣穿的神情。

「讓我覺得身體只是個衣架，和櫥窗裡的木頭模特兒沒區別，我想，如果我裸體，沒穿衣服，他才懶得看我哩！連一眼都吝嗇，天啊！真挫敗！」

葉香興高采烈地述說她的挫敗。

香水瓶的設計也配合秋冬季的流行服裝圖案，這是葉香米蘭之行學到的。她帶回來一件黃底黑點花豹洋裝，另一件白底黑條的斑馬套裝，正好配上高堤耶的聖羅蘭的香水。

「夠酷吧！」她把衣服和香水摟在胸前，一副愛死了的神情。

呂之翔望著梳妝臺上那瓶在香水瓶瓶罐罐中鶴立雞群的法拉蒂紅酒，葉香喜歡它棗紅的酒色，濃郁的黑莓子香味，他送了一瓶給她。

葡萄酒與香水瓶並列，對葉香而言自然不過。差別在於葡萄酒是一種有生命的液體，不同品牌的葡萄釀製的，有不同的生命期，瓶中的酒每一時刻都在變化之中。

反觀自己，生命停滯的死火山，雖生猶死，不是真的在活。

覺察不到呂之翔絕望的沮喪，葉香興致勃勃地：

「喂，大品酒師，我幫你的紅酒專欄找到一個新點子了，上星期雅詩蘭黛化妝品發表一種微醺彩妝……」

「微醺彩妝？」

白居易的飲酒詩：「一酌發好容，再酌開愁眉，連延四、五酌，酣暢入四肢。忽然遺我物，誰復分是非」，好酒者喝多了，醉態可掬的神情動作，這種微醺的境界，如何能夠不必真的飲酒，就可以把醺醺然的狀態化在臉上裝樣子？

「微醺彩妝，輕掃腮紅，裝出微醉的化妝術。」

葉香說。

「雅詩蘭黛的化妝造形設計師，一定是從愛喝紅酒的女人得到靈感。」

為了配合愈來愈多的女性飲酒族，化妝師發明這種其實很簡單的化妝術：用鮮豔火辣的口紅，把雙唇塗得滿滿的，眼蓋塗上一層酒紅色的眼影，雅詩蘭黛公司的新產品，然後，再配合可以達到微醺效果的腮紅，在顴骨、腮邊部位輕輕地掃。

「多掃幾次，看起來像真的喝了酒，臉紅紅的，醉茫茫似的。」

「化了這種妝，不必喝酒也看起來有酒意？」

葉香點點頭：「流行趨勢不可擋。下週一我的版面一刊登，保證立刻有趕時髦的效而仿之，不出幾天，東區街上的女人就會出現這種微醺彩妝。」

她已經把呂之翔的紅酒專欄與這種化妝術的介紹並列，製造宣傳效果。

「大白天，陽光下一個個女人塗了一臉醉醺醺的樣子，奇不奇怪喔！」

「見多了，就見怪不怪。」

「醉鄉路穩宜頻到，此外不堪行。」李後主烏夜啼詩。陽光下，走來一群扮微醺彩妝的女人，她們可以連酒都不必喝。這簡直是一件欺罔。

呂之翔想到他自己。

多少應酬場合，主人把葡萄酒的價錢當作身分地位的象徵，沒有上萬一瓶是上不了枱面的，呂之翔把失靈的鼻子湊近酒杯，裝模作樣嗅聞香味，靠以前儲存的記憶，憑著他對這種酒的認識，大言不慚地形容香味變化的美妙層次感，歎賞那杏仁味的主香味強勁持久，一股餘香像極了熟透的紅色漿果香，人世間的美味。

那杯中的佳釀，對呂之翔而言，其實如同無臭無味的白開水。

如果開的酒是他不熟悉的，呂之翔會故作莫測高深狀，等待在座飲客的反應，再以香味濃郁、餘香不散、口感圓潤、單寧完全成熟等等的形容詞來總結，含混帶過：

喪失嗅覺後，他一如往常，在邱朝川民權東路的辦公室開品酒班，一星期兩次向圍坐在長長的會議桌的酒友講解品酒的藝術，先從清淡的白酒試起，再試各種濃淡不同的紅酒，按照順序，味道比較香甜濃郁的留在最後。

呂之翔舉起酒杯啜飲一小口，讓酒液滋潤擴散整個口腔，裝作感受香味，吸口氣，再從鼻腔呼出，面不改色地給酒友示範，對各種味道侃侃而談。邱朝川推銷的那十幾支紅酒他再熟悉不過，他有恃無恐。

偶爾，呂之翔會出其不意口出驚人之語，例如從一瓶陳年的普羅旺斯紅酒，他可聞到皮革、煙燻的香味，嚐到黑醋栗的味道，儘管他從沒見過黑醋栗長什麼樣。

這是他初學品酒時留下來的壞習慣。呂之翔到現在還很納悶，用葡萄釀的酒，怎麼會產生書上寫的菌菇類的香味，麝香皮革的味道，甚至礦物質、火石味。既然坊間洛陽紙貴的品酒書上這麼寫著，他也藉此來唬那些初入此道的酒友。

呂之翔有所不知的是，葡萄酒齡的老化，真的會由花香轉為果香，然後是乾果香，最後才是動物性或植物性的香味。

十之1

失去嗅覺，呂之翔急切地想證明自己是個男人。

林森北路巷子底開PUB的小玉，嬌小玲瓏，像枚翠玉墜子，喜歡穿緊身黑衣褲，墊得很高踩高蹺一樣的涼鞋，露出十個紅豔豔的腳趾甲。呂之翔戲稱她媽媽生，每次一來，往吧枱一坐，用葷笑話和她打情罵俏，小玉也不甘示弱，兩人隔著吧枱，一來一往逞口舌之快。

有一次凌晨快打烊了，才見呂之翔醉醺醺的進來，他被一個調酒師拉去參加軒尼詩Vsop的Hi Ball，喝了半瓶新口味的干邑調酒，一進來，趴在吧枱，人事不省。

那陣子，約翰走路、起瓦士皇家禮砲系列，馬爹利、人頭馬、軒尼詩等威士忌、白蘭地的代理商，眼看著烈酒漸漸受葡萄酒的衝擊，不再像以前一樣獨領風騷，危機意識促使廠商頻頻祭出促銷新招數，舉辦的活動與烈酒一向給人成熟穩重的形象大相逕庭，例如用十二年的威士忌、陳年干邑加汽水、果汁做調酒，在大型PUB主辦動態秀，吸引年輕的消費者，打出合乎時尚流行的口碑。Hi Ball就是用一種調酒師專用的酒杯，鼓勵消費者自己動手調出新口味，一個標榜實驗創意的活動，拉攏年輕的飲酒族。

第二天，呂之翔頭痛欲裂地醒來，發現自己躺在小玉的床上，周圍堆滿用各種人體器官造形做的家具，小玉捧著馬克杯，坐在兩片猩紅嘴脣微張的沙發看著他。一見他醒來，餵他杯中的草莓汁解宿醉。呂之翔一把拉過她，讓小玉騎在上面。玉墜子一樣的小女人，哪來力氣把做過棒球球員夢的爛醉如泥的他弄上這樓中樓？呂之翔到現在還弄不清楚。

小玉黑緊身衣彎下腰時擠出的乳溝，那麼溫柔誘人，呂之翔要尋著那道溝隙探聞生命的氣味。他打電話約她，囑咐小玉穿那條性感的黑皮褲來赴約，把她屁股繃得又圓又翹。小玉罵他神經病，都快夏天了，穿皮褲屁股要長痱子會癢的。她故意在電話的一端撩撥他，讓呂之翔坐立不安，做為自從入冬過後就把她給忘了的懲罰。

小玉湊近話筒，放低聲說她正在用食指中指撩起外衣的一角，讓呂之翔想像裡面的情趣內衣，「維多利亞的祕密」牌子，時髦的紫色，質感細緻，鏤空的蕾絲下，若隱若現的肌膚，偷窺她溫柔的乳房從蕾絲彈跳出來的瞬間，刺激著他的性覺中樞神經……

當呂之翔終於面對小玉寫滿七情六欲的背脊，撫愛她那滑不溜手的臀部，發狂地吸嗅她的腋窩，小玉興奮時，腋下會發射出一股誘人的氣味，聞起來令他心蕩神迷的狐臭，扭動喘息的女體，呂之翔以為會像以往一樣激起他蠻暴的熱情。

毫無反應。

嗅覺可引起強烈的激情欲望，當嗅覺細胞覺察到訊息，送到大腦皮質，便會產生做愛的渴望。楊醫生說的。

嗅覺失調，性欲消失。

呂之翔捶著床沿，痛苦的哀叫。他成了真正的廢人。

十之2

「戀愛中的男人隨時可聞到香味。」一個詩人說的。羅莉塔是他最後的救贖。才幹與姿色兼具的女經理，只有她能使自己重新做回男人。

呂之翔最絕望時，羅莉塔的影子浮現上來，麗仕商業聯誼社的女經理，單眼皮微微上佻的眼角，配上斜直向上的眉毛，眉尖剃得短短的，曲線分明的小嘴，塗著時興的黑棗色脣膏，肌膚白得透明，天生骨架小，薄薄的削肩惹人憐愛，臀部弧形優美，曲線意味深長，裹在輕軟的墨綠色開絲米毛衣下，整個人看起來柔若無骨。

呂之翔對著這充滿自信卻又難以捉摸的女經理充滿了幻想。到目前為止，他還沒得到她。他是在麗仕商業聯誼社一次葡萄酒拍賣會上認識羅莉塔的。那晚她充當拍賣官，握著木槌，站在臺上，每叫一個號碼，戴白手套的侍者小心翼翼地捧著即將競價的佳釀，繞場一周，展示給在座的來賓。

法國酒莊的主人以帶腔的英語介紹每一種酒的年份、特質，由羅莉塔翻成中文，她不時以流利的法語向酒莊主人詢問一些模糊的字句，法國人索性用他的母語，由羅莉塔直接翻譯。

呂之翔抵達時，臺上正在進行這次拍賣會的典藏品——一對一九四七年的Chateau Cheval Blanc，酒莊主人說明這兩瓶產自阿爾薩斯一帶的白酒，酒質與來源同樣出眾。一九四七年的夏季極為炎熱，出產馥郁醇厚的好酒，在座慶祝五十歲生日的品酒家，機會難得不容錯過。

羅莉塔在拍賣會的高臺上，看到呂之翔闖進來，鬆垮垮的卡其灰襯衫，好像哪裡歪了一邊，下襬也不對稱。她以為來了個日本設計師山本耀司的擁護者，穿得那麼搞怪，有一種邪邪的氣派，輕鬆休閒之外，還散發一種獨特的優雅，邋遢的講究。

「Shabby Chic，」羅莉塔用英語說。

山本耀司的男裝特別渴求把個體凸顯出來，而且為了保有個人的主體性，他特別擴大強調這一點。第一次看呂之翔的襯衫，羅莉塔說雖然好像哪裡歪了一邊，可是愈穿愈合適，變成了你的一部分。山本耀司企圖表現一種流動的服裝，他設計的服飾，讓穿它的人的真正身分無法被猜出，他要讓人從服飾的符號解放出來。

羅莉塔喜歡每次穿上名設計師設計的新衣的瞬間，那種發現自己變成另外一個人的那份驚喜。上身的新衣使她擁有了新的生命。

兩人在拍賣會後的酒會認識，羅莉塔喝了幾杯香檳，微醺中，看不清呂之翔的真正身分，主動上來與他周旋。發現對方只不過是財經報的資深編輯，懂得品幾種紅酒，是個天生的邋遢者，他的不修邊幅與山本耀司的設計理念有某部分相通之處，只不過是呂之翔的不拘小節，如非來自強烈的自信，不然就是全然無知。羅莉塔又瞄了他一眼，肯定這人傾向於後者：無知。

大而化之的呂之翔，也許要比那種襪子要按照顏色排列，恤衫要編號的處女座男人容易相處吧。想到這裡，羅莉塔的臉沒來由的一紅，她咬著塗黑棗色脣膏的嘴脣，憤憤轉身離呂之翔而去。她不為自己看走眼而責備自己，她恨被呂之翔耍了一道。

羅莉塔是臺北老城區一個布商的女兒，父親承繼祖產在有騎樓的迪化街經營一家布莊，全家住在二樓。她上中學時，父親經過嫁給外省軍官的姪女穿針引線，接到一筆訂單供應卡其布給陸軍軍官做新制服。在那個白色恐怖餘威猶存的年代，羅先生每次去談生意，一看到軍營藍色星形黨徽，精誠團結四個白字的牌樓，雙腿禁不住顫抖，回家後挑些軍營中見聞說給妻女聽，諸如營裡士兵走路要排隊，哪怕只有兩個人，也要一前一後腳步整齊，嘴裡喊著口號，見了長官，雙手握在身後，大喝「報告長官」，得到允許才准說話，等等。

羅先生首次與軍方打交道，謝過姪女的丈夫，卻不敢把回扣交給負責採購的上校，雖然議價過程中，和一般買賣沒什麼兩樣，羅先生對穿軍服的上校還是有所畏懼。驗收清點完卡其布布料，上校帶著羅先生走出營房，經過練習打靶的空地，來到湖邊，繞湖走了兩圈，上校在一棵柳樹旁停了下來，自稱是個詩人，湖是他寫詩靈感的泉源，又隨口朗誦一首發表在副刊上的短詩。臨走前，從口袋掏出一張摺疊整齊的字條，遞給羅先生。

「聽說你也喜歡詩，我抄了一首，剛完成的長詩，請指教。」語畢，還向羅先生行了個軍禮。

字條共有兩張，第一張真的是一首詩，工整的毛筆字抄錄在軍中的信箋，底下一張，是鳳山某合作社的一個帳號，戶名是個女人的名字。

羅家完成了這筆交易，也改變了羅莉塔的命運。

她母親聽說隔壁供桌神龕家具行的鄰居，打算把兒子送到美國當小留學生，她搶先透過天主堂比利時神父的引介，把羅莉塔送到瑞士的寄宿女校。

於是，這個迪化街布莊的女兒被叫做莉塔．羅，她在寄宿女校的室友是個阿拉伯石油大王的女兒，十幾歲就擁有一件全長的貂皮大衣。

沒有人知道她的貴族女校生涯是怎麼挨過的。羅莉塔的第一個男朋友倒是因為欣賞她嫻熟的騎術而愛上她的，聽說她在馬背上那麼輕輕一拍，俐落的縱身上馬的姿態達到無懈可擊的地步，兩腿一夾，迎風而去的帥勁，簡直性感死了。

羅莉塔是個充滿自我對立、自我衝突的矛盾的女人。她恨臺灣的一切，又選擇回臺灣來。無論晴雨，出門一定拿一把黑傘，出太陽時擋紫外線，下雨擋雨，過度污染的天空所下的雨是酸雨，淋到它肌膚可全毀了，她害怕。臺灣生產的水果，只要是不能剝皮的，她都拒絕入口，對超市的有機蔬果還是不放心，託朋友從香港帶回番茄生菜，要不到遠企商場地下室買進口的荷蘭番茄，一百元臺幣換來兩個帶藤的雞蛋大的小番茄，對本地的礦泉水缺乏信心，連洗菜都用法國進口的。

沒有品味卻又全身名牌的臺灣人，最令她深惡痛絕。她覺得拿上好的葡萄酒來搭配宮保雞丁、蒜泥白肉，簡直不可原諒。羅莉塔應邀到陽明山一富豪之家作客，從客廳往花園看，主人的孫子正要外出打網球，一旁一個黑衣保鏢護駕上車，怕被綁票，臺灣才看得到的景象，羅莉塔大搖其頭。

然而，宴席上名貴的兩頭鮑、大排翅卻是裝在印有合作社贈的粗瓷盤、瓷碗裡，調羹筷子也都是菜市場買來的塑膠便宜貨，這種場面令莉塔．羅震驚到食不下嚥的地步，面對粗糙、醜陋的食器，令她無法舉箸，簡直坐立不安。

高雄有家五星級飯店的西餐廳，推出法國皇家御宴，她嘲笑南部暴發戶穿球鞋，休閒運動服去赴宴，為專程飛來製作美食的法國廚師大感不值。

她與呂之翔研究報紙上公布的一份九千九百元的菜單，自稱是廚中好手，菜單中的主菜牛髓紅酒腓力更是她羅莉塔的拿手菜之一。

「法國菜少不了紅、白酒，白酒可以去腥，去海鮮或紅肉的腥味，紅酒和香料調成醃汁，放到菜裡烹調，」羅莉塔說里昂燴牛尾就是先用紅酒文火慢慢把牛尾燉爛，再拿紅酒加香料調成醬吊出味道。

她的另一道拿手菜阿爾薩斯羊排，作法雖然簡單，卻可吃出原味，炭烤好的羊排，淋上紅蔥頭和紅酒調成的醬汁。

「法國烹調的祕訣在於醬汁，那是一種藝術。」

羅莉塔口述中的烹飪如此動聽，使呂之翔食指大動，她也爽快地答應哪天親自下廚，做一套法國全餐請他，並說連菜單都擬好了：

前菜：甜酒蘆筍鮮龍蝦，摩利菌鴨肉清湯。

主菜：烤蘋果鴨胸肉。這道菜的佐菜是結合果香與酒香的紅酒醬汁。作法如下：

取一調味鍋，炒蘋果丁，再加入蘋果酒和紅酒，拌以冷黃奶油和少量麵粉，調至糊狀，倒入濃縮醬肉汁，用打蛋器打勻，淋到烤熟的鴨肉上。

甜點：野草莓蜜餞軟雪糕。

聽得呂之翔垂涎欲滴，他預備帶去珍藏的紅、白佳釀各一，甚至計畫破費重金穿山本耀司設計的服飾赴宴。

羅莉塔的諾言一直沒實現。到目前為止，他只參觀過她的廚房。她打開每一個櫥櫃，展示齊全無比的設備，全套的白色餐盤、銀光閃閃的刀叉、烤箱、食物絞碎機、洗碗機……一應俱全。這不像是一個單身女人的廚房，倒像一個經常宴會請客的家庭，白瓷磚上一排大大小小的刀，用來切不同肉類的，幾把有鋸齒的看起來更是鋒利無比，閃著白光。

羅莉塔指著那張鋪著碎花桌布的小圓桌，宣稱兩人的燭光晚餐將擇日在那裡舉行，謝謝呂之翔帶來送她的好酒。

參觀她纖塵不染的廚房，呂之翔懷疑她那全套的碗盤鍋鑊是不是只屬於擺設的一部分，像窗臺上的非洲紫羅蘭小盆栽，散於架上的水晶、白玉、瑪瑙、木石，各種材質所做的情態各異的貓。她愛貓，卻不養貓，她的烹飪也許只止於口說，讓呂之翔畫餅充飢，看羅莉塔塗金蔻丹的十個手指，他不以為她會冒著弄花指甲的險而為他下廚。

十一之1

「鹽埕埔，看查某。」

高雄鹽埕埔風光的酒家史，最早可追溯到清朝時。

古時候鹽埕埔人和苓雅寮人在路口械鬥，紛爭擺不平，兩路人馬會各自派出海量喜飲之士到渡船口的「福聚樓」酒家拚酒論輸贏。

日本人來了之後，鹽埕成為蔗糖輸出港，大發利市，都市計畫改建後，日本人把原本設在旗後平和町的和風酒館，遷移到鹽埕榮町的遊廓區，大約是現在光榮國小以西一帶。

穿和服的藝妓在榻榻米上，隨著三味絃的樂音舒手探足跳扇子舞，客人酒醉興起，亦會脫衣和舞，粗著嗓子大唱〈荒城之夜〉一類的東洋歌。

和式風味的日本酒館，本地人絕少涉足，名流顯達走茶店把酒家當作社交應酬的場所，陪酒的酒家女花枝招展的扮相贏得了「鹽埕埔，看查某」的俗諺。

從本世紀初至光復初期，鹽埕酒家林立，豔幟高張，長達半個世紀之久。上酒家的豪客視錢財如敝帚，老一輩的口述，有一個姓郭的財主，發現他常去的酒家「上林花」有張桌子不穩，當下就摺了一疊紙幣墊在桌腳下。日據時代，每張紙幣就是一筆巨款。

當年最紅的三大藝旦之一，「高雄樓」的阿好，從良嫁給鹽埕區的副區長，開銀樓當老闆娘，丈夫死後，出家當尼姑，自建義永寺，法號開種法師。

六〇年代後期，鹽埕區又是另一種風光。到越南打仗的美國大兵，一船船來到高雄度假，七賢三路被稱為酒吧街，全臺灣三分之一的酒吧都集中在這裡。酒吧女穿著衩開到腰際蘇絲黃式的旗袍，被白的黑的美國大兵，光天化日之下，當街摟抱親嘴，手腳齊飛。

吧女靠色相每年為高雄市賺進上億元的美金，三十年前上億元的美金，是一筆天大的數字。

可惜好景不常，越戰結束，協防司令部宣布關閉，美軍撤出臺灣，七賢路的美國大兵一夕之間，消逝得無蹤無影，留下了一大批手藝一流的調酒師，以及滿街亂跑的黑黑黃黃、小鬈髮的混血兒。

八〇年代，鹽埕區換了一批來自世界各地的船員，七賢路的酒吧應運而生，關了又開。船員上岸喝酒，掏出各國的錢幣紙鈔，貼滿酒吧的牆，花花綠綠當作裝飾。

洪久昌是鹽埕埔人，自覺命中注定要賣酒，吃這一行飯。他出生在光榮國小附近，日據時代這一帶的日本藝妓館林立，是日本人的風化區。他的祖父曾在一家名為「八千草」藝妓館的廚房為客人溫清酒打雜，越戰時，被美國大兵當街摟抱親嘴的吧女中，有一個是他的親姑姑，而洪久昌小學還沒畢業就在七賢三路的酒吧，當小弟給跑船的船員當跑腿供差遣。

他隱瞞了這段不光采的家族史，對他從事賣酒的營生換了另一種說詞：

「我的女朋友很相信星座，每天靠一本運勢手冊過日子，她算出我是獅子座，說我適合做液體流動，水水的東西，那不是酒是什麼，唉，是命逃不過……」

唐仁不懂他說這話時，那一臉受創傷的激憤表情。

洪久昌請唐仁南下高雄。

「不要老躲在臺北，下來看看，外交官，」他總是這麼稱呼唐仁。「我帶你到南部幾個經銷商那裡，跟他們聊聊，探口氣，看哪支酒動得最快，做做市場調查。」

洪久昌開車到小港機場接他，駛進兩旁椰子大道，車子加速，連連闖了好幾個紅燈，看到唐仁緊張到全身僵硬的坐姿，洪久昌減緩車速，安慰他說：

「別怕，我們南部人憑感覺開車，沒有人看紅綠燈！」

車子進入市區，沿途檳榔攤五顏六色的霓虹燈棒交錯，薑母鴨、麻油雞店的灰牆上，大幅的售屋廣告。洪久昌指指一家貼紫色瓷磚的海鮮餐廳：

「外交官，這家小店古早味的虱目魚粥，味道一級棒，生意太好了，不到九點就賣光光了，明天起早，來吃虱目魚粥。」

一大早去吃鮮魚煮的粥，又是用極腥的虱目魚，唐仁的胃痙攣了一下，與高速闖紅燈的驚嚇攪在一起，他感到微微的噁心，有點想吐。

叮噹的警告鈴聲，前面火車平交道的柵欄緩緩放了下來，洪久昌趕緊踩煞車，再晚一步就撞到柵欄了。人往前一撲時，唐仁看到他今天仍然穿那雙露出腳趾的涼鞋，和第一次福華飯店時一樣。剛才機場接機，唐仁本能的拉開後座的車門，就要鑽進去，洪久昌橫眼看人的眼睛從反光鏡等著他，唐仁這才回過神來，把手拎的公事包往後座一放，關上車門，到前座和洪久昌平起平坐。

他不是外交部前領事威靈頓．唐的司機。

煞車板上的腳，露出涼鞋的腳趾頭一個個張得很開，看得出從小沒被鞋子束縛過。南臺灣的陽光照耀下的鐵軌閃閃發光，唐仁記起剛到臺灣時看過的一個景象：一群男孩赤著黝黑的腳板，一腳前一腳後，走索一樣踩著鐵軌走，那是糖廠載甘蔗的小火車，鐵軌上走的男孩，手上拿著偷來的甘蔗，用牙齒撕開一片片長長的甘蔗皮，把嘴唇扭到耳朵後，帶頭那個矮壯黝黑的大男孩，長大後應該就是旁邊開車的洪久昌。

唐仁從沒打聽過他的出身背景，他認為打探人家的底細是極不禮貌的，即使是即將合作做生意的伙伴（他希望）。洪久昌應該是很早就出社會打拚，學歷不高，如果受過專業訓練，唐仁推斷，他極可能投身半導體或電腦一類的科技產業，成為臺灣經濟奇蹟的一個螺絲釘。

只是洪久昌一提到鹽埕區的酒家史，臉上那抹受重創傷的神情，使唐仁大惑不解。

拜訪了三、四家經銷商，一個與洪久昌最有交情的中盤商，以唐仁遠來是客，中午作東請到一家四星級的飯店吃西餐。走進飯店大堂，唐仁瞪大眼睛，無法相信眼前所見：

大門左邊紅木長几上擺著福祿壽三星彩瓷，大堂正中一個大肚的彌勒佛笑呵呵迎賓，右邊牆卻掛了兩幅歐洲古典風景油畫的摹本，與亞里斯多德、貝多芬的石膏像並列，往裡走是機器仿織的義大利貴族出獵掛氈，旁邊則是書法對聯，當中臨摹清初四王的山水絹畫中堂，還故意把絹燻黑做舊，冒充骨董，與一幅巨大的拿破崙加冕的複製油畫遙遙相對。

古今中外低劣的仿製贋品拼湊在一起，虐待唐仁的視覺，慘不忍睹。

最近唐仁迷上古玉，也學人家繫一塊在身上沒事拿來盤，他從香港荷里活道的骨董商聽到「臺灣裝」這個名詞，指的是臺灣的暴發戶收藏家，專愛買體積龐然，或者紋飾豔麗的清末粉彩官窰，而其中黃燦燦的清宮慈禧文物，象徵皇家權貴的骨董，更是臺灣客的最愛。

香港骨董商把臺灣人的品味批評得一無是處，高雄這家飯店大堂的擺設裝潢，更是超乎「臺灣裝」的極致吧。唐仁想。

他選了一個靠窗對著游泳池的位子入座，幾次想以眼睛怕光為藉口，掏出太陽眼鏡戴上，最後還是忍住了。

洪久昌橫著眼睛打量外交官，穿街走巷折騰了一個早上，他淺灰的西裝依然平整、挺拔，線條簡潔的灰色衣飾，穿在別人身上，如果不是平淡無奇，就會看起來死氣沉沉毫無生氣，外交官卻能顯出一派優雅瀟灑。

今天他沒打領帶，西裝下的套頭紅藍細條恤衫，好像長在身上的一層皮一樣妥貼，腳下一雙淺色的休閒便鞋，鞋面整潔如新，不沾纖塵。

洪久昌注視外交官背脊挺直，手握刀叉，近乎儀式性的餐桌舉止，手腕戴著江詩丹頓牌古雅的手表，表帶是深褐色的鴕鳥皮，南部人怕天熱容易流汗不戴的皮帶，戴在外交官的腕上乾爽合宜，聞不到汗水與皮革混合的氣味。

瞄了一眼表面上的古風阿拉伯數字，洪久昌真想問他這種表是不是每天要上發條，脫口而出的卻是：

「晚上請你吃阿錦的路邊攤，試試正港的臺灣風味！」

十一之2

阿錦的炭烤屋是在鹽埕區菜市場邊的一塊畸零地，空地後兩層樓的違章建築，在霓虹燈的照耀下花枝招展，廊下擺了一艘蘭嶼的漁船，船身塗繪八爪魚、螃蟹等海產圖案，冰塊上鋪著各色海鮮，任食客挑選。

還算平整的泥地，擺了十來張矮矮的小圓桌，當中挖了個放火鍋的圓洞，木桌粗糙，沒上油漆，看起來很簡陋。

雖然已經入夜，南臺灣太陽的威力仍未完全散盡，剛鑽出冷氣車的唐仁，把視線投向註明「冷氣開放」的炭烤屋，洪久昌似是識破他的意圖，把他讓到一棵苦楝樹旁的圓桌坐下。

「坐外邊，吹吹自然風，比較舒服，等下客人點什麼酒，這個位子看得最清楚！」

洪久昌和燒烤店的老闆很熟。阿錦原本做中古車買賣，三年前租了這塊畸零地，花了好幾萬除野草整地，擺賣中古車，順便給人洗車打蠟。

「臺灣人的錢淹腳目，肯開二手車的不多，阿錦晚上在空地擺小吃攤賣海鮮，澎湖來的紅新娘、小管等等，生意反而做起來了，後來中古車乾脆處理掉了，蓋兩層樓餐廳做炭烤，上個月來了一個廚師，港式海鮮一級棒，我們來試試！」

洪久昌劈開肥壯的腿，率先在小圓桌坐下，雙手按住桌緣，從阿錦的創業史延伸到臺灣人愛拚才會贏的理念，他宣稱施明德是他最崇拜的英雄。

「他也是我們高雄人，被你們國民黨關在火燒島，吃不到青菜，和難友孵豆芽，清理豆殼時，他發現一個現象：同樣一批豆芽，長得可不一樣，最上層或外緣部分的，長得又小又瘦，彎彎曲曲，真難看，」橫眼看了唐仁一眼：「最底層的豆芽，卻一顆顆粗粗壯壯的，很飽滿，什麼原因？」

洪久昌自問自答：

「最上面的，缺乏競爭，當然長不好。被困在下面底層的，空間最小，客觀環境不利，又遭同類的壓迫——施主席這樣說的——自然拚命往上長，激發潛力，才能承受壓力和含更多的水分。」

他向唐仁推心置腹，交淺言深地道出日後參選民進黨市議員，走向政壇從政的企圖心。洪久昌看不慣電視上的官僚政客，拿五大酒莊的好酒拜票，當飲料乾，實在暴殄天物，而為了爭「十五全」排名的那一副副嘴臉，更是難看至極。

唐仁的兩條腿頂住小圓桌，對洪久昌的議論不予置評。沒來之前，他以為阿錦的露天夜市和臺北陽明山吃土雞的古厝一樣，也是臺灣式的紅磚厝，院子裡大榕樹下擺了一輛牛車，點綴出田園風光，供食客參觀的廚房，燒柴火的大灶和架在灶上黑黝黝的大鍋，都散發著農家野趣。幾天前唐仁帶了幾個來訪的外國人上山宵夜，賓主盡歡，客人以為已經看到臺灣古早的農村居家風貌，便取消了隔日的三峽老街之行。

阿錦的炭烤屋，卻參雜了海港都市的異國情調，違章建築的二樓餐廳，從戶外築一道露天樓梯，上面遮陽和擋雨兩用的塑膠篷，顏色藍白相間充滿了地中海的海灘的情調，卻又在屋簷下掛了一排紅色的塑膠宮燈，還垂著金色的穗穗。

一陣風吹過，拂過炭烤屋後菜市場之味道，魚腥味、雞籠土雞的雞屎味、腐爛的豬肉、流浪貓狗的糞便混合的異味，苦楝樹旁邊一片墨黑，應該是一條水溝，再過去就是海吧。身臨海港都市，令人感到被海水包圍。

才分開不到一天，唐仁開始想念在海的北端的米亞，她到新店花圃去「複製」花樹植株，用鋒利的剪刀剪枝、切莖栽種，讓生命從頭開始。

唐仁喜歡跟著米亞到花圃，在那月橘圍的綠籬笆裡，米亞教他辨識不同的花樹：茄冬、九芎、茶梅、雀榕、蒲葵、魯花樹……她把唐仁安置在一叢翠竹旁，茅草搭的小茶亭，亭子前立了一對日本庭園常見的石燈籠，日據時代留下的古物，與臺階下散落的陶甕、粗瓷罐等臺灣民間用的器皿相安無事地並列。

茶亭方形的竹桌上，擺了一套紅陶茶器，米亞怕他無聊，讓他泡茶自娛，說好忙完了，一起品茗。茶盤上勺杯、水盂等一應俱全，連用來吸乾茶湯的兩塊棉質方巾，也整整齊齊地摺好，放在一邊，細心的米亞知道他初學泡茶，手笨把茶湯濺灑出來，特地為唐仁準備的。

唐仁把視線從爐子上的煮水移到花圃的北角，陽光下，米亞戴著一頂邊緣大得像一把傘的草帽，彎身在為剛切枝栽種的花樹澆水的背影，令他有說不出的感動。

她也在讓唐仁的生命從頭開始。

這麼晚了，米亞早該離開花圃，回到家了吧？

上一回，米亞跟他鬧著玩，故意在黃昏的碎石子路上疾走，唐仁在後面跟，一個轉彎，不見了她的蹤影，唐仁氣喘吁吁地跟上，看到米亞抓著草帽，站在兩排龍柏當中等他，一見他來，又閃開了。唐仁邁開腳步追上去，從身後緊緊抱住米亞的腰，把臉貼在她的頸後，呼吸她呼吸的空氣。

唐仁只能從後面抓住她跳躍太快的生命。

都是為了米亞，他才會坐在苦楝樹下的矮凳，被異臭味包圍，忍受這個鹽埕區酒商的賣酒經。

洪久昌把唐仁當成剝削者。

「臺灣的菸酒，給你們國民黨壟斷了半個世紀，你們控制洋酒進口，不只價錢貴，數量也有限，結果呢，」洪久昌右手狠狠一拍，差點震翻了一盤韭菜炒腸旺：「變相的鼓勵走私，法國、英國的白蘭地、威士忌酒廠，不願被限額，為了擴大市場，自動減價賣給走私客，公賣局睜一隻眼、閉一隻眼，走私客和八大洋行變成buddy buddy。」

一直到五年前，菸酒進口才開放。

「現在走私客和八大洋行變成敵人了。」

他是法令開放後，才申請執照正規經營烈酒進口的。

「你的女朋友從你的命盤，算出你適合做酒的生意。」

唐仁湊興。恨不得米亞就坐在他身邊。

「啊，那個女朋友……」洪久昌手中筷子一拂，表示早已成為過去式。下一攤，他斜眼打量這退休的外交官，等待他像外國來的廠商，神情曖昧地詢問下一攤到哪裡做調查？

臺北林森北路的酒店，招攬生意又出了新花招，鼓勵坐枱小姐與酒客以擲骰子定輸贏脫衣助興，輸一次脫一件，小姐最後脫下酒客內褲，可向櫃枱會計領取五百元獎金，小姐輪到脫得精光，可任酒客撫摸。

「南部的烈酒，兩種不同的消費群，分白天和晚上，白天的是指三節送禮，紅白喜喪，辦桌吃流水席，晚上的當然是指酒家、酒廊，一些夜生活消費場所，外交官，等一下想不想找個地方坐坐？」

唐仁會意，正考慮如何反應。

「南部的酒家，酒女本來喝白蘭地，後來才改喝威士忌，白蘭地太甜，紅家女怕胖，穿旗袍不好看，也傷身體。」

唐仁聽了，微微一笑。她們會很羨慕米亞。每次她複製完花樹回來，嚷著肚子餓，拉唐仁到附近小館吃飯，看她據案大嚼的模樣，總會激起唐仁的愛憐，一種父親對貪吃女兒的愛憐。

她依然保持二十二吋的腰身。

「外交官——」

唐仁回過神來。

「酒家女改喝威士忌，是你們業者促銷的結果吧，和進口稅有關，威士忌的進口稅不到白蘭地的一半。」

「答對。一公升的威士忌，進口稅一九八元，白蘭地四五〇元，干邑一千元。進口稅便宜，成本就低，進口商利潤高，當然拚命促銷威士忌。」

洪久昌說至於第三個原因，則跟口味有關，中南部天氣熱。「威士忌加冰塊，吞下去很爽，白蘭地、干邑加冰塊，不過癮！」

威士忌的進口稅低，「公賣局——你們國民黨為了巴結美國，早兩年Jack Daniel在酒吧很流行，進口稅最低。」

「Jack Daniel，那是美國中西部的牛仔、藍領階級愛喝的Bourbon。」

「對呀，粗獷一下才過癮麼，喝這種烈酒的，頭髮留到肩膀，穿卡文·克萊的牛仔褲，到酒吧右手一杯酒，左手一枝萬寶路，喝多了，好像騎馬在美國西部飛奔！」

鄰桌來了兩個年輕的女上班族，一頭長髮的那個從購物袋取出一瓶白葡萄酒，向伙計要冰桶，比畫了半天，雞同鴨講，不得要領。

唐仁正掙扎著想從矮凳起身，上前幫她說明，伙計終於會意了，拎了一隻裝冰塊的塑膠桶，長髮女孩滿意的把開了瓶的白葡萄酒插進冰裡，和她的同伴頭碰頭輕聲細語，說女兒家的悄悄話。

臺灣人有樣學樣的本領，模仿之快，令人咋舌。不出兩個月，再回到阿錦炭烤屋，很可能一桌擺一個冰桶，讓客人冰鎮白葡萄酒，像正式餐廳一樣。到那時唐仁也不會覺得奇怪。

他心中掛念上次提供給洪久昌的兩百箱法國勃根第出產的紅葡萄酒，明細價格早已傳真給洪久昌，至今仍未有下文，法國酒莊幾次打電話來詢問，這也是唐仁今天南下的主要原因。

認出是五福路那家洋酒專賣店的購物袋，洪久昌不無感慨：

「這兩個落翅仔真會享受，下了班相約來吃海鮮，特別先到專賣店選一瓶白酒來配，半年前喝紹興抽長壽已經很高級了，現在你看，一桌桌抽七星，喝進口葡萄酒。」

而且不只是阿錦的炭烤屋，連路邊的小吃攤，「香港人叫大排檔」，洪久昌用廣東話發音，喝進口酒的也大有人在。前一陣公賣局米酒缺貨，一個紐西蘭的酒商聞風而來，趁米酒青黃不接，向洪久昌推銷燒酒。

「我帶安德森先生吃路邊攤做市場調查，老外看到攤販霸住人家騎樓，堵住人行道大搖其頭，掏出手帕，抹了一下凳子，才敢坐下來。」

唐仁聽到這裡，笑而不語。

「這老外帶來的燒酒瓶子，細細長長的，太文雅了，一點也不實用，我教他觀察，穿拖鞋、睡衣的，嚼檳榔的來吃路邊攤，多半點米酒、紅露酒，一瓶喝光，再一瓶，喝到醉茫茫，不留心手肘一張，瘦瘦高高的酒瓶一下掃翻打碎，太危險……」

洪久昌邊說邊示範，唐仁趕緊把啤酒瓶移開。

「我跟安德森先生說，賣酒給臺灣人，選的酒瓶要肚子、底部大的，四四正正像臺灣人！」

十一之3

終於把話題轉到葡萄酒來。

一天跑下來，幾家經銷商開始動腦筋，要洪久昌供應葡萄酒。白蘭地、威士忌含酒精百分之四十以上，媒體一再宣傳烈酒有礙健康，反而是酒精含量不超過百分之十五的葡萄酒，每天喝兩杯有百益而無一害，搭上時下臺灣人最重視的健康風潮。

「葡萄酒打垮了烈酒，也威脅到啤酒市場，上半年的啤酒進口量，比去年同時減少了百分之十，外交官，你聽說吧，臺灣每年啤酒的消耗量可灌滿兩座石門水庫！」

「唔，恐怕以後灌不滿了！」

兩人相視而笑。

洪久昌已決定進口葡萄酒，他鄰居七十多歲的老阿公，患心臟病動脈硬化，一晚上廁所五、六次，自從每天喝兩杯洋蔥泡紅酒，現在人精神了，肥肉照吃，說是洋蔥紅酒會把腸胃的脂肪洗刷乾淨。老阿公抱著酒瓶，預備活到一百歲。

另一個例子是洪久昌的姪女，本來皮膚過敏，喝了洋蔥泡紅酒，現在痊癒了。

臺灣曾經給日本殖民，到現在還處處學日本，唐仁禁不住搖了搖頭，洋蔥泡紅酒，正是日本人的偏方。本來芬芳好聞的酒香，偏偏拿味道辛辣的洋蔥去泡，泡出來那股怪味，唐仁想了就噁心。

味道恐怖還在其次，葡萄酒中的酵母菌可促進胃腸的蠕動，有助消化系統，洋蔥的精油只會把酵母菌活活殺死。臺灣太小，這股風氣已然從北蔓延到南部，唐仁知道多做議論對他本身沒有好處，於是世故的三緘其口。

「不談高級的A.O.C Uan de Pays，最便宜的餐桌酒，法國的報價大約五、六法郎一瓶，折合臺幣四十元，南非、智利的酒莊在做大促銷，最便宜的美金一元一瓶。」

洪久昌表示南部人只曉得有個波爾多。

「進價四十元，九十元公賣利益，加上報關費、倉租、管銷費、人事費，一瓶酒售價訂多少？」

「五、六法郎一瓶的葡萄酒……」

洪久昌打斷他：

「外交官，我考慮過你的偏鋒建議，趁機會趕快囤積一批勃根第，先按兵不動，等價格上漲了，再出手穩賺一筆，而且，我上回也說過，公賣局扣紅酒進口稅，不按照進口價，而是按容量，一瓶一萬元的酒所扣的稅和一瓶一百元的一樣，當然是進貴酒划算。」

「如果有資金，這不失……」

右手一揮，再次打斷唐仁：

「與資金無關。外交官，說老實話，走進專賣店，那些不同牌子的紅、白酒，不要說顧客，連我這業者，都看得霧煞煞。上百種品牌，價錢從一百八十元到十幾萬元一瓶都有，差距太大，怎麼分辨？」

洪久昌鑿鑿有詞地說最近已傳出不止一家進口商，用低價的葡萄酒蒙混高價的在賣。

「公賣局白紙黑字的聲明：以世界現有的技術，也化驗不出一百多元和幾萬元一瓶的葡萄酒之間，究竟有何差別！」

「品酒講究年份、產地，是一種藝術，像茶道、花道，一樣是一種生活的美學……」

唐仁又一次被打斷：

「咳，像你這種外交官，才會有什麼一套一套的生活美學等等，我們南部人才不管這些，紅酒泡洋蔥，當健康食品來喝，不泡洋蔥的，也只知道一個波爾多，聽起來也順耳，勃根第，說起來好像打飽嗝，勃根第在哪裡？」

「勃根第在……」

這一次唐仁說了一半，隨即自動放棄。

「你看看，那幾桌客人不是紹興就是啤酒，外交官，我們來合作，你去找波爾多低價位的酒，我們來把紹興幹倒，三個月後，再回來阿錦這裡，客人桌上一瓶瓶法國紅酒，我們進口的……」

唐仁臺灣啤酒喝多了，竟然有點醺然。阿錦炭烤屋矮矮的木圓桌、矮凳，使他遙想起兒時湖南湘潭老家，黃昏一家人圍坐在廚房一張小圓桌，就著天光吃晚飯，門外曬著一地的紅辣椒，老家的飯桌也是矮矮的，竹椅的腳與高高的椅背不成比例，好像故意被鋸短一大截似的。一直到今天，唐仁還是不明白，為什麼老家有這種習俗，桌椅又低又矮，一雙竹筷卻又很長，四、五歲的他，捧著熱粥，右手與那兩隻長長的竹筷奮鬥的記憶，令他終生難忘。

他懷念起他的爺爺。小圓桌當中的每一盤菜，都一成不變的撒上紅辣椒絲，菜葉總是煮得變黃稀爛，引不起食欲，他盼望雨天的到來，祖孫倆倚在柴門邊，等到雨停了，他拎著小竹籃，跟著爺爺到林子裡採野生的菌子草菇。循著一股潮溼的香味，祖孫倆眼睛四處打轉，找到一株參天的松樹，兩人很有默契地相視而笑，蹲下身去挖松茸。唐仁最喜歡採附生在橡樹上，一種長得像花朵的菌子，喇叭的形狀，黃燦燦的，散發出一股淡淡的桃子香味，後來他才知道它叫雞油菌，頗受老饕喜愛的野生菇。

爺爺教他找菌子要挑頂部開透了的，比較成熟，吃起來好味道。他記得有一種深褐色的草菇，在眼睛底下慢慢的長大，最後可長得和爺爺的手掌一樣大。唐仁多麼懷念雨後靜靜的林子裡，他和爺爺守在大樹旁，等待蘑菇一寸寸擴展，有時祖孫倆合撐一把油紙傘，擋住風吹樹林掉下來的水滴，那種傘下依偎的溫馨。

他回味著羊肚菌的美味。

十二之1

吳貞女一次又一次離家，走出她那一道木門、一道防盜的鐵門的家。

中央氣象局預測，北部局部地區午後雷陣雨將伴有強風，太平洋高壓無法壓制午後熱對流的發展，北臺灣應嚴防冰雹突擊。

今年夏天的天氣愈來愈怪，中午以前還豔陽高照，氣溫高達三十四、五度，連續兩天一到下午，颳起凶猛的狂風，頃刻間天昏地暗，硬幣大的冰雹，叮叮咚咚由天而降，掉落了一地。

大熱天下冰雹。臺灣出現「反」聖嬰的異常天氣。

這波反聖嬰現象並在臺灣附近海域東西兩側表現迴然不同的氣候特徵，造成西溼東乾、北下冰雹的怪天氣。氣象局及學者研判，今年的颱風極可能過門不入，隨著亞洲東岸的海洋水溫有逐漸下降的趨勢，臺灣可預期一個十分寒冷的冷冬。

吳貞女一跨出門，來勢洶洶的大雷雨，跟著灑下冰雹，劈啪敲打著雨棚車頂，叮咚作響，嚇得她的心一陣陣縮緊。

還驚魂未定，冰雹風暴一過，天上隨即露出強烈的大太陽，照亮了一切。要不是落了一地融化中的冰雹，吳貞女真要懷疑剛才真的下過一陣冰風暴。

怪異的天氣會是一種不祥的預兆？心忐忑地跳上計程車，吳貞女直奔北投嵩巖寺。她要匍匐到地行大禮，抱著劫後餘生似的感恩心情，投靠到她依止的淨空上人座下，祈求那法力無邊的上人為她消災解厄。

日本佛教徒在東京寺院舉行除障儀式，信眾頭上個個頂著未上釉的陶器，上面焚燒乾藥草，以之消除酷暑，改善健康。除障儀式已有三百五十年歷史。

吳貞女一直頻頻叩頭感謝圓法大行之上智法師的慈悲，慈創弘法利生的聖事，不惜財資的辛勞，訓練發心的法施弟子，到鬧市街頭各地擺善書桌，接引有善根的緣眾，接近佛法，皈依三寶。

前世修來今世受　今生修積後世人

那天晚上，吳貞女步出衡陽路生意清淡的素齋小館，心情一片漆黑，是個迷失方向的無明眾生，多虧觀世音菩薩冥冥中的指引，及時點燃一盞心智的光明大燈，為她指出一條路，走向騎樓下的善書桌，與佛弟子結緣，請了神聖的觀世音普門品，又獲贈印刷精美的淨空上人出版刊物。

「佛法的祕密藏，精微不可言說，祕密不可言說，非有上上智的功夫不能發掘，既經發掘，無論如何都要傳揚出去。」上人向她開示：「擺善書桌的結緣方式，有如先賢姜太公釣魚，釣鉤離水三吋，耐心等待上善的因緣，願者上鉤，不願者回頭。」

吳貞女一再喃聲感恩師父法力無邊，神機妙算算出她這無明眾生正處於逆歹之緣境，適時化現，以殊勝佛法渡化了她。

皈依上人後，吳貞女每日持齋念經，祈求佛陀慈悲，加持赦罪。不管颳風下雨，一星期三次，從臺北搭車，默念心經，一路雙手合十，步行上山，到嵩巖寺聆聽師父說法：

「心是萬善之源，亦為萬惡之母。隨時調制為平等無二之心，即成佛心，反之，自私心隨時企圖占領他人利益之心，即是魔心。」

淨空上人從金剛經引申，繼續闡述心性：

「一切胎、卵、濕、化四生有情和十二類生的芸芸眾生之形體，構造亦是唯心招感。」

上人以蛇類為例：

「蛇之所思所想，心念中時時偏邪惡毒，自食惡果，招致無足之身。人身難得，如心邪，身行不正，有朝一日，業報成熟時，必墜於蛇身之苦報，無法直行，只能彎曲而行。」

吳貞女向師父請教夫妻之道。

「佛陀的慈悲心發現世俗的男女眾，一再地陰陽混雜，含混諸欲，造孽因業種，失滅本有的心智光明，」淨空上人告訴她：異性相處是剋，她與丈夫有前世宿怨，本是久遠的仇敵，叮嚀她多為丈夫做功德，以善巧柔順來勸化他，久而久之，求佛慈悲加持、赦罪，才能化解。

臨行師父贈她四句詩：

「學佛心智證實清　世間萬物惑亂心

無偏自身諸種病　自在安樂了脫身」

吳貞女請了一尊地藏王菩薩的金身回家供養，每日念佛頂禮拜佛一萬次。

「……是故空中無色……無眼耳鼻舌身意，無色聲香味觸法……」

今天吳貞女雙膝落地，跪在淨空上人的面前，她恥於向師父啟口，丈夫迷昧自性，沉迷杯中之物，酒是五戒之一，酒後亂性，有害身心，佛教嚴令禁止。即使未皈依三寶之前，吳貞女對酒精也從無好感，上回她參加表妹的婚禮，男方父親是軍人，大杯喝金門高粱，光是酒精散發就把同桌的吳貞女薰得手臂起了斑斑紅疹，幾天不退。

她居然和一個酒鬼同住一個屋簷之下。

「喝酒可喝出健康！」

丈夫楊傳梓醫生朝她這麼大吼。他終於打開他私密藏酒的書房禁地，一手撐著門框，另隻手抓了隻空了的酒瓶，向自己妻子胡言亂語，說些什麼如果喝酒的時候頭腦冷靜，就會嚐出酒不過是水。

楊傳梓指著那尊金身地藏王菩薩，譏諷妻子：

「敢供奉掌管地獄的神像，難道不怕引鬼入宅？」

這個被天魔附體的丈夫，還振振有詞，勸她改信上帝耶穌，說什麼在基督徒的眼中，葡萄酒是神聖的，新約聖經裡，耶穌把自己比作葡萄：

「我是真葡萄樹，我父是栽培的人……」

葡萄酒是耶穌寶血的象徵，在最後的晚餐，耶穌舉起酒杯說：這杯是用我血所立的新約，是為你們流出來的。

西方從中世紀以來，基督教會在歐洲擁有許許多多的葡萄園，釀造出來的酒，除了用作彌撒的宗教儀式，還供應給信徒。

教堂賣葡萄酒做生意，楊傳梓唯恐妻子不信，從書房隱密的夾格底層——他祕密藏酒的所在，掏出一瓶奇形怪狀，頸子歪扭的酒瓶，指著貼得歪歪斜斜的酒標：

「最後一個字，Pape，就是英文的Pope，酒名叫『教皇的新堡壘』，法國人把教皇和紅酒說成一氣，妳想都不敢想吧？」

吳貞女從來沒懂過她的丈夫。

婚前兩人的約會，吳貞女就發現這位出身屏東眷村，國防醫學院第一名畢業的楊傳梓醫生，好些古怪的舉止行徑：比如說，他去看電影，總選距離安全門最近的位子坐，一手握住一罐開瓶的可口可樂，一手抓了塊沾溼毛巾，他怕萬一戲院失火，可用來蒙住鼻嘴，衝出安全門逃生。

憧憬著初戀的浪漫的吳貞女，心裡不滿未婚夫勻不出手來，溫柔的擁住她的肩，在黑暗中給她觸電一樣的刺激。然而報紙社會版層出不窮的火災，全家葬身火窟的悲劇不斷發生，加上約會的新鮮甜蜜，吳貞女認同了他的作為。

婚後楊傳梓把一條幾丈長的繩索盤蜷放在床下，以便家中失火意外，可緣著繩索爬下地。

蜷曲床下的繩索，令吳貞女睡不安穩，特別是她聽一個計程車司機說，迪化街某大企業因坐擁蟒蛇靈穴好風水而致富，發跡的大樓地下室，至今還困養了一條海碗口粗的大蟒蛇，司機發誓親眼見過牠。吳貞女想到家中床下蜷伏的繩索，她偷偷地把它放到陽臺。如果丈夫問起，她會向丈夫曉以大義，萬一失火，可就近救生。

她對楊傳梓的家人也所知甚少。結婚後，還沒來得及認識寡居屏東眷區的婆婆，她就得病去世了。一直到葬禮結束，做孝子的丈夫無論在靈前、祭悼的親友面前從沒掉過一滴眼淚，他黑框鏡片後的眼睛直直的朝前看，卻像視而不見，一片空白。平日沉默寡言的他，葬禮過後，更是不言不語，白天無聲無息，大氣不吭，一到晚上，他蜷曲身子，雙手抱膝，翻過來轉過去，呼吸沉重，喉間發出令她驚悚的悲苦悽惶號叫聲，上下牙齒磨得咯咯響。

這樣持續了幾個月，有一晚吳貞女被屋外突起的狂風吵醒，起身緊閉窗門，回到床上，丈夫出其不意地從後面攔腰抱住她，把頭臉枕在她的肩胛，開始喃喃訴說他屍骨未寒的母親，但願做兒子的沒讓她太失望，含怨以終。

楊傳梓的父親升上空軍中校就上不去了，家中大小事全憑母親一句話，她把人生全部的希望投射到兒子身上。

就在那個黑夜與破曉之間模糊的時刻，楊傳梓向他的妻子傾吐了再也承受不了的胸中塊壘：

他夢想當發明家，也遺傳了父親對飛機的著迷，高中時，拎著熬了幾個月不眠的夜晚，偷偷完成的飛機模型，在一個微霧的大清晨，來到屏東國小的操場試飛，螺旋槳絞緊，然後一放手，小飛機騰空真的飛出好遠再落地……

楊傳梓蒙住臉，被自己的本事給嚇住了。

那天放學回來，母親當著他的面，折斷小飛機的雙翼，把它們和輪子一起丟到地上，用力踩扁。

大學聯考前，母親到藥房找藥劑師配了一種刺激腦筋靈活，吃了不必睡覺的藥，她自己也吞下藥去，陪兒子開夜車

考上國防醫學院，為了每學期爭第一名，楊傳梓咬碎一條又一條棉被，嘔出一口口胃酸，胃潰瘍出的一個大洞，至今如影隨形，仍未癒合。

那個狂風之夜後，楊傳梓從此絕口不再提他的母親。吳貞女真的不懂她的丈夫。

十二之2

楊傳梓醫生要為他的葡萄酒找一個家。

吃過晚飯後，楊醫生十分罕見地坐在客廳沙發，打量屋子裡的擺設。

自從妻子發現她的上師，皈依佛法，找到心靈的歸宿，她在落地窗靠牆的角落鋪上四疊榻榻米，掛上一幅精繪彩色的觀世音菩薩像，長几上供著鮮花水果，每天焚香拜佛，好不誠心。

客廳的擺設，除了增加她妻子清雅宜人的佛堂，其餘的部分仍停留在她出遊的那個晚上的模樣。找到了信仰之後，妻子不再像從前三天兩頭，搬移客廳的沙發桌椅，甚至臥房的床，一天之內把好好的一個家來個大搬遷，可以重新布置到面目全非的地步，有幾次從診所下班回來的楊醫生，真以為走錯了門。

他喜歡這種安定。客廳是一家人的公共領域，妻子布置了她的佛堂，楊醫生也預備挪開音響，在喇叭旁擺放他正在物色的儲酒櫃。今年的天氣極不穩定，一下暴熱一下颳風下雨，他整箱整箱從「孔雀行」買來的葡萄酒，需要一個有自動溫度調整，恆溫控制、有防震系統，防強光的儲酒櫃來儲存。

楊醫生要為他的藏酒找一個家。

他研究手中那幾份介紹儲酒櫃的說明書，就圖片比較法國、義大利、美國產品的異同，法國的那家儲酒櫃還以總統密特朗專屬選用為號召。葡萄酒在臺灣狂飆之前，除了臺北幾家五星級飯店，從未聽說有家庭用的儲酒櫃，隨著飲紅酒人口暴增，商人腦筋動得快，立刻取得歐、美廠商的代理權，展賣適合公寓用的家庭式小型儲酒櫃，儲存容量都在一百瓶之內，聽說需求量很大。

楊醫生在一個月內就參觀過好幾個展銷會，賣場促銷手法各出奇招，使楊醫生想起一個笑話：如果月球有商業機會，臺灣商人一定連夜搭乘第一班交通工具登陸月球。

決定了擺放儲酒櫃的位置，隔天星期六，他提早離開診所，步行到凱悅飯店舉行的展賣會去物色他心目中的儲酒櫃。午後的陽光很強，楊醫生瞇聚宿醉未醒畏光的眼睛，仰望豔陽高照的天空。

氣象局預報今天是陰雨天，今年臺灣的天氣亂了套，氣象局發布大雨特報，說是受到鋒面影響，今天各地將有陣雨及雷雨，局部地區甚至會出現豪雨，山區應防止土石流。

臺灣的氣候陰晴不定，愈來愈難以捉摸。受到溫室效應，氣溫也逐年暖化，地球地表溫度上升，勢必會促成南北極冰塊加速融解，海水緩熱膨脹，海洋水位提高，到時全球至少有十分之七的土地都會為海水淹沒。

臺灣劫數難逃，遲早會在海裡沒頂。

楊醫生得了雨季症候群，患了中醫所謂的溫邪，整天筋骨痠痛，手腳發脹，眼皮水腫，整個人神不清氣不爽。他後悔沒帶把傘，雨沒擋到，可拿來遮陽。大日頭曬得他頭頂發暈，一陣陣眩暈，迷糊中，他感覺到基隆路的人行道上，一塊塊灰色的方形水泥磚似乎有點傾斜，偏向馬路斜下去，他腳不留地，兩隻瘦腿前後一路絆來跤去，像麻花一樣的交纏，使他重心不穩，失去平衡，眼看要跌倒摔跤了。

會是地牛在翻身，地震了，地層下陷造成的路面凹凸不平？

臺灣的地層的確一吋吋地往下陷落。下陷的總面積已經超過一千平方公里，西南沿海雲林、嘉義、屏東一帶，養殖業者競相抽汲地下水，下陷最為嚴重。

最近旅遊業者發現了新的觀光景點，每天遊覽車載著一群群遊客，來到雲林，觀看海平面比堤防內的房屋還要高的奇景。

站在堤防上，眺望一座座風水墳墓，淹沒在水中，只露出半截墓碑，遊客個個驚歎頓足，收回視線往下看，家家戶戶忙著挑土把馬路填高，下一場雨，低窪的路面就成水鄉無路可走。

門外才填高，地層一吋吋往下塌陷，不消多時，居民發現住家比路面低，如不快填高，雨水一來，家裡倒灌成蓄水池，經濟能力好的不斷把房子加高，結果窗戶變成落地窗，大門直衝屋頂，有的甚至花二、四十萬元雇用起重機，把整間屋子抬高。

楊醫生中午喝多了，淫邪從內臟所生，酒醉酩酊，才會腳步歪斜踉蹌，醺醺然失去平衡。

呵，從什麼時刻開始，臺灣人喝酒變得如此公開，喝得如此理直氣壯，使他楊傳梓醫生，光天化日之下，當街堂而皇之的醉酒示眾，不止如此，他正要去物色一個可以容納一百瓶酒的儲酒櫃，預備買回去擺在客廳最顯眼的位置，公諸於世。

「紅酒，我也喝的！」

上自達官富豪，下至小民百姓，一個個唯恐趕不上潮流，人手一杯。當螢光幕上副總統連戰舉杯先乾一杯紅酒，再為「十五全」拜票，連戰把紅酒文化發揚到極致，上行下效，楊傳梓醫生立刻為他的耽於杯中之物找到了正當性。

在這之前，他一向把自己關在書房密室，從深鎖的夾層底格，掏出一瓶瓶酒來自酌獨飲獨醉，空了的酒瓶則偷偷往書桌抽屜、沙發床下塞藏。為了減輕他季節性的憂鬱失眠症，楊醫生每每藉著酒精幫助他達到人事不省的地步。

他以前總是選在打烊前，顧客最稀疏的時刻，到惠康超市買紅牌的約翰走路。一進門，四周張望了一下，確定沒有人注意或被認出，快步走向烈酒陳列架，眼睛看著別處，手往架上一伸，抓下威士忌的四角瓶，藏在西裝上衣內，付帳時，也不去接觸女售貨員的眼睛。

三個月前，楊醫生到惠康超市，照例手往架上一伸，摸到手的竟然是圓瓶的波爾多紅酒，轉頭張目一看，架上陳列一排當紅的葡萄酒，威士忌被擺到角落去了。

喝酒可以喝出健康。楊醫生摸了摸肝臟部位，喝酒還能喝出健康，天下有這種事，報紙宣傳每天臨睡前，喝兩杯洋蔥泡的紅酒，可治好頑固的失眠，保證上床就鼾聲如雷。

楊醫生認同島上的紅酒族，變成全民總動員的一分子。

民國十年出版的《臺灣風俗誌》、日本學者片岡巖把臺灣人不嗜酒列入善良風俗篇中，看這情勢，勢必要改寫了。

十二之3

凱悅飯店展賣的儲酒櫃，以希臘酒神戴奧尼修斯命名，展銷會上，三個裝扮為希臘神話女神的少女，頭戴一串塑膠做的紫葡萄冠，葉子是金色的，垂到頸間，身上披著薄如蟬翼希臘式的白袍，腳下涼鞋的帶子交叉到小腿肚，三位女神在水銀燈下旋轉，裙裾飛揚，飄然若仙。

酒神戴奧尼修斯的女祭司們，揮舞著頂端帶松果的權杖，與長髮披肩，披著紫色斗篷半人半神的戴奧尼修斯飲酒作樂，得意而忘形，女祭司們在樹林山野間追趕酒神鮮豔花環裝飾的戰車，在野地裡甜歌熱舞，狂奔發酒瘋。

當春風吹起，葡萄藤綻出新枝，便是希臘人慶祝酒神的節日，前後五天的狂歡，連囚犯都從監牢放出來飲酒作樂，群眾蜂擁跑上街頭，百無禁忌地縱欲雜交，整個希臘陷於醉狂忘我之境，放縱享樂之餘，也不忘向酒神廟獻祭，個個匍匐在地，歡頌禮讚這位火裡出生，被雨水養大的葡萄酒神，戲院演出劇作家、詩人為酒神而寫的戲劇詩篇，演員們被當作酒神的僕人……

楊醫生嚮往那種慶祝酒神日的狂歡場面。

戴奧尼修斯儲酒櫃運到的那個晚上，楊醫生徹夜不眠，他為酒神的死而復活乾杯。大地回春，新枝嫩芽從看似枯死的去冬葡萄殘枝敗藤迸出，長出一片片綠葉。酒神死而復生。

楊醫生酒酣耳熱，欣喜若狂，抱著酒瓶，在客廳圍繞著沙發、桌椅又舞又跳。酒是歡樂之源，令人忘憂。

「飲下戴奧尼修斯的美酒，人類的層層憂慮，頓離心胸，飛到未曾有的仙境……」

磕碰聲吵醒了沉睡的吳貞女，她睡眼惺忪地打開臥房，立刻被眼前的景象嚇住了。醉狂的丈夫兩眼紅絲，嘴唇咧到無肉的腮邊，只有中了邪魔，惡鬼附身才會如此精力無限，怪異的猛蹦亂跳，與平日臉面焦昏，眼神呆滯，站在一旁，離她遠遠的，陰鬱地看著她判若兩人。

如果丈夫不是抱著酒瓶，而是抱了張椅子翩翩起舞，吳貞女會以為丈夫被他小時候鄰居，那個瘋狂的小學教員附身。丈夫告訴過她，那瘋了的小學教員有一雙閃爍、騷動不安的眼睛，眨也不眨，灼熱地瞪著人看。

楊醫生眷村的這個鄰居，發了瘋病在家休養，三、四十歲人，赤裸上身，只穿一條白棉內褲，整天在自家小小的客廳水泥地困獸一樣來回不停的踱步。興致一來，他會抱住一把椅子，抓住椅腿，大跳華爾滋舞，擺頭晃腦，隨著腦子裡音樂節拍翩翩起舞，進三步退三步，旋轉旋轉，把懷抱中的椅子當成舞伴，嘴角漾著甜蜜的微笑，陶醉在無聲的樂音中。

這場沒有音樂、舞伴的華爾滋舞，還是吸引了孩子們的圍觀，跳舞的一看有了觀眾，更是欲罷不能，不知哪來的精力，一直跳到傍晚他大哥下班回來，才喝退圍觀的孩子們。

吳貞女的丈夫也發了狂，大半夜跳個不休。

隔天早晨，吳貞女看到丈夫支著頭，側坐餐桌上，一臉倦滯委靡，窗外陽光亮麗，丈夫周身浸著黑暗，使他變得模糊混濁。楊醫生細瘦無肉的手臂，使做妻子的聯想到小時候家中後院種的葡萄樹，冬天東北風一颳，黑霜下降，它就死了，葉子枯乾掉落，剩下光禿禿的枯藤，殘枝骨肉支離，牽來絆去，死狀極為可怕。

但願這一切只是一場噩夢。

淨空上人告誡信女吳貞女，雖然家中遭逢如此大的障礙逆緣，她只能把它當作修行途中的增上緣，也就是增進道力的魔考。上師說，魔障的對象竟然是她的丈夫，最親近的人，可見這是一次最現實、最嚴酷的考驗，只有一再虔誠祈求我佛慈悲，賜給她智慧，應付當前的煩惱。

吳貞女聽從師父指示，將在客廳、書房、浴廁，丈夫看得見的地方，貼上一些聖賢勸世的銘訓，和戒酒的禪機妙語，期待以靜制動，達到警醒丈夫的作用，令他回頭是岸。

拜別師父，吳貞女帶著心中鬱結離開嵩巖寺，要怎樣才能使丈夫拋開酒瓶，來親近她，吳貞女羞於向師父啟口。丈夫打開他私密禁地，從書櫥後掏出幾十瓶紅酒，明目張膽的陳列到在客廳的儲酒櫃，正好對住她吃齋拜佛的佛堂。罪過呀，罪過。

清理出散置書房各角落幾打空酒瓶之後，吳貞女癡心地想，以為當晚丈夫會回到她的床上與她同枕共眠，像新婚後一樣。她為此還特地換上一件胸前有個小蝴蝶結，蘋果綠的短身新睡衣，躺在床上等他。結果丈夫還是把自己關回書房的單人沙發床。

不止一次，吳貞女試探地想從師父找到答案，面對她因渴切而變得精壯有神的眼睛，淨空上人垂下眼瞼，不疾不徐地道出四句警語：

好色者為享受憂憂　清淨者是享受幽幽
憂憂是牽誘糾　幽幽是佛境林中菩提樹下修

吳貞女執迷不悟。

她明知即使懷了孕，丈夫耽於杯中物，酒精會造成嬰兒畸形，腦部發育不全的機率高，她也不惜一搏。為了嘗到為人母的滿足，她吳貞女可以忍受瘦得像竹竿，臉色陰沉的丈夫，伸出他那不管季節，總是潮溼陰冷的手，撫摸自己不甚發達的乳房。為了當母親，她什麼都願意。

吳貞女怨恨丈夫連這點起碼的要求都不讓她得到，使她的子宮，徒然呼喊著空虛。

他一定外面有了人。

十三之1

古印度的出家人，保留人體的毛髮，相信身上的體髮是戰鬥時不可或缺的精力。當回教徒入侵印度時，落髮的佛教徒，只有毫無抵抗地投降，寺廟悉數為回教徒所破壞。剃去腋毛及陰毛，會深受情欲煎熬之苦。

羅莉塔的確難以捉摸，她既開放又隱密。在她任職的麗仕聯誼社的健身房，有她一個專用的鎖櫃，鎖住了她的諸多私密，每次上了鎖，還是不放心。

然而，在女會員共用的盥洗室裡，羅莉塔總愛把自己脫個精光，裸裎坦蕩，睨視緊裹白色大浴巾的女會員，大刺刺地晃動她剃光腋毛、陰毛的裸體，毫不遮掩。

羅莉塔光著身子，坐在煙霧繚繞的三溫暖蒸氣室，臉上蒙蓋著小毛巾，兩腿劈開，全身繳械似的癱在大理石椅上流汗，腦子一片空白，這是她唯一放鬆的時刻。

今年「三八」婦女節，她接受一個電臺的訪問，請她述說身為聯誼社女主管的心得，為了怕辦公室雜音干擾，錄音效果不良，羅莉塔讓那位女記者捧著錄音機，兩人躲入僅可容身小小的更衣室，關上門，鼻子碰眼睛地進行訪問，效果真的良好無比。

最近，羅莉塔經常把自己鎖在更衣室裡，一關就是大半天。

更衣室一面是落地的穿衣鏡，其餘三面牆貼著纏來繞去的番蓮花圖案的壁紙，貼上去還不到兩年的進口壁紙，因地下室溼氣太重而捲曲剝落，顏色漫漶半褪。

難以想像剝落的壁紙，竟會使更衣室這般襤褸醜陋，壁紙角落的接縫裂開了，開腸破肚，露出裡面難看粗糙的石灰牆。

外表光鮮，敗絮其中。

健身房的主管一再換人，剛離職的那個，竟然把梳妝臺前一對仿包浩斯風格設計的椅子移走，換上士林家具批發店的兩隻藤椅圓凳。羅莉塔知道完了。

特別聘請香港設計師做室內布置的聯誼社，從開幕到現在，一切規定朝令夕改，使員工、會員無所適從。

最近更是每況愈下。浴室的洗髮精、洗澡的乳液，不知哪來的雜牌子，散發一股嗆鼻的怪味，任水怎麼沖都除之不去，藤椅前的梳妝臺上的潤膚液、髮型定型液，已經空了半個月，還沒換上新的。紙巾盒內的紙抽光了，剩下沒人理會的空盒，飲水機壞了，建議會員渴了，到外面喝去。連裝汗溼運動衣褲的塑膠袋，都要求會員一用再用。

羅莉塔把自己關在壁紙剝落的更衣室，漠然地望著穿衣鏡的顯影，好似鏡中之人與自己毫不相干。

奉行瑜伽靈修的修行人，靜坐到入定的境界，有時會感覺自己與身體分開，離開肉體，而存在大歡樂的境界。這是修行者夢寐以求的。

羅莉塔但願自己的意識在空氣中飄浮，永遠不必回到她的已經三十六歲的肉身。

她的比利時男友在她生日那天給了她一個surprise party，然後離她而去，回布魯塞爾去了。羅莉塔怨恨地想著他眨著濃密的白色睫毛，深情地凝視自己的眼神，他的那雙修長的、鋼琴家似的手，曾經給予羅莉塔持續性銷魂快感的手。

三十六歲生日，從睜開眼睛的那一刻，她就極力想忘記的日子。中午約了兩個女友吃飯，又因兩人都沒向她祝賀生日快樂而令她神傷自憐。下班後獨自到酒吧，喝了兩杯香檳，心情惡劣加上酒精揮發，涔涔的汗把她臉上的妝溶得一塌糊塗，羅莉塔也提不起興致，像平日一樣補了妝再回家。

抬著一臉殘妝，她步履歪斜，只想回去把自己關在浴室泡個熱水澡，紓解她已經三十六歲的壓力。

在羅莉塔打開她家門的三道鎖，捻亮電源開關之前，她先踢掉腳下穿了一整天的細跟高跟鞋，一隻手把絲襯衫拉出窄裙外，燈一亮，門口站著一個脣膏褪了、胭脂糊了，前額掠下一綹汗溼的頭髮，衣衫不整，滿心不得意的壽星。

兩秒鐘的靜默，然後是一陣暴喊：

生日快樂。煙霧一樣的彩紙屑向她撒過來，她的比利時男友、中午吃飯的兩個女友，還有她的祕書、同事……擠滿了她小小的公寓。

她的三十六歲的生日。

今年米蘭、巴黎的秋裝，吹起一陣東洋風，設計師高堤耶甚至把和服的腰封、七分水袖、敞領、日本紅漆木屐都搬上伸展臺。冰島女歌手Bjork的打歌海報，輕點朱脣，粉白的臉龐配上誇張高聳的黑髮髻，銀色織花敞領的和服打扮，活脫日本藝妓的翻版。歐洲最新的家具設計風格，也流行深褐色，內斂低調，帶點東方的禪味，沙發、床和桌几都變矮了好幾吋，咖啡桌的褐色木面，分格成方塊，設計師表示靈感來自日本的圍棋盤。

羅莉塔在尋找一個好聞的男人。聞起來像日本設計師Kenzo的「風之戀」男用香水，散發一股日本檸檬和芳樟樹葉的淡遠，足堪回味的味道。她要忘掉那個老愛流汗、狐臭異味沖天的比利時男人。

一個鐵灰色的影子浮上來。呂之翔穿著拉鍊式短夾克，雖然不是出自山本耀司的設計，卻穿出他自己的格調。寬闊、鬍鬚沒完全剔乾淨的下顎一定很好聞。羅莉塔喜歡下巴堅毅的男人。

比她小了好幾歲的呂之翔，每次不敢直接迎接羅莉塔直視的眼睛，總垂下眼瞼，迴避地把臉側轉到一邊，搧著以東方男人來說算是濃密的眼睫毛，然後再抬起頭看她。

羅莉塔打從心底微笑起來，那麼迷人。

最近一次呂之翔來聯誼社找她，兩個月前的週末午後，一見面，也不看羅莉塔，垂著眼瞼，遞上一份摺疊成八頁的*newsletter*，他自己設計的。

紅酒喝出心得，呂之翔有心扮演葡萄酒文化的傳遞者，他準備招募會員，介紹歐、美各地葡萄酒的動態，安排品酒會，分析臺灣的葡萄酒市場。為了配合月訊紙上示範美酒佳肴專欄，他找羅莉塔商量，利用聯誼社的西餐廳，每個月舉行一次美酒饗宴。

雖然不是會員，呂之翔喜歡「麗仕」聯誼社的情調，酒吧義大利進口的赭紅色沙發，極高的椅背，坐下去舒服到不想起來，旁邊那個小小的閱讀室，綠絲絨的椅墊，花鳥圖案的壁紙，故意製造出英國維多利亞時代擁擠的風格，呂之翔尤其欣賞西餐廳，燈光暗昏宜人，法國式的高背椅，牆上掛的古希臘列柱、三角牆的油畫，歐洲古文明的風格。

「每個月一次，能夠在那種氣氛下舉行一次品飲美酒的饗宴，我列酒單，請廚師照著當晚的酒來擬菜肴……」

羅莉塔湊興：

「對，從紅、白餐酒到配點心的甜酒，像巴黎講究的餐廳，女士點不同顏色的甜酒來配她們當晚穿的衣服，」她說：「香甜利口酒，我們女生如何稱呼，知道嗎？叫它液體寶石……嗯，我好喜歡酒裡那股香料的味道！」

「太酷了，羅經理，你們聯誼社肯參與，我不愁找不到會員了！」

羅莉塔兩道尾端剃去的眉毛擰得高高的，乜斜呂之翔一眼：

「跟你說著玩的，你倒當真。也不去打聽打聽，西餐的大廚架子可大咧，誰有興致坐下來和你研究菜單，」羅莉塔語帶玄機：「憑你這空降部隊，就想賣酒給聯誼社，如果這麼簡單，這種生意人人搶著做，還輪得到你？」

她捏著塗金色蔻丹的手指翻呂之翔的*newsletter*，看到最後一頁：會費每月二百元，年費一千二百元。團體會員：五人以上的組織或企業入會者每人僅收年費一千元。

「收會員這麼一點錢，會員獨享權益列了六、七項，專屬刊物、消費者折扣等等，還規畫葡萄酒鄉尋根之旅……真是服務到家。」

羅莉塔晃了一下頭。不敢晃得太厲害，她戴了最近臺北時髦的女人圈很流行的假髮，剛才她伸手撫了下鬢邊，假髮移動了一下，她看到呂之翔愣了一下的表情。

「對你有什麼好處？」

呂之翔囁嚅地：

「把我品酒的經驗與大家分享，認識到品酒是一種藝術，一場品味的演出。」

就這樣結束了談話。兩人共度彼此都沒有約會的週末午後。

十三之2

羅莉塔從健身房壁紙剝落襤褸的更衣室走出來，決定打電話給好一陣子斷了音訊的呂之翔。既然他想模仿歐、美的品酒家，出版一份*newsletter*，羅莉塔可以告訴他人家是如何經營的。

首先，呂之翔不能夠只靠一個進口商供應葡萄酒。第二，他不能等會員需要他才供應，羅莉塔將向這個沒有生意頭腦的編輯曉以大義；這種作法不僅被動，銷售量也有限，更何況受制於進口商，拿那一點點回扣，不划算。

品酒家靠他的知識和酒莊的關係，為他旗下的會員找好酒，規定會員每個月起碼向他採購三瓶至半打的酒。

這就不是呂之翔所定的每個月二百元的臺幣會費所能打發的了。

見面時，羅莉塔將會把那個週末下午，呂之翔遞給她的那份摺疊成八頁的*newsletter*

樣板取出，對照她特地找來的一份美國品酒家出版酒的目錄，裡面印著各種葡萄酒的酒標。她會特別強調：

「你看，目錄只印酒標，而不是露出整瓶酒，這樣才可顯出格調，最後兩頁附上訂購表格，買家填下酒名、年份、酒莊、價格，按著酒標選購。」

最後，羅莉塔將偏過頭——見面那天不能再戴那頂假髮——似真似假地逗逗呂之翔：

「也許我們可以成為partner，我一直想在遠企對面開一家全臺北最有品味的法國餐廳，連店名都想好了……」

她的菜單將盡量配合呂之翔開出的酒單。

波爾多的波里雅克、加州的那帕谷的卡本內．蘇維翁，高單寧、甘潤豐厚的紅酒，搭配烤牛肉、紅肉。

勃根第黑皮諾釀的，年輕時單寧比較重，配牛排，陳年後適合長時間煨燒的菜肴，像雄雞野禽加野菇。

一般認為白酒只能配海鮮，其實不然，味道濃一點的白酒，可配簡單的雞肉或豬肉。勃根第有一種在橡木桶發酵的，甘甜濃厚型的白酒，羅莉塔知道這種酒年輕時，有一股香草和橡木味，不可搭配清蒸魚。

其實，憑著羅莉塔的歐洲經驗，地方風味的佳肴才最具特色，為了搭配這種美食，不妨從同一產區的葡萄酒找起，比如法國阿爾薩斯的酸菜配煙燻豬，可搭配當地的麗絲玲白酒，瑞士乳酪火鍋配芳丹白酒，義大利托斯卡納的魔鬼雞配當地產的啟揚提紅酒……

呂之翔找得到這些地方性的葡萄酒嗎？

「只有當男人的胃是飽的時候……才會夢到赤裸的女人。」卡爾維諾說。

也許羅莉塔應該實現她先前許下的諾言，邀請呂之翔上她家，親自下廚做她拿手的那道阿爾薩斯羊排款待他。

呂之翔來的那晚，她計畫穿上那襲黑色無袖長裙，三宅一生設計的縐褶料子，穿上身使她看起來像個活動的立體雕塑，隨著人體伸展移動而變形，準會讓這小她好幾歲的男人看傻了眼。

她將淡妝打扮，在乳溝與兩邊耳後灑上一種幽淡的白花香調香水，散發出東方的細緻花香味。

十四之1

「東西自有生命，只要喚醒它們的靈魂。」

馬奎斯的《百年孤寂》開頭時，那個吉普賽人如是說。他用兩片磁鐵讓所有的金屬用品隨著它婆娑起舞。

自從本世紀初以來，生物科學家一直在實驗，究竟動物分化了的細胞是否仍有全能的作用？像高等植物，可利用無性繁殖，把有再生能力的根、莖、芽切成片段，培育複製成完整的植株。

然而，動物界的細胞分化卻有高度的不可逆性，在受精卵分裂增殖時，隨著分裂次數的增加，全能性喪失的程度也就愈來愈大。科學家先後以蠑螈、草蛙、非洲爪蟾、老鼠做實驗，結果證明蠑螈和蛙類發育早期的胚胎細胞核，甚至蝌蚪體細胞都具有複製的潛力，但無法成體細胞核。

瑞士伊爾曼教授用老鼠細胞核移植實驗，功敗垂成，最後宣布對複製哺乳類動物不應存幻想。

桃麗羊的出現卻打破了科學界長期以來以為哺乳類不能複製的迷思。這項石破天驚，震撼整個人類的成就，卻是在一種誤打誤撞的情況下產生的；名不見經傳的英國牧場科學家魏爾曼，接受蘇格蘭一家藥用蛋白質有限公司的贊助，聯合一群沒沒無聞的基因工程專家，研究用羊奶來製造「治療性奶粉」，在奶汁中摻有藥效，可對早產兒的其他特殊疾病具有療效。

以魏爾曼為首的這群科學家，一共用了三種不同分化程度的細胞做材料，經由電流的刺激，讓未經受精的去核卵母細胞與帶核的靜止期細胞融合，分裂成胚胎，再把胚胎移植到一隻六歲大的母羊子宮內，讓這隻代理孕母生出桃麗羊。

當初這群英國科學家只想到如果複製羊實驗成功了，便可擁有一個生生不息的「活的製藥廠」。

桃麗羊的照片，令舉世譁然，臺灣媒體不甘落人後，大肆炒作二十世紀末最大條的新聞，爭相邀請所謂的專家學者座談，圍繞在「複製人的日子還會遠嗎？」這一類聳人聽聞的話題，他們往往不知所云，甚至連複製的定義都弄不清楚。

許多無脊椎動物，可以把身體的一部分斷裂下來，形成一個或多個的新個體，在遺傳組成上和原有的生物完全一樣，此乃無性繁殖。

譬如水螅，就是採用芽生法，從母體上突出一個芽體，然後離開母體而成新個體。有些多毛蟲類，身上有許多環節，這些環節斷裂後亦可成新個體。海星的一個臂如被切下，它不但可以再生一個新臂，同時斷下來的那個臂也可以發育成一個新海星。

從高雄回來後，唐仁等待洪久昌向法國酒廠下第一張訂單，卻遲遲未能如願。閒來無事，他翻閱米亞的生物科技書解悶。讀到這一段，唐仁不自覺地摸摸自己的手臂，似有感悟。

他陪米亞看電視一個海膽的出生紀錄片，螢光幕上一隻隻從死去的母體擠出來的新生命，義無反顧的投入茫茫大海中求生存，初生海膽的勇氣，令唐仁讚歎。

終於等到洪久昌的電話，他告訴唐仁，南部的葡萄酒業者已經面臨盤整的階段，大罵一些與紅酒八竿子打不著關係的大企業，像中鋼、長榮、黑松等，憑著財力雄厚爭先恐後下海進口紅酒搶分這塊大餅。結果出現大魚吃小魚、小魚吃蝦米的現象，情勢大亂。首當其衝的是像他這類中小型的進口商。

洪久昌請了一個執臺灣飲料業牛耳的大公司的行銷經理，到高雄國賓飯店吃牛排。那個神氣十足的經理坐下來第一句話劈頭就問：你知道我們公司每年的廣告預算是多少嗎？說出數字保證你嚇一大跳！

行銷經理自信滿滿地預言，不出六個月，幾家大企業一定會把中、小型的紅酒進口業者整個吞下去，吃個淨光，連骨頭都不剩。

「你們這些幾千萬元資本的小進口商，犯了一個通病，你們眼中只有經銷商，而目中沒有顧客，這是最大的錯誤。」

行銷經理振振有詞地批評洪久昌：

「像你們雇用的sales，有固定的經銷網，每個星期到那幾個點轉，經銷商需要什麼，推銷員就回去反映給老闆開信用狀訂貨，進口商不肯花，或花不起廣告費——」

「是花不起，不是不肯花。」

「產品一定要打廣告，才會烙印到顧客——英文叫End User——的心裡眼裡，造成深刻的印象，一旦喝久了成習慣，缺之不可，一進商店，指定要這品牌的才買。只有這樣，生意才會做得長久。」

說完，揚長而去。

洪久昌正琢磨小本的經營之道。出乎意料之外地，卻碰到一個從天上掉下來的好時機，他打聽出公賣局在南投酒廠釀製的玫瑰紅葡萄酒存貨有限，過不了多久便要缺貨停賣了，眼看葡萄酒狂潮早已經飆到南部來了，他應該逮住這個千載難逢的機會，趕快從國外進口一批，趁公賣局缺貨空檔搶銷一番。

臺灣有將近四千公頃的葡萄園，主要種在土地肥沃的臺中彰化一帶，其中五分之一的產量用來釀製葡萄酒。政府為了保護種植釀酒葡萄的果農，特地把葡萄價錢抬得很高，高過波爾多葡萄的三倍，而且硬性規定公賣局每年收購的數量。

開放進口後，必須與人家比貨色的公賣局，眼見每天幾十個貨櫃不斷湧入的舶來葡萄酒，知道論品質，甚至論價格，土產的玫瑰紅都不是對手，臺灣潮溼炎熱的天氣下成熟的葡萄，發酵時不僅要加糖分，還要加香料增加酒香的玫瑰紅，在限制酒類進口的時代，消費者無從選擇，然而，獨占壟斷的時機已然不再，而果農要價卻高踞不下，公賣局拒絕採購又貴品質又不佳的葡萄的結果，卻提供了洪久昌一大商機。

大公司行銷經理的廣告推銷理論言猶在耳，公賣局一年花了好幾億的廣告費，這個歷史悠久的老店所有的品牌商標，從高粱、紹興、米酒到啤酒，白蘭地、紅、白葡萄酒到玫瑰紅、淡酒都早已深深植入酒客的記憶裡。

人是習慣的動物，洪久昌同意消費者一旦喝慣一種品牌的酒，很難改變口感，去適應另一種酒。他計畫讓唐仁去找一支法國酒，最好是波爾多產區的，先快遞寄過去一小瓶公賣局的玫瑰紅，請法國調酒師照著仿造，口感、香氣、色調務必調得與原味不相上下，最重要的是酒的外觀包裝要仿冒到足以亂真的地步。

除了酒瓶的形狀、容量，最重要的那張臉——酒標，必須設計得與公賣局的大同小異，英文字體可變變花樣，避免完全雷同吃上盜用官司，卻又必須讓消費者一眼之間，分辨不出差異之處，魚目混珠把它當成喝慣的玫瑰紅買了回去。

仿冒的酒還沒做出來，他已想出一套促銷手法，鎖定南部中價位的餐廳為對象，第一瓶白送給客人喝，給足餐廳老闆面子，口感對味，食客欲罷不能，一定連續叫第二瓶、第三瓶……

公賣局用的是容量六百毫升的酒瓶，洪久昌悟出它的妙處，餐廳、甚至路邊攤，三、五個人圍坐一桌，只來一瓶六百毫升的，太寒酸了吧，主人面子上過不去，再追一瓶，加起來一千二百毫升，比正常的七百五十毫升多賺三分之一。這是心理學。而且在商言商，第一瓶白送，送小的比大的划算，成本低。

這還不算紅白喜喪、選舉擺流水席的龐大用量。臺灣的人愈來愈注重健康，喝白蘭地、威士忌有傷身體，洪久昌決定親自向幾個經銷商曉以大義，遊說他們拿出錢來開信用狀，與他合作，保證賺得缽滿盤滿。

十四之2

一向在新店花圃用插枝、壓條法，無性生殖培育後代花樹植株的米亞，最近被英國桃麗羊複製成功的事實震動得目眩神迷，未能從那異樣、疑懼、震驚卻又興奮的情緒中恢復過來。

為了對治米亞口不離桃麗羊，唐仁搬出喧騰一時的宋七力事件。

「如果複製人類，基因組的原持有人是本尊，而從他身上任何細胞複製出來的新生命，頂多也是分身而已。」

「那些合成的照片，拜託不要說了。」

唐仁又開玩笑：

「妳讀《西遊記》，孫悟空拔出一根寒毛，凌空噓一吹，變上千萬個分身，也是一種複製吧！」

「神怪小說，憑空虛構想像出來的，怎會和桃麗羊扯在一起？」

看她一臉嚴肅，唐仁想起兩人去看電影《侏羅紀公園》，米亞津津有味地看著那隻從叮咬過恐龍、胃裡有恐龍血的蚊子化石，培育出一隻一模一樣的恐龍，如果現在問她，她一定會不屑地癟一癟嘴：

「那是電影，娛樂而已。」

「桃麗羊是有憑有據的科學，而且可能發生在我們日常生活周邊的，」米亞指了指唐仁盤子裡的牛排：「比如說，你的這塊牛肉，可能是日本的複製牛。」

唐仁聽了，把送到嘴邊的牛肉放下。那時他們在一家情調優雅的西餐廳喝紅酒吃牛排。燈光下，米亞的雀斑若隱若現。

日本奈良的牲畜研究牧場，為了生產更優質可口的牛肉，採用受精卵複製，把一批複製牛送到批發市場去賣，引起消費者的抵制，要求加以標示或收回。

「消費者有知的權利，他們不願在不知情的情況下吃這批牛肉。」

米亞也放下刀叉，她另有食不下嚥的理由。

美國麻州大學羅布教授和他的學生進行兔子核移植實驗，由於核細胞一時用光，就開玩笑地從一個助理的內頰取出細胞來代替，結果人類的細胞核在兔子的卵細胞質內竟然分裂，長成類似幼胚的形狀，羅布教授大為吃驚，立刻終止實驗。

米亞招手讓侍者端走幾乎原封不動的牛排。

「最近羅布教授和他的博士後研究生重施故技，在做人─牛混合細胞，目的並不是要製造複製人或人牛混種怪物，而是製造新的細胞，希望將來可用來做器官移植。」

唐仁參與了公賣局玫瑰紅酒的複製。

首先是找到同樣的酒瓶。

普羅旺斯的朋友幫唐仁問出來，法國不僅不製作六百毫升的酒瓶，而且視之為不合法。洪久昌大罵公賣局的官員心機太過陰險，早已料到一旦開放菸酒進口，會被盜用，為了提防此舉，預先選用全世界產酒國家找不到的這種容量的酒瓶。

唐仁卻不以為然。憑他過去的經驗，他太熟悉臺灣的官場文化，最清楚官員從上到下精通敷衍塞責之道，眼光短淺，只圖近利，像洪久昌說的有遠見理想之士，早被排擠在外，進不到權力核心。公賣局會用這種全世界只此一家的六百毫升酒瓶，唐仁以為只不過是又一個公家機關落伍趕不上時代的老土明證。

法國酒廠建議，如果非要用這種容量的酒瓶不可，為了做成生意，他們願意找玻璃廠開模子生產製造，費用是五萬美金，需時兩個月，還要一口氣生產十萬個瓶子才動工，工廠將證明成品悉數外銷臺灣，才不違反法國政府法令。

洪久昌把唐仁的傳真揉成一團，丟進紙屑簍。

「免談。」

事情就僵在這裡。一直到法國食品協會在香港會議中心舉行了一個大型的葡萄酒展銷會，唐仁和波爾多酒廠的經理首次面談，最後找出一個變通的辦法，如果洪久昌考慮用五百毫升的酒瓶，酒廠有現成的瓶子。

敗部復活。

十天後，快遞送去酒標設計稿，金紅色的主調，黃澄澄的葡萄從左上角斜斜垂吊下來，與下面往上竄的葡萄葉相互呼應，龍飛鳳舞的「Red Wine」黑體英文字旁，是不太醒目的皇冠葡萄酒，洪久昌新註冊的公司。

法國的印刷廠似乎不擅長大金大紅的原色，沒能達到洪久昌要求的閃閃發光的金色效果，試印好幾次，還是呈現不出那種「摸上去金子似的感覺」。越洋快遞來回，浪費了三個多星期。到最後為了爭取時間，洪久昌勉為其難的答應，唐仁用厚紙板夾好高雄送來的底片，快遞到法國。

接下來是校對，洪久昌的祕書怕法國人不懂中文，印刷廠植錯字，用電腦放大字體，一來一往好容易大功告成。

法國寄來試印的酒標，唐仁拿在手中，倒頗有點成就感。

一切就緒。試產的樣板一到，洪久昌點頭了，立即可開始生產，答應下五個貨櫃訂單，這還只是第一批。

等待中，唐仁隨外交部的舊同事，陪外賓拜謁慈湖，他想到郊外走走散散心，驅逐這一陣子的勞煩。

因為是邦交國的貴賓，謁靈鞠躬後，一行人被引領到兩廂的廂房，參觀蔣公暨夫人生前的起居生活。唐仁跟在後面，走過一個個會客室、臥室、書房……慈湖某個隱閉的密室，藏有許多至今仍未對外開放的祕密檔案，其中重慶時代的中美關係檔案，便是存放在慈湖祕而不宣的紅木櫃中。

妻子在華盛頓去世後，唐仁曾經計畫自己退休後，利用美國國會圖書館，做點重慶時代中美外交史的研究，打發餘生，算是為自己一生的外交官生涯畫上句點。

步出廂房，佇立天井，那個威靈頓．唐恍如隔世。

回程到有百年大鎮之稱的龍潭晚餐，一行人來到名叫「大紅屋」的客家餐廳，話題談到最近狂飆的葡萄酒，這位東加王國的農業部長發表了他的高見：

如果公賣局仿效當年榮民在梨山種植溫帶水果，像水梨、水蜜桃、蘋果，也選擇氣候乾爽的高山，引進最優質的葡萄種，吸取歐、美釀造技術，不加糖發酵，並註明葡萄產區。

「我保證貴國可釀出符合國際標準的佳釀！」

東加王國的農業部長說。

「而且，貴國自己生產葡萄酒，還可保護葡萄農的生計。」

農業部長又加了一句。

賓主舉杯。唐仁訕訕的把頭別到一邊，瞥見餐廳櫃枱後鄉氣簡陋的紅漆架子上，陳列一排金門高粱、紹興、米酒當中，錯雜著進口的葡萄酒。就在轉回頭的剎那，架子角落一道金色的光留住了唐仁正要移開的眼角視線，定睛一看，公賣局缺貨的玫瑰紅酒，沒想到在這鄉野的客家餐廳仍可看到。

離開「大紅屋」前，唐仁忍不住買下那瓶玫瑰紅。他無法解釋自己為什麼要這麼做。回去把法國酒廠剛寄到的複製樣板，兩瓶酒擺在一起比較，洪久昌找設計師模仿的酒標，也是一撮黃澄澄的葡萄從右上角斜斜垂吊下來，與下面往上竄的葡萄葉相呼應，仿冒得維妙維肖，只是把左右的位置顛倒過來而已。

唐仁伸手撫摸酒標金色的葡萄葉，洪久昌口中的「摸上去有金子的感覺」，原來有本可依。他感到困惑與委屈。在唐仁的觀念裡，原版名牌一定是品味質地優越，才值得模仿抄襲，大學時代如有機會聽原版的古典音樂唱片，一比之下，不論音質或效果，絕非翻版的唱片所能及，同樣的，歐美名牌衣飾皮件，泰國、韓國的仿冒品，粗製濫造，不值一觀。

風水輪流轉，這次洪久昌的皇冠紅葡萄酒，卻把這種現象顛倒了過來。唐仁參與了複製的整個過程，他接洽波爾多的酒廠，讓調酒師把本來優質的葡萄酒，為配合臺灣飲客喝習慣的口味，調得接近公賣局加糖加香料的玫瑰紅，以假當真，每瓶標價一百二十五元。

結果是以土為貴、為真，洋為假、為賤，把品味層級來了個上下大翻轉，這與當初他向洪久昌推薦那兩百箱勃根第的Grand Cru，相差太遠了。果真如童師傅說的，愈活愈回去了。

唐仁轉撫他參與複製的紅酒，心中不無遺憾，一定是真的為貴，假的就輕賤嗎？嚼檳榔的飲客不願喝酸澀的紅酒，洪久昌告訴他的，波爾多的調酒師於是把它調得偏甜，遷就臺灣的口味。不過無論怎麼遷就，波爾多的土壤、水質與陽光所生長的葡萄，先天環境太優越，再怎樣調，酒質也變不到哪裡去。唐仁安慰自己。

他撫著酒瓶，憶起年初的一次令他詫異不解的經歷：

寒流來襲的大寒天，唐仁到香港山頂拜訪一位外交界的老前輩，老人穿著襯了羊羔皮的長袍，雙手攏在袖子裡接見他。告辭時，老人的媳婦送他下太平山，一路喊冷，她正要到德輔道中的西伯利亞去看皮草。唐仁義不容辭地陪了她去，試穿了幾件貂皮、銀狐、花豹，有長有短的皮草，最後還是脫了下來。

唐仁聽到她幽幽地說：

「還是回去穿那件舊了的紫貂大衣，被潑到油漆也不覺太可惜！」穿皮裘上街招搖，被愛畜人士潑油漆的事故，不止發生在巴黎、紐約，過年前，尖沙咀的鐘樓下也有人拉布條示威。

西伯利亞皮草店的女售貨員，顯然不是第一次碰到這種情況，她從架子上取下一件黑色海豹皮的豎領長大衣。

「廖太，這件款式新，袖口下襬都滾了邊，今年最流行的，而且海豹皮短短的，很像人造的，看起來假假的，不像真皮草，穿上街不用怕。」

唐仁好奇的看了一下標價，六萬五千元港幣。這樣的價錢還要把真的當成假的來穿，不再是真為貴、假為賤了，而是顛倒了過來。剛才拜別的老外交官，他遵守老法子，把矜貴的皮毛當襯裡穿在裡面保暖，外面是一襲黑呢長衫。唐仁給弄糊塗了。

隔天他去逛半島酒店的精品店，駐足觀賞香奈兒櫥窗陳列的假珠寶首飾，唐仁知道它們雖然是人造的假耳環、項鍊，價格一定比一般真材實料的珠寶來得昂貴。香奈兒著名的奢華的贗品。

這位二十世紀最傳奇的女設計師，在世時，曾經安慰一位抱怨她的珠寶都是真的，沒有假珠寶可戴的貴婦。可可．香奈兒告訴她：

「妳還是可以戴妳的真珠寶，只要它戴起來像假的就好！」

以真當假，假的矜貴過真的，原來早有先例。唐仁終於懂得了。

十五

根據一九六二年版的拉胡士大辭典，「世紀末」這個名詞是十九世紀末所創的，定義是「精緻的頹廢」。

上個世紀末的最後十年，裝飾性強，以浪漫精雅著稱的新藝術（Art Nouveau）風格，在巴黎應運而生，流行到整個歐洲。這個唯美享樂主義的風潮，反映了宗教、道德價值的崩潰，人們追逐物質享受，以逸樂豪奢與官能欲望的滿足，來反映對世紀末缺乏安全感的恐懼。

新藝術最常以女性為表現主題，以植物花卉纏繞的曲線，孔雀天鵝的造形，波濤海浪貝殼等做為設計的靈感，藝術上往往流於輕浮頹廢。畫家筆下的女性形象，纖細優雅，秀髮輕飄如海浪，半遮半掩的衣衫，纏繞著藤蔓莖葉花串，畫中美女眼簾半閉，眉宇微蹙，充滿了性的挑逗，謎一樣的飄忽，帶著病態的憂鬱。

「新藝術」除了建築、繪畫海報，藝術家也以金銀色彩為主調，設計昂貴的珠寶、悅目耀眼的水晶玻璃、香水瓶、巧克力盒子，波浪漩渦曲線的家具、捲鬚和植物花葉圖案的窗簾布、壁紙，更廣為風行。

這個盛行於十九世紀末、二十世紀初的藝術運動，雖然前後極為短暫，它並不像純藝術保留在殿堂之上，而是走入社會，將其裝飾性的風格與生活結合。

相隔一個世紀後，臺灣報紙上出現一則全版的地產廣告，留學維也納的建築師，承襲一百年前新藝術大師奧圖．華格納的風格，借屍還魂，在大臺北塑造精緻尊貴，「象徵財富與自信的跨世紀豪宅」。

王宏文打消了擁有一個酒莊的念頭。

他的波爾多之行，雖然未能如願見到拉杜酒莊的主人，與他談酒論藝，惺惺相惜一番，到頭來畢竟沒有完全白費。他委託一個穿梭在波爾多一級酒莊的經紀，法國人稱Negocian做他的代表，物色五大酒莊儲存百年以上的甘液瓊漿。

離開波爾多的前一晚，王宏文把經紀送來的酒單明細一一過目，在燈下用筆勾畫，圈出其中三公升裝的頂級陳年紅酒十五瓶，配成一套，計畫在國民黨「十五全」會議結束之前的那一晚，舉行一個典藏級的名酒拍賣會。

翻閱厚厚一疊酒單，王宏文對那個為他四處網羅好酒的法國人表示滿意。交代他一等從各酒莊收齊了酒，便空運到臺北，如果短期內無法整批運行，他囑咐經紀務必把他特別做記號的那十五瓶名酒單獨裝相先行空運，不可有誤。

最後，王宏文說他還缺少這一批酒的明星——「十五全」至尊，他指定要六公升的大樽裝。珍貴的好酒用大瓶盛載可長期保存品質不變，六公升裝的酒更可放上千年。

法國人受命而去。

有關宏亞集團繼承人王宏文下海做紅酒生意的傳聞，想像力豐富的臺灣酒商，可能就是從這個「十五全」的拍賣延伸出去的聯想吧。

結束了歐洲之行，王宏文請了一位資深的釀酒師一起飛回臺北，察看他藏酒酒窖的設施，專家一走進他大臺北華城別墅地下的酒窖，立刻衝過去把照耀的日光燈關掉，法國人拿他品酒的紫色鼻子像狗一樣在酒窖四處吸嗅，最後停在香檳和白酒酒架前，表示這兩種酒對光線最敏感，酒窖最好不要有任何光線，特別是日光燈更容易造成酒的變質，產生還原變化，散放一股難聞的味道。

王宏文心領神會。他幻想買下一座法國南部的古堡，無意之間發現酒窖隱藏的佳釀，想像自己不正是手持蠟燭，走進幽暗的酒窖的？

專家比喻葡萄酒像海綿，周圍的味道都會被吸進去，酒窖的通風設備很重要，慎防霉味糟蹋了好酒。他把溫度、溼度調到最理想的程度，開始觀察擺酒瓶的架子是否穩固，他建議王宏文放棄傳統平放酒瓶的方式。

「最好是把酒瓶擺成四十五度，而不是平放。」

「為什麼？」

「你的這種擺法——傳統的平放，為的是使葡萄酒和軟木塞接觸以保持溼潤，如果軟木塞乾燥，收縮了，拴不緊瓶口，會使酒氧化——」

王宏文點頭表示同意。

「不過，亞伯特，」法國人叫他的洋名：「最近我們酒莊發現，留在瓶中的空氣會造成酒流出瓶外，平放的擺置法只會增加這種效應，所以，最好的角度是四十五度，斜斜的，讓軟木塞同時和葡萄酒，以及瓶中的空氣接觸，避免氧化和外溢的危險。」

葡萄酒怕震動，尤其是有年份的酒，一聽到臺灣地震頻頻，連王宏文也束手無策，法國專家聳聳肩，做出聽天由命的表情。

王宏文大臺北華城別墅的酒窖，經過法國專家指點改正的消息一傳出，幾個相熟的朋友纏著他開放酒窖，供他們取經，順便欣賞王宏文這次從巴黎帶回來的藝術品。

一行人魚貫步出占地頗廣的酒窖，以二世祖密友自居的朱律師搶到前頭，充當第一次來訪者的導遊，帶領參觀別墅內部。

從門口半圓形的挑棚進入，兩大扇玻璃門各浮雕著新藝術風格的美女，頭戴花冠，雙眼微闔，長髮與衣袍翻飛，纖纖玉手持著一枝長梗的百合花。

「這是法國大師拉利克的設計，香港帝苑飯店的西餐廳那兩扇水晶玻璃門，也是出自同一個設計師……」

「哇塞，拿水晶玻璃來做門……」

「美女手中拿著百合花，夠唯美吧！」朱律師轉向兩位女客：「新藝術的畫家這麼一畫，結果當時歐洲愛美的女士，爭相拿一枝百合花赴宴會，出現在社交場合……」

聽得兩位女客極為神往。

沿著樓梯擦拭得雪亮的銅扶手往上走，進入大廳，粉藍、奶油色、深紫相間的軟性色調，客人們有如耳聽輕音樂，滑著舞步，目不暇接地一件件看過去，金碧輝煌的油畫、精絕美絕的鑲嵌畫、燭臺鏡飾、波希米亞的彩色水晶雕塑、金銀、半寶石的飾物、造形線條極富裝飾意味的家具桌椅、地氈……

觸目這一屋子華麗豪奢的擺設，使財經報的採訪主任聯想到另一個華麗至極的裝置，他到布拉格旅遊，參觀藝術家穆夏生前住過的房子，導遊形容為「全城最美麗的房子」。

捷克藝術家穆夏在十九世紀末到巴黎求藝，正巧趕上Art Nouveau新藝術潮流的風行，他為紅伶貝茵．哈特設計的劇展海報風靡一時。穆夏拿新藝術登峰造極的各種裝飾品，布置他布拉格的家，難怪被譽為最美麗的房子。

採訪主任立在陽臺，反背著手扶著形狀如花卉藤蔓纏繞精緻的鐵欄杆，面對一屋子的璀璨精美，情不自禁地讚歎：

這座別墅，會是全臺北最美麗的房子吧！

「大主筆，別在那裡做文章了，進來喝酒吧！」

咬著雪茄的王宏文，把陽臺上的採訪主任拉進客廳。朱律師遞給他一枝蠟紙包的哈瓦那雪茄。

「卡斯楚抽的牌子，葡萄酒搭配雪茄，一種完美的結合！」

撲鼻一股焦香的菸味。

王宏文卻向侍立一旁的調酒師吩咐一杯古巴特產的蘭姆酒。

「來，試試另一種更酷的結合！」

客人們學著他吸一口雪茄，搭配一口蘭姆酒。

「同樣是古巴的土壤、氣候生長製造出來的，怎麼樣？嚐出味道沒？」

眾人用心品嚐，吃驚地發現原料的特質，雖然經過加工再造，卻能夠原味如實反映出來。焦糖味甘甜的酒，搭配煙燻的乾草味，兩種應該是截然不同的風味，交融在一起，卻合奏出一曲嗅、味覺享受的交響曲。

唐裝打扮，蓄著張大千式長髯的字畫收藏家，徐徐噴出一口煙，感慨道：

「咳，禪宗教人要活在當下，把握住當前這一刻，有道理！一頓美食、一瓶好酒、一枝香噴噴的雪茄，活著就為了享受，何必瞻前顧後，耽誤了現在……」

採訪主任附和：

「蕭老說得極是。西方唯美主義的文人古爾孟，拿葡萄來比喻人生，他說：早晨還酸，傍晚又太熟了，正午摘下最可口……」

「那就正午摘吧！」

「對極了！」

「說到賞心悅目……」

王宏文取過一隻擺放珠寶的首飾盤，向兩位不抽雪茄的女客展示他這次從巴黎帶回來的骨董首飾。黑絲絨的墊子上，一件件鑲工精巧、造形奇特的飾物，引得女客們連聲讚歎。

她們雙手捧著珠寶，就著那一盞著名的第凡內彩繪玻璃燈罩下的光，逐一細賞一件件設計性極強，巧奪天工的珠寶工藝：鑽石鑲嵌的孔雀，羽毛是發亮的琺瑯，黑珍珠蝴蝶的胸針，當中是個赤裸的女人，蜻蜓的雙翅透明如薄紗……

「哇，美死了，送給你的哪一個女朋友呀？」

女客們又是羨慕又是嫉妒地問。

王宏文咬著雪茄：「妳們說呢？用分配的，怎麼樣？」

兩個女人白了他一眼，低聲咬著耳朵，笑成一團。

「用分配的，那很公平呀，」朱律師湊興，他數著黑絲絨上的珠寶：「一共有八件，王兄，是不是每個女朋友一件？」

一陣哄笑。

「咳，女人，」張美食家拿雪茄的手一拂：「女人太麻煩了，還是吃比較實在，香檳配烏魚子，勃根第紅酒配魚翅、夏多奈白酒和生魚片吃，都是人間美味，晚上沾王兄的光，又多學了一樣，抽哈瓦那雪茄喝古巴的蘭姆酒……」

美食家慶幸生在現代，才有這些享受，比他的祖先有口福。明代權相張居正「……牙盤上席，水陸過百品，居正猶以為無下箸處」。

「你的老祖宗山珍海味猶嫌不足，你老兄可是吃遍天下美食啊，怎比得上你？」

說得美食家心花怒放。

「王兄，聽說這次在歐洲大有斬獲，收藏到博物館級的極品，」說話的是名重一時的西洋藝術史教授：「給我們開開眼界吧！」

王宏文依言，從裡間捧出一幅油畫，放到落地窗前的畫架上，擺好角度，人一離開，眾人眼前一花，一陣目眩神迷，寶藍、赤金、紅紫等鮮豔繽紛的色彩，與漩渦形、幾何三角形、螺線性線條交織，裝飾而成，富麗複雜至極的畫面。

「天啊，奧地利古斯塔夫・克林姆的作品！」

藝術史教授一聲驚呼。

字畫收藏家捋著長鬍，趨前研究：「這洋人在畫上放了什麼東西，閃得我眼花，不會是我老眼昏花吧？」

「蕭世伯眼力夠毒的了，」藝術史教授說：「古斯塔夫・克林姆是奧地利新藝術的主要畫家，他喜歡用昂貴的材料當裝飾，在畫上用黃金、銀、半寶石，藝術史家對他高人一等的裝飾天才，佩服得五體投地……」

客人們譁然，一擁而上，爭著看這幅金雕銀砌的油畫，在找尋畫裡的金銀寶石過程中，逐漸從繽紛複雜的構圖裡，拼湊出畫家的主題：

一對擁抱的男女。女人雙乳裸裎，頭微仰，雙目緊閉，臉上洋溢著浪蕩的魅力，性高潮的剎那緊張，男的把頭埋在女人的鬢邊，沉陷在愛欲之中。被欲望驅使，追逐官能逸樂的男歡女愛情色場面。

藝術史教授推斷這幅畫屬於克林姆晚期的作品，風格接近建於一九〇五年的史托克雷皇宮的那兩幅壁畫。

「皇宮餐廳那兩幅克林姆的壁畫，〈期待〉與〈滿足〉，同樣是性愛的主題，畫家充分運用幾何形色彩裝飾功能的特色，畫中的人物除了臉部、手部和某些細節與花紋之外，」藝術史教授說：「幾乎都用金、銀、銅、珊瑚、螺鈿等貴重材料鑲嵌而成，代表了維也納工藝的巔峰。」

教授結論道：

「就筆觸風格、人物造形，特別是大量的運用貴重材料裝飾，王兄這件收藏，可真是克林姆晚期的精品！」

參觀過史托克雷皇宮的客人贊同了教授的觀點。

「遺憾的是，那兩幅大壁畫黏在牆壁上，摘不下來——」

另一位客人接口：

「摘得下來，一定給王兄搬回來了！」

王宏文聽了，咧咧嘴笑笑，從咖啡桌拿起一本精裝的拍賣目錄，遞給藝術史教授：

「芭芭拉．史翠珊把她馬拉布別墅的收藏拿出來拍賣，你看看！」

「那個女明星，她收了不少Art Nouveau、Art Deco的作品，還滿有名氣的！」

「在哪裡拍？」

「紐約。九月下旬吧！」

「多巧，『十五全』名酒拍賣一結束，剛好飛到紐約參加拍賣，時間配合得太好了！」

十六之1

「十五全」名酒拍賣會正在緊鑼密鼓地籌備中。

為了造成轟動，採訪主任親自策畫一個別開生面的試酒會，招待媒體記者，先行為拍賣會熱身。試酒會訂在八月三日。

「現在，楊醫生，你知道我為什麼必須在八月三日以前恢復嗅覺。」

兩個月來，楊傳梓醫生終於得到答案。

「十五全」至尊尚在找尋。呂之翔說，有關拉菲和彼德綠兩個酒莊的文字資料，早已裝訂成疊，散發給有志品酒的媒體記者、消費時尚版的專欄作家。

拉菲酒莊是十三世紀法國貴族以他的姓氏命名，後來傳到有「葡萄酒王子」之稱的尼古拉王子，一九四七年英女王伊莉沙白二世訂婚所用的酒，也是六〇年代白宮的賈桂琳・甘迺迪的最愛。

呂之翔對拉菲酒莊顯赫的家世瞭如指掌。

「彼德綠酒莊更不得了，」他把讀來的訊息與楊醫生分享：「這酒莊以耶穌第一個門徒彼得命名，酒莊葡萄樹的平均樹齡是四十歲，採收葡萄的時間只有在下午，為的是讓早晨的陽光把前夜的露水曬乾，如果碰到下雨，怎麼辦？」

「是啊，怎麼辦？」

「雇直升機來吹乾整個葡萄園！」

「這麼誇張，是故意搞噱頭吧？」

「彼德綠還有一個特色，釀酒時，不斷的換橡木桶，讓葡萄汁吸收木材的香味，使酒香更複雜，」呂之翔打個比喻：「這種獨門的換桶功夫，好像是武俠小說的人物，雜學各派武功，最後自成一代大俠！」

「葡萄酒學問真這麼大，我還以為……」

楊醫生欲言又止，呂之翔卻陶醉在其中。

「太迷人了，楊醫生，你知道嗎，歐美不少學有專長的人，一旦迷上葡萄酒，乾脆拋棄本行，跑去酒莊學釀酒，日子過得好像天堂般的快樂。」

芝加哥大學有位教希臘文化史的教授，突然把書本一丟，跑到加州那帕山谷的酒莊，從最低的土壤分析師幹起，結果英女王伊莉莎白二世在遊艇慶祝雷根總統結婚紀念用的酒，就是出自這人後來開的酒廠。

這是呂之翔從葡萄酒專書讀到的酒癡軼事中的一則。

「你剛才說過，伊莉莎白女王訂婚的酒，是哪個酒莊的？」

「拉菲酒莊，在法國波爾多。教授改行當釀酒師，是在美國加州，」呂之翔回答。他又舉另一個例子：

「也是美國人，滑雪的奇才，奧運選手，這位老兄是摩門教的信徒，楊醫生，你知道的，信摩門教的不准喝有顏色的水，像茶、咖啡、可樂等等都在禁止之列，結果這位老兄背叛教會，跑到波爾多釀酒去了。」

說著，拿起診所紙杯的水，喝水之前，先放在鼻子下聞了一聞，這是呂之翔學會品酒後所養成的動作，即使是一杯水，也習慣成自然，在他嗅覺扭曲失靈的時候，也還是照樣先聞嗅一番，再喝下去。

這種一杯在手，深深吸嗅陶醉其間的神態，呂之翔是從宏亞企業繼承人王宏文那兒學來的。那一回世貿聯誼社的雅集，呂之翔注意到二世祖王宏文把長長的鼻子放入高腳水晶酒杯，瞇眼深深吸嗅，那種專注而享受的神情，成為他模仿的態式。

楊醫生禁不住好奇，向呂之翔請教葡萄酒的奧妙及品飲之道。於是，醫生和患者在窗簾深垂的門診室，促膝大談起飲酒經。

呂之翔傾囊相授。先從酒杯講起：

品飲香檳、紅、白酒，酒杯的大小、形狀是一門很大的學問，可影響葡萄酒的香氣口感，入口後的感覺與餘韻。

「你以為我故弄玄虛？楊醫生，一點也不。」

呂之翔振振有詞的舉例說明：「有一種寬杯闊口的香檳杯，早已被淘汰了，杯口寬闊，會使氣泡散失太快……」

楊醫生無肉的臉突然脹成豬肝色。昨天他才從量販店買了兩隻減價的香檳酒杯。他其實只需一隻，為了不讓售貨員感到奇怪的多看他兩眼，才買了一對。香檳杯杯口寬闊開敞，形狀正如呂之翔所形容的。

上高中時，楊醫生在屏東的電影院看好萊塢的歌舞片，女明星躺在浴缸洗泡沫澡，一邊引吭高歌，從堆起雲湧的泡沫中，伸出一隻美麗的玉手，握著的香檳酒杯的形狀和他買到的一模一樣，楊醫生為此還沾沾自喜，以為撿了便宜。沒想到這種杯形已經落伍，遭到淘汰，難怪放在量販店減價出售。

「鬱金香形的杯子最適合喝香檳酒，杯身細長，杯口向內縮，才可使酒香凝聚。」

楊醫生聽了，無法不覺得有道理。

呂之翔繼續發表他的酒杯經：

「習慣上，紅酒的酒杯要比白酒的稍大一點，而且杯口要比白酒的略為開闊，這樣可以增加酒與氧氣的接觸面，特別是喝單寧強、酒精量稍高的卡本內．蘇維翁葡萄釀的酒，不過也有例外——」

呂之翔本想解說得更具體些，像他在品酒班上課一樣，然而，光憑一張嘴，沒有酒杯實物比較，他無奈的草草結束酒杯的演說：

「楊醫生，記住一個觀念，什麼樣的酒配什麼樣的杯子，白酒杯並不一定杯口不能開闊，比如喝瑞絲林白酒，它酸度較強又帶蜂蜜味道的，就必須用杯口微岔的酒杯……」

「這又是為什麼？」

「杯口微岔，可以把酒導入舌尖，先流到舌頭的甜味區，這樣一來，可突出果香味，降低酒中的酸味。」呂之翔又加了一句：「德國生產的冰酒，則用甜酒的小酒杯最適合。」

他說他最羨慕獲有法國文憑的品酒師，出席品酒會，拎著一個漂亮的木盒，一打開，裡面一套大小形狀不一的酒杯，試哪種酒就取出那一隻杯子。呂之翔真想擁有這一套行頭。

「楊醫生，報社的工作我不想待了，最近有點得了職業倦怠症，等我鼻子好了以後，我想申請加入國際葡萄酒協會的研究旅程，花半年時間，跑遍全球五十幾個酒產區，到各個酒廠品飲幾千種不同的葡萄酒……」

呂之翔悒悒地嘆了口氣：

「等我恢復了嗅覺……法國的唐．斐利農神父，他釀的香檳，就用他的名字命名，神父和路易十四法王同年同月同日生，晚年眼睛瞎了，還可以靠舌頭、鼻子來試他的香檳。」

說到這裡，呂之翔神色黯然。

「你不要說，我還真羨慕斐利農神父，雖然眼睛看不見，楊醫生，他可還聞得到香氣，也嚐得出美味……」

「人到了四十五歲以後，像我一樣，味蕾的更新就不再像年輕時那麼頻繁，」楊醫生以他所知的醫學知識安慰他的患者：「隨著年紀增長，上顎會老化，需要強烈的味道才有反應，我的味覺也漸漸遲鈍了！」

為了讓呂之翔試酒時可聞到酒香，楊醫生決定用一種美國進口的藥，叫類固醇普列得尼松（Predhisone），這種藥的效用是可縮小嗅覺神經附近的腫脹，副作用是抑制免疫系統，還有一經停止服用，嗅覺再度減弱。

呂之翔答應一試。

十六之2

臺北市南京東路、林森北路一帶，從前被稱為「三板橋」，因早期的居民在一條大水溝上，用三塊木板搭橋通行而得名。

三板橋的對面，昔日為日本人的墓地及神社。日據時代一共有二千五百位日本人的屍骨埋藏於此，其中包括第七任總督明石元二郎占地兩百坪的墓園。根據日本人的記載，明石總督在任期中死於日本福岡，後人依據遺囑，將遺體移回臺灣安葬，當時是一大盛事，墓園之壯觀，除皇族之外無人可比擬。

民國三十八年，國民政府撤退來臺，來自山東的軍人為了宣傳反日情結，索性就在這兩千多座墓堆上，築建了他們的家，成為來臺後的落腳之處，過起了人鬼共枕的日子。老兵拿日本鬼子的墓碑當門檻，故意把公共廁所蓋在神社旁邊，把總督陵墓外的牌樓用來晾曬衣服。

人鬼共枕半個世紀之後，這一大片公園預定地上的違章建築，在經過兩天緊鑼密鼓的拆除下，全被怪手夷為平地，林森北路兩邊出現兩大塊空地，五十年來難得一見的空曠。一片殘瓦礫土堆中，徒剩明石總督陵墓前的鳥居矗立，這座二公尺高的石柱形牌坊重見天日後，在瓦礫堆中格外醒目。

鳥居下的縫隙中，在不為人知的情況下，長出了一根根直挺挺的綠色根莖，足足有一呎高，莖的頂端開著五、六片邊緣起縐的花，花瓣向外翻捲，火紅向上的花看起來像一雙雙掌心向上的手，向老天祈願求福。

開在墳墓旁的天界花，最早出現在佛經，稱為曼珠沙華，來自《法華經》：「摩訶曼陀羅華曼珠沙華」，意即開在天界之紅花，因為與死亡關聯頗深，一般稱它為彼岸花，死者的世界就是彼岸。

約定了治療的日期，送走患者，楊醫生把那張寫滿品酒要訣的病例放到一邊，光是酒杯就有這麼多窮講究，楊醫生頗不以為然。酒的單寧接觸到氧氣，香味變換出各種層次，他照呂之翔口述的記下，果香之外，還有煙燻、動物、蕈菇的味道，葡萄釀的酒，哪裡生出這許多味道？

楊醫生喝酒是為了忘憂。躲到酒裡痛醉一場，使他感到酣暢，所有的不快樂都從眼前閃過，稍縱即逝。酩酊之際，一切都只是夢一樣的幻象。酒精為他乾涸灰暗的心靈著色，把他帶到斑斕彩色的境地，使他如登天一般的快樂美好！

每一次楊傳梓醫生從一場痛醉中清醒過來之後，心中不無期待著纏繞他、令他痛苦不堪的憂鬱症狀會跟著消失，就此一去不復返。他讀過一個令漢堡大學的精神科醫生們束手無策的個案，罹患憂鬱症的少婦，嚴重到必須強迫餵食以維持生命，多年後，有一天醒過來，突然不藥而癒，在慶祝新生的宴會上，她向自己舉杯：

「我的人生剛開始！」

楊醫生不敢奢望他的新生。自從高二那年，他親手製作的飛機模型的翅翼、輪子被母親撕毀、踏扁之後，他便覺得失去生命大部分的意義。

酒神戴奧尼修斯的伴侶，智慧的森林女神席綸納斯可憐人類朝生暮死，這位半人半神的女神說，最好人類不要出生、存在，應該歸於無物，要不早點死去。

楊醫生也曾與死亡擦肩而過，經歷過一次吃下死亡的可能性。

仲春時節，他隨著診所的同事到福岡賞九州天暖早開的吉野櫻花，吃河豚宴。一行人下榻博多運河城五星級的凱悅飯店，房間既舒適又富設計巧思。

同去的一位年輕醫生，未婚妻家裡答應陪嫁一棟郊區的別墅，正在裝修。年輕醫生一進凱悅房間的浴室，立刻掏出本來要拍櫻花的相機，猛拍了兩卷膠卷，從抽水馬桶、浴缸、浴簾的顏色圖案，鏡子的形狀到毛巾架、香皂盒……無一漏過，準備回臺北交給裝修公司，把原來的浴室整個打掉，全部比照凱悅的樣式。

當天晚上，一行人到河邊古風木橋畔的餐廳吃福岡著名的河豚席。餐廳四處懸掛一隻隻圓鼓鼓、狀似可愛卻有劇毒的河豚標本做號召。在海裡為了自衛，河豚吞進大量的水，使自己鼓脹到掠食的海中生物無法把牠當作食物吞嚥下去。

河豚的自衛也會令掠食者免於一死。牠的皮層、卵巢、肝臟、腸子都含有劇毒，把牠吞食下肚的，無不當下斃命。

殺河豚的師傅沒有在期待中出現，像傳說中的先由他試吃後，沒中毒，再分給食客。楊醫生微感失望，但絲毫沒損同事們的興致。

楊醫生坐在一旁默默地自斟自飲燙熱的日本清酒，第一道切成薄片盤成花朵形狀的河豚生魚片上桌，眾人譁然。楊醫生夾起切得薄如紙片透明得像膠的魚片，望著店裡懸掛的河豚標本，想像不出是取自哪個部位。吃到嘴裡，脆脆的，雖有咬勁，除了腥，嚐不出味道。

河豚肉吃起來應該是清淡微甜，中了毒的症狀是眩暈、脣舌麻痺、呼吸困難、抽筋、渾身彷彿有蟲爬過發癢、嘔吐、瞳孔放大，最後陷入昏迷，死亡。有些殺河豚的師傅，故意留下少許的毒，讓食客吃了，脣與舌微微發麻，極輕微的中毒，感受一下拚死吃河豚的悲壯況味。

楊醫生沒有吃下死亡。他與死亡擦身而過。

一桌子的食客毫無異狀地享受最後一道河豚粥，酒足飯飽地離開餐廳。

走下古風的木頭小橋，沿著河邊早開的吉野櫻漫步，楊醫生不想回飯店，隨著同事繞過運河城，沿著垂掛一牆長春藤的「地球漫步」，走過「月光大道」，來到「星光中庭」，水珠不斷地從水灘飛濺而出，帶著酒意微醺的楊醫生，一時之間，以為置身外太空。

噴泉的水突然改變方向，朝著他噴了一頭臉，楊醫生這才清醒了些，一行人走出長長的運河區，有位來過福岡的同事，把他們帶到距飯店不遠的紅燈區，去參觀那棟著名的建築——尊屋，Hotel Le Pallzzo。

義大利後現代建築家阿多・羅西把西方以希臘神廟古典主義做一個整合再探後，重現昨日，與三位日本設計師蓋了這座富有設計藝術創意，爭議性的建築。

建築在墊高了的平臺上的這棟紅色尊屋，從厚實的基座拾級而上，予人朝聖希臘神廟的感覺。尊屋入口的柱廊，立面的圓柱窗楣、屋簷的線條等於對希臘古典建築的重新排列組合。

這棟月光下，仍看得出是棟火紅的，燃燒著愛之火的建築，最特別的是正面突出的堅實圓柱之間，卻是完全封閉的，並不設窗戶，也不見任何空隙。

楊醫生不自覺地推開入口玻璃旋轉門，大堂內切割成幾何圖形設計，瀰漫著紫紅色情的光暈，櫃枱一對日本男女，男的正在結帳，穿細跟高跟鞋的女人閒閒的站在他的身後，毫無古詩裡「青門送別淚涕收」的不捨。

旅館大堂的三面牆掛著三角、半圓等幾何形狀的鐘，時針分針滴答地響，緩慢移動。這是一個按時間計算的愛之旅館，只要準備好大把鈔票，就可以攜帶認識或不認識的伴侶搭電梯上去那封閉、沒有窗戶的房間，享受論時計算的情愛。

最拿手的廚師，清理河豚時，會留下少許的毒素，讓食客吃了，產生最輕微的反應，增加情欲的亢奮。

同事們回凱悅休息後，楊醫生獨自踏著月色又回到尊屋，豎起衣領，在墊高的平臺上來回踱步，想像火紅的神龕似的建築內燃燒著的狂愛激情。

楊醫生很遺憾至今未曾踏足希臘，酒神戴奧尼修斯的故鄉，他想像女祭司們在野地山林間酣歌熱舞，飲酒作樂，追趕酒神鮮花裝飾的戰車，狂奔發酒瘋，得意而忘形。他對春風一吹，葡萄綻出新芽，為期五天慶祝酒神節的狂歡更有無限嚮往，恨不得在那毫無節制的雜交縱欲中，達到醉狂忘我之境。

福岡的尊屋，設計的靈感來自古希臘的神廟，被用來做論時計費的色情旅館，臺北的建築師，索性將兩千多年前的希臘神廟比例精準照原貌移植過來。

古希臘時代，只准信徒在外頭舉行儀式膜拜殿內供奉的神像的神聖殿堂，到了二十世紀末的臺北，變成特種行業的標誌。

臺北街頭那招惹目光的光滑或槽刻的柯林式、愛奧尼式大理石柱內，不論白天或夜晚，都瀰漫在桃紅色的煙霧裡，櫃枱旁的樓梯一步步往上，愈往上去愈幽暗，論時計算的房間，永遠垂著厚厚的窗簾，窗簾後沒有窗，而是一堵牆。偷情尋歡的男女見不得光，不需要真正的窗，一堵密實的牆，令他們覺得隱密而且有安全感。

楊醫生仰望林森北路一棟希臘式列柱的賓館，從外觀看不出窗戶只是虛有其表，實為虛設，與福岡的尊屋有異曲同工之妙。楊醫生觀察著進出賓館，行動不見得鬼祟隱密的幽會男女，隨在他身後，一前一後步上櫃枱旁的樓梯，走進幽暗的房間的，會是什麼樣的女人？楊醫生想。

他的妻子吳貞女說他在外面有了女人。

十七之1

植物園的布政使司文化館舉行「臺北古地圖展」，開幕那天，由中正區一位過百歲的人瑞，把一幅古地圖傳遞給國小一年級的學生，象徵歷史的傳承。

古地圖的展覽呈現了荷蘭、滿清、日據時代所繪製的珍貴全圖，按照歷史發展時期，不同功能的多種地圖對照，展現臺北市變革及地區特色，使觀眾了解由古至今的發展過程。

民政局同時安排戶外導覽活動，由專家帶著有興趣的民眾按圖索驥，捧著老地圖把臺北的百年老街、廟宇城牆、聚落河港走上一遭。

老城區西邊的心臟區，金山南北路與八德路的交界，一座灰色的、又高又直的煙囪擎天屹立，城市中不容忽視的地標——公賣局華山酒廠熄滅已久的古老煙囪。

華山酒廠的被廢棄以及重新發現的過程，可稱得上是世紀末的都會傳奇。

距今有八十年歷史的酒廠，最早為日本人私營的芳釀株式會社酒造廠，後來被日據政府收買，製造米酒和各種再製酒。光復後，國民黨接收，成為臺北第一酒廠。十年前，因水質污染，無以克服，公賣局將酒廠遷至林口，華山酒廠任其荒廢，在臺北鬧市中心，無聲無息地沉寂了下來，只有那座灰色的煙囪在逐漸破敗建築群中依然倔強地挺立，不肯被世人遺忘。

一直到幾個國外回來的藝術家，為了在人滿為患的大臺北尋覓一個裝置藝術展場，自願到都市發展局當義工，目的是協助清查荒地的名冊，很偶然地找到這個被廢棄的酒廠，雖然已圈定為立法院的新址，由於上百億的工程費過於龐大，至今立法院仍為遷址而爭議未決。

藝術家們按址前往探勘，酒廠以高聳入雲的煙囪為中心，占地三萬平方公尺，荒煙蔓草中，仍可一窺昔日的規模。禮堂、研發室、會議廳等都是二層高的水泥樓房，厚實的牆，是日本九宮格式的建築風格，二樓開有巴洛克式的高窗，用來採光通風。

儲存酒的倉庫，一排過去共有五座，尖頂屋簷下，開著半圓形的窗櫺。

鬧市中藏著一個占地廣闊的廢墟，不僅被藝術家們驚歎為裝置藝術最理想的空間，接踵而來的小劇場導演，對破敗的廠房的第一個印象是：

有這樣的場地，戲已經成功了一半。

也就在同時，公賣局把酒廠前的空地暫時租給當地的里長做停車場，圍牆在一夕之間打開，整個廢棄的酒廠暴露在臺北人的眼前。

藝文人士手拉手，在傾盆大雨中走上街頭遊行，爭取這塊閒置已久的公有地。他們認為只要在硬體部分，如屋頂、窗櫺等加以修繕油漆，華山特區可以變成一個與城市生活結合，多元藝術文化的展演空間。

於是，開始連署爭取這塊保有過去空間記憶的場地，打出「臺灣的龐畢度中心不是夢」的口號，希望華山特區可效法巴黎的龐畢度中心，它從本世紀初巴黎最大的果菜市場，變成今日驕人的藝術的心臟區。

公賣局較之當年巴黎果菜農公會更為強悍，明令禁止表演藝術團體利用廢棄的廠房做為演出的場地，威脅倘若強行演出，將派警察驅離，使得劇團求助立法委員庇護等等，鬧成新聞。

時至今日，進駐特區的行政人員，與里長之間的明爭暗鬥，猶是方興未艾。

呂之翔第一次踏足華山藝術特區，是慕《酒神的黃昏》這劇名而來。他珍藏了一幅希臘酒神神廟的照片，築建在亞歷山大大帝向宙斯祈福之處，酒神戴奧尼修斯的金髮束著葡萄藤作成的髮帶，手執繞纏著葡萄藤花環的神杖。

呂之翔帶著崇敬凝視挺立於一片光輝之中的酒神，決定不久之後啟程前往酒神的故鄉，到希臘Dion膜拜戴奧尼修斯的神殿。

雅典也有一個以酒神之名命名的露天劇場，歌劇《莎樂美》的電視轉播，愛琴海夏天的夜晚來得很遲，開演時，蔚藍色的天空仍未全然褪色隱去，只轉為淡淡的淺藍，前兩排的貴賓席上，長裙拖地的仕女圍著貂皮披肩端坐欣賞歌劇。

呂之翔對《酒神的黃昏》一劇充滿了憧憬。

那個時候，他初嚐紅酒的妙處，連帶地講究起生活的格調，開始追求精緻的品味與情調。在可口可樂、漢堡、炸雞等快餐文化的席捲下，呂之翔擔心自己也不能免俗，喜歡人造的口味，離開真正的味道愈來愈遠。

他力圖把逐漸麻木了的味覺、嗅覺找回來。葡萄酒複雜細緻的香味、口感，對呂之翔而言，是一種挑戰，一種感官的新發掘。每一次的品飲，都會把他帶到探險之境，他努力把鼻子愈磨愈尖，舌頭愈練愈刁，使他得以在品酒無邊的叢林有所新發現，能夠將瞬息萬變的酒，喝出精采樂趣。

那個時候的呂之翔，正處於嗅覺、味覺的巔峰。邱朝川的公司聯合幾家主要的紅酒進口商，由呂之翔任職的報社主辦舉行品酒會，邀請幾位酒國中眾望所歸的品酒師，選在午餐前味覺最敏銳的時刻，試飲四十種不同品牌、產地的紅酒，就香味、口感、顏色來評斷優劣。

呂之翔心儀這種儀式，跟在品酒師後面試飲。每試一種酒，先舉杯放在鼻子下深深嗅聞，再細啜一口，含在嘴裡，感受味道，並不吞酒入腹，而是把它吐在吐酒桶內，讓酒香在口腔內盤旋。給分是以幾顆星計算，品酒師還在結論那一欄記下心得。

評完一瓶，以礦泉水漱口，咀嚼無甜無鹹的法國麵包，清除味覺，再試另一種酒。品酒結束後，計算得分，獲呂之翔青睞的那幾支酒，赫然也在幾位品酒師的首選之內。呂之翔為此得意了好一陣子。

路過八德路日光燈亮如白晝的一排電腦商店，穿過金山南北路的陸橋，他在一大片停車場的後面，找到掛著「華山藝術文化特區」旗幟的灰色舊樓房。劇場在二樓，樓梯口闇暗幾不可辨識，草創的華山特區，一切因陋就簡，連電都沒有，呂之翔腳底磨著地，一步步試探前行上樓，碰觸到樓梯的扶手，撲鼻一陣灰塵，愈往上愈幽暗。

呂之翔走進了一個沒有光源的世界。

摸索著上了二樓，走廊的另一端開著自動發電器，光圈小而微弱，照得周圍鬼影幢幢，呂之翔回頭望著樓梯間的牆，油漆層層龜裂，襤褸的垂掛，殘破而猙獰。

劇場沒有舞臺，徒具四壁，一種廢棄的荒場氣氛，粗礪的水泥柱撐著破敗的屋頂，使得荒蕪的空間看起來更顯得寂寥。四面的窗，玻璃、窗框俱毀，僅剩下一個個窟窿，蒙上黑色布簾，摒擋停車場的霓虹燈，把本來已夠悶熱的夏夜，包裹得密不透風。

沒等戲劇開演，呂之翔轉身下樓離去。

回到家，脫去所有衣物，站在蓮蓬下沖洗沾了一身的灰塵。

十七之2

「十五全」名酒拍賣的新聞一經披露，立刻招致輿論界的諸多批評，反對黨將之列為官商勾結，從中牟利的又一明證。

熟讀中國歷史的文化觀察人士，以古諷今，將王宏文奢侈鬥富的飲宴之風，與唐代耽酒的單天粹並論。這位唐朝的荊南節判在世時，貪愛杯中之物，日日呼親引友至家中豪飲，強迫客人以巨杯狂飲，非喝至酩酊狼狽，無醉不可歸。時人稱單天粹的家宴為「觥籌獄」。

千年之後，臺灣的紅酒熱潮，有如觥籌獄之再現，文化觀察人士譏諷，倘若嗜酒的單天粹死而復生，必定大呼過癮，如魚得水。

邱朝川在寸土寸金的東區開了一間歪吧，連帶地經營中南美洲的雪茄，酒吧的名字是由幾個英文字母和阿拉伯數字加起來，長長的空間，設計得像個畫廊，白牆懸掛臺灣中生代畫家的抽象畫作品。

坐在一幅極簡主義的畫作下，邱朝川血色紅潤的嘴脣咬著一枝大雪茄，一見到呂之翔，摸摸他剛剃過的小平頭，拿下未曾點燃的雪茄。

「咬著好玩，擺樣子！」

滴酒不沾、也不抽菸的邱朝川咧咧嘴。遞給呂之翔一份打好字的文稿，輕描淡寫地告訴他，美國生理醫學雜誌發表一篇新的研究報告，強調要喝「對」的葡萄酒才會對心臟有益。

「什麼叫『對』的葡萄酒？」

「必須用橡木桶釀造，而且釀酒的方法是把整串的葡萄，連梗帶皮放到橡木桶發酵，」邱朝川回答：「釀出來的酒才會含有一種黃酮類，具有擴張動脈的功能，反正你自己看吧！」

就著臺桌上的一盞燈，呂之翔讀道：

葡萄皮中的重要血管擴張物質有單寧酸及橡黃素等，這些抗氧化物質可以抑制血中的低密度脂蛋白對血管內皮細胞的破壞，大大減少血小板在血管中附著及產生血栓阻塞血管，適量飲用紅葡萄酒，可減少冠狀動脈阻塞性疾病患者的死亡率。

「加州葡萄酒的進口商這下可慘了，」呂之翔不無興災樂禍地：「美國人愛創新，又以市場為導向，喜歡用不銹鋼桶釀酒，產生不了對心臟有益的黃——黃什麼……」

「黃酮類物質。」

「管他什麼冬冬，邱董，你從波爾多進酒，一定是遵照傳統古法，在橡木桶釀酒，不是嗎？」

邱朝川沒回答他，話題圍繞著葡萄皮。

「這篇報告把葡萄皮當寶，像白酒先去皮再榨汁發酵，等於把擴張血管的物質都去除了。即使保留了葡萄皮，整串或先榨汁再放到不銹鋼桶發酵，也釀不出『對』的葡萄酒。」

研究小組拿各酒廠的酒去化驗，列出一個名單，幾家波爾多的酒莊，和西班牙的巴洛羅酒廠都在「對」的名單之上。

「邱董，與你合作的酒莊不在名單上？」

邱朝川搖了搖頭。

「手工做的橡木桶，很費人工，而且幾年就要換一次，很不經濟，酒廠為了減低成本，改用大型的不銹鋼酒桶，已經用了好幾年了……」

「喝紅酒可以喝出健康！」

南京東路捷運站的廣告，也不管夜有多深，兀自閃亮著。

呂之翔的狀態日益惡化，到後來連視覺也起了變化，周遭失去顏色。

電視報導臺灣周圍的海域生態，因為嚴重污染破壞，漁民丟棄的破漁網，傾倒大量的水泥，覆蓋了原本炫麗迷離的珊瑚。死亡的珊瑚礁白化，變成一座怵目驚心的海底墳場。潛水伕伸手稍稍碰觸，死去的珊瑚礁，揚起一股白色的粉末。白茫茫的一片海底墳場。

螢光幕跳接下一組鏡頭，一群衣著光鮮的政客官場人物，相互舉杯敬酒拜票拉票，一個個唯恐落在別人之後，爭國民黨「十五全」中央委員的排名，他們害怕行情下跌，會導致政治前途崩盤，只有拚命掠奪爭取。

政治人物手持的紅酒，看在呂之翔的眼裡，卻轉成被污染的黑色海水。他的視覺停格在前一個鏡頭，枯骨白化的海底珊瑚墳場。

他奪門而出，開車亂闖，心中一團漆黑。

有一個去處，最適合他此時的心情。六張犁的亂葬崗。踏著荒草蔓掩的土階，一步步上去，黯淡的星光，曬著一座座久已無人照拂的荒煙墓塚，回頭望廢墟樣的大臺北最後一眼，然後在荒塚墓叢中躺下，幕天席地，最好就此不再醒來。

呂之翔發覺來到八德路，左邊一排賣電腦商店的日光燈，亮如白晝，把街道都照亮了，一座又直又高的煙囪，被遺棄似的孤伶伶佇立夜空下，呂之翔認出是公賣局酒廠古老的舊煙囪，他發現自己來到了華山特區。

呵，廢棄多年的臺北第一酒廠，還有什麼去處比這廢棄的酒廠更適合他此時的心情！酒廠被用來做停車場的空地旁邊，「汽車專業美容」的霓虹燈招牌，使得呂之翔不自覺地把車子駛進，滑入隧道洗車，水與泡沫鋪天蓋地包裹著車身，呂之翔有一種伸手打開車門的衝動，讓狂流席捲，最好被沖到人車俱亡，不知所蹤。

呂之翔夢遊一般，從千層樹旁那棟昔日酒廠的研發部，古風舊樓向廢棄的倉庫走進去，觸目一片荒涼。一叢叢的雜草，張牙舞爪竄出殘破的門窗，黯淡的星光下，有如猙獰亂竄的蛇窩。

他晃蕩到儲酒的倉庫，牆垣傾圮倒塌，門面荒廢成礫土，其中一間穹廬頂當中破了個大窟窿，好似地球的臭氧層所破的大洞，星光從破洞篩進狼藉的屋內，映現出破磚亂瓦滿目瘡痍，一座堆起如墳塚的裝置藝術，上面聳立一個類似復活蛋的造形，青色的星光下，似乎騰騰升起一股如霧如幻的煙霧，散發出一種詭譎的神祕儀式氛圍。

香爐裡裊裊上升的一縷青煙，呂之翔曾經盤腿坐在蒲團上，希望藉著觀賞不斷改變的煙形變化，可引氣下行，鎮靜安神，把他帶入冥想入定的境界。

葉香曾經把呂之翔帶去參加一位香道大師的發表會，中國的香道是復古的另一種流行，都會生活不可缺的享受。葉香察覺到他心火熾盛，情志抑鬱，說服呂之翔聞薰香的香氣，如果是上等的香材，她說，可對自律神經產生安定效用，觀賞煙形的變幻，可修身養性，調整心神。

脫鞋坐在蒲團上，香道主人先在一具銅香爐鋪上一層香灰，用一個八卦形的香篆作模，印壓出一個美麗的八卦圖案，點燃後蓋上香爐蓋。青煙隨著空氣對流的方向、風力曼妙變化，婆娑生姿，呂之翔聞不到絲毫香氣，心卻漸漸地靜了下來。

結跏趺坐，靜觀煙形。

倚著鐵鏽斑駁的廢水管，呂之翔趺坐到瓦礫當中，俯身撿起一張放大的底片，映著星光，隱約可辨是昔日酒廠的鳥瞰全圖，屋舍儼然，釀酒的煙囪擎天而立，應該也是一件裝置藝術。既然酒廠的榮光已然成為過去，只需留下底片供人憑弔，無需沖洗出照片，反正輝光不再。

雨淋過的黑色底片，漫漶模糊，在幽暗的廢墟裡閃著光，鬼影幢幢。呂之翔想到為了尋找他嗅覺失靈的病因，楊醫生給他拍攝了一幀又一幀的X光片，曖昧扭曲的五官，敗壞的口鼻，森然怪異，一如這荒廢的酒廠。

呂之翔置身夢魘。

廢鐵管貼著一張戲劇公演的海報：「世紀末愛麗絲漫遊仙境奇遇」。海報上愛麗絲的脖子，被無限拉長，一頭蓬鬆的亂髮，睜著空洞鬼魘的大眼珠，在酒廠廢墟裡漫遊。她會有什麼樣的奇遇？

沒有兔子。卻有一隻黑色邋遢的流浪狗，跛了一條後腿，半個晚上一拐一拐地跟在呂之翔身後，像黑色的幽靈。

流浪狗趴伏在廢土堆上，不遠不近，睜著兩隻無辜的圓眼睛，悲憫地望著呂之翔。

十八

死人的鼻梁長出一種蕈類，被中醫當作珍貴藥材，稱之為「棺菇」。最近民間盛傳棺菇對癌症、尿毒症具有神奇療效，兼可驅邪。

傳說棺菇長在生前長年吃人參的屍體鼻骨上，大小很極端，小的只有一個銅板大，大的足足有一尺來高，形狀各異，長得像人形的大棺菇被視為治癌驅邪至寶。撿骨的一發現棺菇，等於尋到了寶，送到迪化街中藥店論兩賣，物以稀為貴，叫價一兩要兩萬四至三萬六。

羅莉塔追隨時尚，眼看新設計的家具，受到東洋風的流行影響，變矮了好幾吋，她覺得家中客廳那張桌面磨砂的玻璃咖啡桌，不銹鋼的四隻腳實在高得太不合潮流了，她換了和風褐色木質茶几，又買了兩個日本織錦的墊子，把小小的公寓營造出一股東洋風。

邀請呂之翔上她家作客的那晚，下班後羅莉塔先到富錦街附近的那家Day Spa享受今年最熱門的日本泡浴、足浴，讓按摩師用十二滴迷迭精油，溶解於二十毫升的杏仁油為她按摩。迷迭香精油可幫助血液循環，滋潤皮膚，她最近覺得全身僵硬、皮膚粗糙。

羅莉塔又在專櫃聞了十幾種氣味、功效不同的香精，最後選了最昂貴，六萬朵的玫瑰才萃取一盎斯的，得之不易的玫瑰精油。它除了可促進女性荷爾蒙分泌，還最具催情效果。

回家後，羅莉塔把玫瑰香精倒在琥珀色的陶瓶，點燃它，放在餐桌旁的窗緣，讓精油蒸發出誘人的香氣。鋪上桌布的餐桌上，擺了一盆鮮紅欲滴、香味撲鼻的草莓，等待呂之翔來了，裹上又濃又香的巧克力，連著綠蒂下酒吃。

等到陶瓶的香氛蒸發散盡，草莓塌軟了下來，她的客人始終沒有出現。

呂之翔重回華山廢棄的酒廠。

他腦力枯竭，記憶像流沙般消失，連舉手投足的肢體動作，也不屬於他似的。一切失去真實感，一切變得極為遙遠，無從觸摸，像做一場醒不過來的夢似的。

他自覺置身地獄的邊緣。

鋪天蓋地的黑暗，他腳底磨地，一步步試探摸索上了酒場的二樓，徒具四壁的劇場，散發著詭譎的荒場氣氛，粗礪赤裸的水泥柱撐著幽暗殘破的房頂，使得荒蕪的空間充塞廢墟的寂寥空虛。

最近一位法國電影裝置藝術家，一向運用廢棄的建築物進行裝置實驗，來看到徒具四壁的荒廢劇場，大喜過望，決定展出他為迎千禧年新表現的電影裝置。

荒蕪就是下一次繁榮的起點。

法國藝術家說。

一束幽光從破敗的窗洞穿進來，投射到劇場的正中央，從一根列柱的陰影，閃出揮舞著頂端帶松果的權杖的酒神戴奧尼修斯，披著紫色斗篷，駕著鮮豔花環裝飾的戰車，後面跟著一群酣歌熱舞，狂奔旋轉發酒瘋的女祭司……

眼前敷演著《酒神的黃昏》，呂之翔上回沒有看成的戲劇，他感覺到從自己抽離出來，看到自己加入女祭司們的行列，先是舒手探足，最後也狂奔了起來。

呵，碎碎吧，一切的一切。

——一九九九年八月七月初稿，九月十五日完稿

後殖民的憂鬱與失感
——施叔青近作中的疾病

／廖炳惠

「是距離問題——我要說，談論恐怖事物不外是找到適當距離的問題，與之保持距離，以免受到感染（畢竟那僅是文字問題），同時也不能放太遙遠，以診治真事的方式，以另一種形式的恐怖去將之取代。」（Taussig 1992: 11）

「事實上，商品的意義是其價格；做為商品，它並無其他意義。因此，託寓家對商品價值最有心得，身為遊觀者，它與商品的靈魂產生共感；以託寓家的身分，他在物品呈現於市場上的『價碼條』裡，認出了他所沉思的對象——意義。」（Benjamin 1999: 369）

「城市化為情欲中燒的男性身體，城市成了港口，國家的入口，藉此締建其肉身轉世……城市激盪不已，你聞到汗味，港口煽火的味道。他的符號體系是肉感的——或者可說是以欲望遭禁的觀點，將身體與家國港口、出路之間的種種對應關聯，透過視覺方式去活現。」（Taussig 1992: 137）

一、後殖民不適症

殖民接觸的過程中，人畜與自然因素互動的結果會產生環境上的病變，科學家有時會在另一個社會中找到新醫療可能性，乃至於利用當地人體及其自然資源，進行各種科學實驗，這些相關課題的研究，雖稱不上是汗牛充棟，但已頗為可觀，例如針對西班牙的鼠疫、性病及其動植物在南美洲所造成的「環害帝國主義」，英國人在印度的疫苗接種，甚至美國於太平洋群島的生化實驗，都讓我們對跨國界的疾病及其文化政治有進一步的認識（Crosby; Das）。

奠基於上述這些後殖民學者有關跨國疾病及醫療之研究，本文擬以施叔青的《微醺彩妝》為例，針對幾個殖民接觸中所引發的不適，尤其是水土不服之後的憂鬱（melancholia）與失能症（acedia），去探討跨文化的傳染病問題。

我選擇施叔青的小說當例證，主要的考量是她的作品往往針對香港、臺灣的殖民、新殖民文化，透過本地的政商勾結及其病態發展，去凸顯跨國旅行人士的怪誕情欲演出，藉此烘托出後殖民的不適症狀。有部分施叔青的創作靈感是來自她長期研讀歷史文獻與技術（如後殖民理論或有關疾病、醫療、訴訟、市場調查、品酒手冊等）報告。因此，若以夏提耶（Roger Chartier）的觀點來看，算得上是一種歷史文獻之歷史範疇建構史論述，將殖民與後殖民歷史場景、人物加以重新組織、敘述，以後見之明去閱讀過去之可能成為現在的種種線索。她所描述的疾病雖非具體歷史情節的個別案例，但卻不乏其思想、文化史之隱喻面向，因此與歷史的身體、社會脈絡息息相關（參考Douglas、Lakoff、Sontag等）。不過，我得先說明：文中所謂的「後殖民」是依史碧維克（Gayatri C. Spivak）在《*Outside in the Teaching Machine*》的說法，乃是舉世受到歐美殖民文化影響的特定情境，被殖民者習以為常地使用殖民者所教導的「民主」、「科學」、「自由」、「自主」等隱喻觀念，同時卻不斷發現無法適切找到其指涉，就在這種「誤套」（catachresis）的訴求中，後殖民情境充滿了解構的潛在可能性，權威、中心往往自我揭露其力道與限制之兩難處境（59-61; 280-81）。換個方式來看，這種「誤套」的現象在學習外語時所擺脫不掉的不純「腔調」，一方面可造成溝通上的障礙，另一方面則是足以顯露本土性或他種發展空間，如紐西蘭的Kiwi英文、臺灣國語，在跨文化的交流與互動中，質疑、瓦解單一中心的意義系統，讓位居都會的殖民權威無法掌握那些出自殖民地「似是而非」的聲音，這種情況特別是由於殖民文化往往將政治、經濟與文化（宗教、儀式、法律等）領域加以區隔，而在被殖民者的社會裡則通常仍將各種領域含混交織在一起；因此隨著模式的誤套及其文化時空等範疇的領域的落差，便構成殖民與被殖民者雙方在生活世界中的種種區隔，以至於會讓身處於殖民地的殖民者倍感不適，害怕水土不服、衰老病弱、被推翻或遭殺害。

其次，在跨國的身體接觸、田野調查及所引發的權力與知識關係上，我主要受惠於一些旅行理論，如克利弗德（James Clifford）的「不協調的都會觀」、普雷特（Mary Pratt）的「接觸界」、吉爾洛伊（Paul Gilroy）的「跨社會網絡」等；另外，我也頗同意科學史家拉圖爾（Bruno Latour）的說法，認為旅行科學家在異地的樹叢中透過望遠鏡將迎向朝陽的鳥蹤收入眼底，勢必將此一資訊（in-formation）帶回家，形成跨越與轉變（trans-formation），也就是說：科學家及其觀察對象的距離是學術工具、社群、贊助機構、公共形象與科學概念轉變受過程中多元交織的重要因素。在這一面向上，不僅觀察者與對象之距離形成彼此建構的關係（一如Crary、Bourdieu等所說），而且跨文化、社會、國界的旅行與研究也涉及途徑、性別、特權、資本、資訊提供管道等背後的機制條件及其變數。準此，施叔青跨香港、臺灣的社會病理觀察，尤其在本文要探討的作品中，應可用跨國旅行田野研究的角度去欣賞，因為這位出入香港、臺灣的作家其實是以這種特殊的定居兼游離的身分，去從事轉變性知識的蒐捕與敘述工作。

前面，我們已說過，跨國旅行兼殖民者身處異地，一方面大肆進行收藏、調查、修訂或啟蒙他者的計畫，另一方面卻逐漸發展懷鄉與異國記憶，針對自己的文明任務及其引發的身心症狀，感到無名的焦慮與迷惘。當代的印度學者南第（Ashis Nandy）即以吉普林（Rudyard Kipling）為例，去演繹吉氏心中的「盲目暴力與執著報復」。吉普林出生於印度，在印度長大，深受印度文化的洗禮，樣子很像印度小孩，然而六歲時，父母送他回英國上學，與姑媽住，從此吉普林便在英、印兩個世界中擺盪，無法在英國找到親情，又不能認同落後的印度生活，他雖然不斷撰述有關印度的既往故事，但是大致是以東方論的角度去看待印度。同時，吉普林自己與歐洲文明格格不入，往往被看成陰弱、叛逆的人格。因此，在南第的分析之下，有兩種吉普林在內心之中交戰：一個是西方文明的代言人，一個則是印度化的西方人，憎恨體內的西方成分，以至於在小說中展示出兩種人物，一種是出入各種文化的英雄，另一種則是討厭文化交混，無法接受本身的不純淨因素，雙方爭鬥的結果是自我的墮落與毀滅性的暴力。

以南第所持的「近敵」（內在仇讎））此一說法，來看殖民者的自我毀滅心理學，在駐臺的日本藝術家如石川欽一郎身上，是可以找到一些線索，如他刻意摒棄另一個臺灣自我，透過對玉山、淡水、臺南風景的貶低與排斥，重新追求其本我的純淨。誠如顏娟英在一篇論文指出，石川一方面受到日本風景畫論的影響，另一方面則因他的兩段駐臺不同際遇，從殖民者身分變成臺灣藝術界的良師益友，反而不斷以文章去抬高日本山水的地位，而把臺灣給比下去。在他第一次來臺的九年內，常以類此的方式，將臺灣海岸、山水與日本的風景參照；第二次來臺定居九年，則因距離拉近，而逐漸恢復其文化本位的補償心理，企圖將失掉、疏離、墮落的日本自我加以贖回，以至於有分歧斷裂的藝術論述，與生活中的親臺作風產生不一致的批評實踐。類似的狀況也見於柳田國男在臺灣的比較民間風俗研究及其旅行田野誌：在異地的風土人情中，看到日本民族文化的優越地位及其國族想像的必要性。

值得注意的是這些殖民者往往由類比、疏離與贖回的過程，從驚「異」的自我失落之中驚醒，豁然發現自我反而更能欣賞異文化之美，甚至與之較為親切，因此不得不改以嫌惡的眼光看待他人，將失落的自我重新拾起，透過越界的接觸或對本身都會文化的反省，形塑懷舊記憶，將創傷及心理挫敗加以昇華，建構超真實的統合自我，表面上是挽回、恢復文化認同，其實是不斷被自我分裂、水土不服所引發的憂鬱及無感症所侵襲。康拉德（Joseph Conrad）的中篇小說〈黑暗之心〉的寇茲（Kurtz）與馬羅（Marlow）即是以殖民夢魘去演繹這些病症，而施叔青筆下的史密斯（《她名叫蝴蝶》、《遍山洋紫荊》）及唐仁、呂之翔（《微醺彩妝》）則針對後殖民不適症去發揮。（有關香港三部曲，我已在〈從蝴蝶到洋紫荊〉一文討論殖民與情欲經濟。）

二、臺灣紅酒傳奇：跨國貿易體制下的流行病

一九九九年底，在跨越千禧之際，施叔青推出《微醺彩妝》，以臺灣九〇年代所流行的紅酒熱為背景，扣緊幾位男、女的交際網絡，透過紅酒入喉的細部鋪陳，將身體、感官（尤其嗅覺）、性欲與南來北往、跨國貿易的商品、市場，乃至政治祕辛之間的管道加以聯繫、貫穿，儼然紅色液體在體內流動，可對應外在世界的人事起浮，藉此凸顯臺灣社會、國家的種種病態縱恣，與大眾在宿醉之後的迷惘、鬱卒及失感。

「無感」及「失覺」乃是小說一開始，主人翁之一呂之翔所顯出的症狀，他氣急敗壞的闖入耳鼻科，對楊傳梓醫生說：「我是個廢人」，然後「全然放棄地跌坐椅子裡」（《微醺彩妝》50，以下只引頁碼）。呂之翔的「陰鬱」與「心灰意冷」，乃至因為失去嗅覺所迸發的冷感、不舉，其實是社會病理的借喻表達（synecdoche），乃是整個島國喪失精神主體的一個切片寫真，藉此勾勒出「上自達官富豪，下至小民百姓，一個個唯恐趕不上潮流，人手一杯」的熱壞頭殼（214）。小說的另一個重要切入點是唐仁由

中南美洲返回臺灣，發現家園已步入後殖民、後現代時期，不禁感到憂鬱，開始想念異地風景及在天堂的妻子，並由於買花，認識米亞；後來，又因為他的紅酒資訊及官商勾結等行情，與洪久昌進行假酒製造，讓長久失落的自我浸泡於劣質紅酒之中，使道德意識整個沉沒，化為更徹底的無感。有趣的是唐仁不僅對南臺灣粗俗的文化感到不耐，而且從臺灣人紅酒泡蒜的作法，看出日本殖民文化的遺留痕跡，不禁以中原上流都會的身分自居，對臺灣流行文化的低劣品味感到噁心，他在回臺大校園閒逛，作念舊緬懷之旅時，發現「紅磚校門雨中更顯滄桑斑駁，在新生南路樓房的威壓下，破敗不起眼，旗杆插著國旗，在雨中垂頭喪氣」（81）。到慈湖謁陵，在政治環境已改變的情況下，倍感疏離、詭異，就在這種落寞、憂鬱之中，唐仁憶起以往在異國旅行品嚐西班牙美酒之情景，起意要將佳釀介紹到臺灣。

以紅酒為主軸點，做社會寫實的諷喻；在人物處理上，側重男性角色，以至於輕忽了作者一向所擅長的女性視野；在行文之中，採全知觀點，不斷以流行現象為準，去描述酒與性、公關、選舉、權力的關係；而且全書吸納大量的「已被接受的觀念」，將各種報導、話頭及社會通用的論述加以再現……，這些手法均指出：《微醺彩妝》是施叔青的另一個轉捩，是本土轉折的新著力點。誠如作者的姊姊施淑所說：「從女性的經驗與視野出發，施叔青的早期小說很『自然』地走上奇幻文學（Fantasy）與女性怪誕文體（Female Gothic）」（《微醺彩妝》一九九九年版，269），而王德威也以「鬼」、「異」及「狎邪」、「怪誕」的觀點去詮釋施叔青的一貫作風（本書「序論」）。不過，《微醺彩妝》是充滿了批判意識與犬儒理性之間的衝突與矛盾，這部小說顯出作者在本土轉折中有些適應不良，正是在這種含混的心理認同與排斥結構中，我們可隨著敘事及其筆下的人物啜飲紅酒，探戈或漫遊，管窺臺灣社會病理的端倪。要對這部小說世界中的社會病理學，產生同情理解，我們不妨藉幾種相關的觀點去欣賞詮釋。首先，是班雅明（Walter Benjamin）就商場櫥窗展示的札記，其次是塔西格（Michael Taussig）有關感官神經、物化過程與儀式魔魅的說法。

如果我們要簡單介紹這本有關臺灣紅酒流行病的田野誌，不妨說：《微醺彩妝》是施叔青返臺之後推出的第一部長篇小說，透過描寫中上階層縱恣食色但卻無味、無品的消費及再生行為，扣緊六位男士及其周邊的女性，來鋪陳臺灣的各種詭怪社會現象，洞察跨國與本地經濟與大眾媒體、白道官商勾結過程中所呈現的淺薄、空洞、病態面向。

小說一開始，是一段引文：「我們失去家鄉的味道，只能從家鄉來的葡萄酒找回。」不過，小說裡的葡萄酒其實是來自「異鄉」，是法國、義大利、美國、西班牙、智利、阿根廷等產地，可說是雙重的疏離、異化及失落，從引文到文本之間，已約略道出主人翁等人的藉酒追夢早已是無望的贖救之舉。

幕揭幕落，我們看到自命瀟灑的呂之翔，奔走尋找醫生，希望治好他的嗅覺失靈症；後來，在迴光返照，酣歌狂舞之後，他像「陶瓶的香氛蒸發散盡，草莓塌軟了下來」（284），又陷入寂寞空虛的殘碎廢墟之中。在這總已「失去」與無法「找回」的欲求、挫折無盡的擺盪中，我們目睹了一小撮跨國文化經濟的引領風騷及推波助瀾者的夸誕演出：邱朝川的操縱壟斷、王宏文的蒐物成癖、唐仁的內神外鬼、洪久昌的財大氣粗、楊傳梓的憂鬱悶騷、吳貞女的拜物儀式……都教人感覺到臺灣社會在理論與實踐上的粗暴，於日常生活的文化消費與再生產領域中，充斥著聲色豪爽的不加節制，假借環球與本土文明之名，複製了更加荒誕的怪力亂神拜物教，以大規模的「手冊」（manual）文化工業，發展所謂的「另類」消費，去變相壓抑、掩飾、昇華島內的種種認同危機及其主體失落問題。

紅酒潮流看似高級品味，但是在眾人一古腦兒吸古巴雪茄，拿紅酒泡蒜，抹香奈兒五號，買名牌內衣，拉白道關係，信密藏上師，其實有樣學樣，依照手冊畫葫蘆：「那一回世貿聯誼社的雅集，呂之翔注意到二世祖王宏文把長長的鼻子放入高腳水晶酒杯，眯眼深深吸嗅，那種專注而享受的神情，成為他模仿的態式。」（295）呂之翔原名為賴家祥，因為崇拜棒球明星呂明賜而改名為呂之翔，整天戴著球王簽名的球帽：「這頂被球王加持過的帽子，除了睡覺，從不離開他的腦袋。」（85）他雖已品酒自詡，在報刊上發表相當具分量的評論文字，但是追根究柢卻是追隨二世祖及國外的品、調酒手冊，他的嗅覺似乎是足以引以為傲的感官，不過，在他最後一次聞到氣味之前，早已被他人、外在的味道及其報導所操弄、影響。因此，在他喪失嗅覺之後，仍可依賴書本及經驗，憑色彩及其樣態，描述紅酒的種種細微差異，騙過一般消費者或鑑賞者。

呂之翔的嗅覺失靈是他感官生命的一大危機，就美食學（gastronomy）與情色美學（erotics）而言，他的人生價值為之粉碎，尤其回到家鄉及在美人擁臥入懷時，他的鼻子喪失功能與陽物不舉的象徵作用幾乎等同。身體的部分「換喻」為整體價值，乃社會意義的運作系統，可說是這部小說相當成功而且值得再深入發展的課題；畢竟，舌頭與食物、國家文化（或民族性）的連結是呈一種「借喻」與「換喻」（metonymy）的關係，而且所謂的「國家飲食風格」其實往往與外來文化及其語碼產生牽扯，透過吸收與排外的方式，在模仿與「在地化」之後，轉變成為本土社會實踐與民族文化特徵，這種錯綜複雜的認同疆域塑造過程，對臺灣長期以來所累積的南島、中原、日本乃至其他殖民勢力而言，更是多重交織，一方面挾洋自重，另一方面則因應本土政治情勢，力圖別創格局，以致形成特殊的「酒品」，例如王宏文品嚐紅酒的沉醉神情，他遠赴法國蒐購陳年紅酒、古堡，或者像邱朝川、唐仁、洪久昌等人不斷以酒價來判斷紅酒身價，都足以顯出臺灣人的酒格。小說中對張大千、盧監委、王宏文的美食排場均作了精妙的描述，甚至透過照妖鏡，把政治家的敬酒拜金文化納入讀者的眼底：「政治人物手持的紅酒，看在呂之翔的眼裡，卻轉成被污染的黑色海水。」（279）。紅酒為「十五全」、「拜票拉票」、政爭儼然注入一股無法控制的力道，令政商人士沉醉其中，醜態畢露。官商的勾結更因為紅酒熱而加溫，變得彷彿更高尚、華麗、奢侈。這正是臺灣的酒品。

因此，品酒及販酒的專注、投入態式固然令人肅然起敬，說穿了，卻只是文化主體性淪喪，生命價值虛無的形象轉換而已。從王宏文到呂之翔、楊傳梓，這些酒商、酣客，乃至抹上「微醺彩妝」，假扮輕醉的時髦淑女，都在某一程度上類似楊醫生的夫人吳貞女，靠外在的社會儀式、商品（commodity）、物象（fetish）來填補心靈上的黑洞：「最近她渴望走出家門，留在外面的時間愈長愈好……市府環保局實施垃圾不落地之後，出去等垃圾車變成她晚上盼望的活動」（132）。

這段文字點到為止，卻十分簡潔而犀利地切入吳貞女心靈深淵的絕望處境，以借物寄託的方式（先是藥物、垃圾，後來則是宗教、菩薩金身），呈現出某種不由自己的「重複衝動」（repetition compulsion），暴露出無法自主的行為背後的社會畸形發展及其病態心理。這種無法自己的舉動，例如吳貞女的不斷就家中擺飾下工夫，楊傳梓的喝酒解悶，呂之翔的追逐新感覺，王宏文的新收藏品……都是這樣重複衝動的展示。整本小說即是以充滿了「隱喻」與「換喻」的修辭策略，管窺臺灣社會在紅酒、衣飾、香水、葡式蛋塔到靈異等等流行消費活動之下的「感官失靈症」及那種無法自拔的「重複衝動」：從不由自主地試圖一再以紅酒澆熄憂鬱，以美食佳肴手冊為準的品味塑造（self-fashioning），或藉華麗豪奢的排場，搞怪大膽的衣著、多元合成的鄉土野味……，去炫耀、震懾、征服、誇飾。全書大致是以「病理學」（pathological）的角度，去觀察周遭的一切奇幻、動態景觀，因此之故，小說會以呂之翔就醫肇始，對醫學知識大加發揮，乃是神來之筆，藉此解開了臺灣流行文化的精神病癥候。

在命名上，許多人物是有其弦外之音，如最明顯的洪久昌這個來自南部，崇尚俗又大碗的紅酒量販商，他的名字諧音紅酒。至於吳貞女失去丈夫的關愛，貞潔與失寵、無知簡直是同義詞。呂之翔則純粹是想像式的翱翔，即使對紅酒事典知之甚詳，也只是裝模作樣。王宏文很容易便可對號入座，而唐仁的英文名字威靈頓其實並未為他帶來應有的外交勝利，反倒是他的「仁」字頗有詮釋空間，他與紅酒商人洪久昌所涉及的官商勾結及假牌紅酒，自然是以百姓為芻狗了。米亞、羅莉塔與葉香對照之下，顯出異類、清新、後現代的味道，令人無法捉摸，這是另一種命名系統所引發的意涵。然而，羅莉塔與納博可夫（Vladimir Nabokov）的小說女主角Lolita同名，似乎是要勾起那副故作天真的誘惑模樣，即使在小說中，羅莉塔以品味自許，年紀也不再嫩了。米亞則是當今流行綠色環保主義的原型人物。這些女性角色其實有許多豐富的面向可再發展。

施淑及王德威都注意到施叔青對女性角色的複雜處理方式；不過，在《微醺彩妝》中，女性角色卻未能占較充分的篇幅。彩妝與女性的關係可以是整部小說的重要插曲，但是香水及情色反而更引申出其他情節。當然，這些只是小說家的取捨問題，重點是這本小說已道出施叔青從「夸誕」、「怪誕」，或「鬼魅」的文類，邁向「病理」的社會寫實。在這種轉折上，旁觀或參考，焦慮與看破的距離確實不好拿捏。我們依稀感覺到敘事者對種種病態演出是有所不安，因此，她要加以披露，但是，同時，她被紅酒的大學問及其背後的文化再生產動力所吸引。也許這是她返臺之後目睹怪現象，無法自外於流行文化夢魘，而有錯綜的認同心理吧。不過，很明顯的，《微醺彩妝》已讓讀者對施叔青感覺耳目一新，似乎在這本小說問世之時，她已揮別了施淑、王德威等人所說的「夸誕」、「怪誕」世界，而進入了一個更加魔幻、真實而又有點病態的臺灣社會。

三、商品拜物與家國著魔

蔡振豐在一篇書評裡，指出《微醺彩妝》的作者以「失覺的焦慮開頭，毋寧在通過寫作的活動，確認自我在知覺上的自由」。作者是否刻意發展對這種自由的確認，我們不得而知；不過，很明顯的，小說中的人物非但無法擺脫那種失覺與失去主體的處境，而且一再以其他商品拜物（commodity fetishism）去填補空虛，不斷以擬真的幻化方式，欲求、追逐替代品，而「荒蕪、發酒瘋、狂奔至一切碎碎」的結局，更令人情不自禁陷入兩難的困境：呂之翔最後回到廢墟之中（或在這之前的故鄉），懷念舊日的創意，是否仍有感覺？即使有感覺是否已屬複製、虛擬的感覺效應（affectivity），而非感情（affections）或感受（affects）。如果從這個兩難的面向來看，作者與讀者恐怕不是簡單的想「與所處的社會對抗」，展示其自由。可能是更深沉、偏執而憂傷地再思商品拜物文化的社會效應及其病理學。在這一點上，我似乎不像蔡振豐那麼積極、富於道德意識，反而認為作者有時吐露出的社會關懷及批評眼光大致是以創傷無法癒合、超越的姿態出現。換個方式說，米亞、吳貞女、葉香都未能提供應有的救贖，她們僅淪為「清新」或「綠色」環保主張、宗教淑世、純情期待的愛等符號，其象徵意味早已被唐仁、淨空上人、呂之翔所糟蹋，即使酒神戴奧尼修斯也淪為「酒櫃」的商品名稱或小說結束時的狂舞物象。

以這種方法去讀《微醺彩妝》，我們也許比較能理解何以書名會以擬真的化妝品為名，而且全書對女性角色未能仔細刻繪，畢竟，她們是社會、國家流行拜物文化的產品，其符號意義是要給人（尤其是男人）消費、觀賞、複製的。例如，米亞對唐仁來說是「綠手指」，是在亡妻、退休、失去生平夢想（外交官）之後的另一種補償，他的首度接觸即是以商品的方式開始（「發現花坊裡有不少早期不易見到的進口花卉。」105），從此也不斷以商品拜物的樣態來假想她的救贖功能。倘若我們把眼光回到男性角色身上，商品拜物的流行文化邏輯更是明顯，對王宏文乃至洪久昌而言，紅酒只是收藏品、販賣品，其意義是班雅明所說的「價碼」，不僅每一瓶好酒都有其身價，連酒莊也是可以買下，獨占其銷售權，從這個角度切入，我們比較容易明白何以《微醺彩妝》的男角色們分布於商賈（產業鉅子之後王宏文）、跨國官宦（唐仁這個退休的外交官）、南部暴發戶（洪久昌）、北部媒體大編輯（呂之翔）、耳鼻喉科醫師（楊傳梓）這些中上層經貿、統治與文化菁英了，因為舉國自連戰到小老百姓均被紅酒熱感染，即使是年輕淑女們也追逐微醺彩妝的時髦，深受商品拜物教的洗禮，紛紛以舶來的品酒手冊為準，結合傳統本土的中藥補陽料理，進行塔西格在另一種脈絡裡所謂的「後殖民時代的共感魔魅」，將殖民者的「魔魅」及其物品意象加以複製、包裝，使之本土化，進而以更加「後現代」的「意象鏈」（image-chain），超過原來紅酒的社會、政治用途，以模仿過度而且又愈加夸誕的方式，塑造出本土特有的酒品：喝法國人聽了都咋舌的名酒像喝開水，或將XO大口豪邁地乾掉（參考Taussig 1993: 250-55）。這種模仿過度（mimetic excess）的結果是把人為的看作是自然的，將商品意象的文化差異及其可操縱性看作是感官經驗的「真相」，儼然每個臺灣品酒客都能像呂之翔學王宏文一樣，自由地假想本身是在體驗「真正」不一樣的感覺。

「不一樣」或另類（alterity）已在臺灣的流行文化中變成拜物口碑，但是，深究之下，所謂的「不同」其實在許多層次、面向上均受到「手冊」文化及媒體所複製的意象及其符號意象鏈的影響、支配或操縱。《微醺彩妝》透過紅酒去描述這種意象鏈底下所引申的模仿及「差異」感覺，包括呂之翔的努力，試圖捕捉「原來」的嗅覺記憶。這種「失靈」及「無覺」的症狀會在製造、操弄大眾品味新趨勢的媒體大師呂之翔身上顯現，可說為都會感官生活的特殊歷史下了刻骨銘心的腳註，而微醺彩妝這個新產品更進一步揭示了淑女們的感官經驗複製及擬真過程：連紅酒都不必親嚐，都可透過粉墨化妝，虛擬出微醺的樣態。

有關商品拜物儀式的討論，已有不少學者從後馬克思、佛洛依德、班雅明、拉崗、德希達的觀點去修正傳統將商品、物象視作「異化」（reification）或遺忘（narcotic）、疏離（alienation）、剝削（exploitation）的看法，超越了盧卡契（Georg Lukacs）、阿多諾（Theodor Adorno）、馬庫色（Herbert Marcuse）等人的見解（見Apter and Pietz）。反諷的是：晚近的後殖民研究及其反動論述都教我們再注意到以「跨國上網消費」或「平等距離，平等差異」（equal distance, equal difference）之名所進行的新殖民文化。不過，眾多的繁複論述其實只是要以更錯綜的方式，把商品拜物的意象鏈與各種機制（身體、知識、權力、媒介、國家、跨國勢力等）關聯起來，免於落入浪漫馬克思主義的陷阱，以為反帝國、反國族想像的激進民主號召即能與「第三世界」的苦難人民同一陣線，這當然不是意味著「對抗」不可能也不必要，反而是要以機制式的思考去探索日常生活文化的翻轉、迻譯、挪用空間，不再是以宰制與被宰制的二元對立觀，去設定其批判對象。班雅明所分析的意象辯證即告訴我們「技術複製性」（technical reproducibility）是現代文明的特徵，而像臺灣這種島國經歷種種殖民文化的洗禮，其文化複製與翻譯（及番易）過程則讓原真與仿製、本土與舶來的分際更加不易確定，如唐仁看到「洋蔥泡紅酒」便批評它是日本殖民文化的後遺症：「臺灣曾經給日本殖民，到現在還處處學日本，唐仁禁不住搖了搖頭，洋蔥泡紅酒，正是日本人的偏方」（199），不過，洪久昌的姪女，「本來皮膚過敏，喝了洋蔥泡紅酒，現在痊癒了」。至於日本人的「偏方」是來自中國藥書或受韓國影響則是需要另一番考據；何況，日本人所泡的紅酒絕非臺灣所泡的高級法國紅酒，也不是法國調酒師依照洪久昌的指示所假冒的紅酒。洪久昌的皇冠葡萄酒，是唐仁參與複製，「讓波爾多酒廠的調酒師把本來優質的葡萄酒，為配合臺灣飲客喝習慣的口味，調得接近公賣局加糖加香料的玫瑰紅，以假當真」，結果是「以土為貴、為真，洋為假、為賤，把品味層級來了個上下大翻轉」（243），就像香奈兒櫥窗陳列的假珠寶、首飾，「雖然是人造的假耳環、項鍊，價格一定比一般真材實料的珠寶來得昂貴」。因此，「以真當假，假的矜貴過真的，原來早有先例，唐仁終於懂了」（244-45）。

這一段令人想起義大利服飾設計大師亞曼尼在香港發現複製品遠比自己的原作還有創意，乃向香港大量訂購、複製。不過，這種「後現代」以假擬真、超越真品的講法並不足以形容臺灣舉國上下著魔紅酒的政治、經濟奇蹟，也許塔西格的幾本近作可幫助我們釐清臺灣消費熱情之下的文化無意識及其後殖民的共感著魔結構。塔西格的成名作是研究非洲的薩滿巫醫與殖民文化的互動過程，他以社會學家涂爾幹（Emile Durkheim）的宗教形式說為準，挪用班雅明的意象鏈見解，融入本身的田野調查之中，重新檢討物象之下的「圖騰」及神聖層面，因此提出「物象在思想與對象的集體情感意義交織之中」（1992: 126），也就是物象協助社會製造出某種情感、感覺，形成其集體性。最明顯的例子就是大甲媽祖所到之處造成的舉國拜物儀式，在物象崇拜之中，創造出神聖與家國的關聯。當然，紅酒並沒那麼具備宗教性格，但在王宏文將長長的鼻子放入高腳水晶酒杯，那種專注享受的神情，或這種態式在呂之翔及其他品酒客的眼中，其實是神聖的。在高貴紅酒被祭上十五全之際，政治與宗教、消費與神聖、物象與國家（state fetishism）則合而為一。（這自是對圈內人而言，局外人會以為紅酒是浪費、污染的象徵。）塔西格於一九九七年推出的《國家魔魅》（*The Magic of the State*）對入神、神降的法術與權力的互動有很生動的描述；不過，他較早所提出的「陶醉」、「僭越」、「奇想」及國家物象等理念，用來參證、詮釋《微醺彩妝》的小說世界人物，似乎更為傳神，尤其是他提到「物象」這個詞彙背後的殖民與奴役買賣歷史，認為邊陲社會往往將傳統本地的法術與國家商品物象密切結合，發展出特殊的文化翻轉。在施叔青的筆下，唐仁等待洪久昌向法國酒廠下第一張訂單，遲遲未能如願時，翻閱米亞的生物科技書解悶，陪她看海膽的出生紀錄片，「螢光幕上一隻隻從死去的母體擠出來的新生命，義無反顧的投入大海中求生存」（233）。這一幕及生物複製的科技帶給唐仁、洪久昌仿造紅酒的靈感，也因此紅酒與本土口味，紅酒與國內拜物文化乃至政治、宗教的儀式難分難解，造就了舉國著魔的上行下效，以僭越原典的方式，視紅酒為補酒，以喝啤酒的態式猛灌紅酒。《微醺彩妝》的焦點之一是在描繪這種拜物的模仿與家國魔魅，充斥全臺的流行文化病。

廖炳惠，現任加州大學聖地牙哥分校（UC San Diego）川流講座教授。

引用書目

·中文

王德威〈「序論：異象與異化，異性與異史——論施叔青的小說」〉，《微醺彩妝》（臺北：麥田，一九九九初版），頁七—四四。

施淑〈論施叔青早期小說的禁錮與顛覆意識〉，《微醺彩妝》（臺北：麥田，一九九九初版），頁二六一—七七。

施叔青《微醺彩妝》（臺北：麥田，一九九九初版）。

蔡振豐〈微醺彩妝〉，《中國時報》開卷版，二〇〇〇年四月六日，四十二版。

顏娟英〈臺灣早期風景美學之建構〉，《藝術評論》。

·英文

Emily Apter and William Pietz, eds. *Fetishism as Cultural Discourse* (Ithaca: Cornell University Press, 1993).

Walter Benjamin, *The Arcades Project* (Cambridge: Harvard University Press, 1999).

——. *Illuminations.* trans. Harry Zohn (New York: Schocken, 1969).

Roger Chartier, *On the Edge of the Cliff* (Baltimore: Johns Hopkins University Press, 1997).

James Clifford, *Routes* (Cambridge: Harvard University Press, 1997).

Alfred W. Crosby, *Ecological Imperialism* (Cambridge: Cambridge University Press, 1986).

Mary Douglas, *Purity and Danger* (London: Routledge, 1996).

Paul Gilroy, *The Black Atlantic* (Cambridge: Harvard University Press, 1993).

Radhika Jha, *Smell* (New Delhi: Viking, 1999).

George Lakoff, *Women, Fire, Dangerous Things* (Chicago: University of Chicago Press, 1987).

Bruno Latour, "A Well-Articulated Primatology," 清大科學史講座論文，二〇〇〇年四月十七日。

Ashis Nandy, *The Intimate Enemy* (Delhi: Oxford University Press, 1983).

Susan Sontag, *Illness as Metaphor* (New York: Vintage, 1981).

Gayatri C. Spivak, *Outside in the Teaching Machine* (New York: Routledge,1993).

Michael Taussig, *The Nervous System* (New York: Routledge, 1992).

——. *Mimesis and Alterity* (New York: Routledge, 1993).

——. *The Magic of the State* (New York: Routledge, 1997).

施叔青創作年表

書名	文類	版本
約伯的末裔	小說集	一九六九 仙人掌
拾掇那些日子	小說集	一九七〇 志文
牛鈴聲響	長篇小說	一九七五 皇冠
常滿姨的一日	小說集	一九七六 景象
琉璃瓦	長篇小說	一九七六 時報
完美的丈夫	小說集	一九八五 洪範
愫細怨	小說集	一九八四 洪範
情探	小說集	一九八六 洪範
韭菜命的人	小說集	一九八八 洪範

那些不毛的日子	小說集	一九八八	洪範
指點天涯	小說集	一九八九	聯經
維多利亞俱樂部	長篇小說	一九九三	聯合文學
她名叫蝴蝶（香港三部曲之一）	長篇小說	一九九三	洪範
遍山洋紫荊（香港三部曲之二）	長篇小說	一九九五	洪範
寂寞雲園（香港三部曲之三）	長篇小說	一九九七	洪範
回家，真好	小說集	一九九七	皇冠
微醺彩妝（初版）	長篇小說	一九九九	麥田
兩個芙烈達．卡蘿	長篇小說	二〇〇一	時報
行過洛津（台灣三部曲之一）	長篇小說	二〇〇三	時報
驅魔	長篇小說	二〇〇四	聯合文學
風前塵埃（台灣三部曲之二）	長篇小說	二〇〇八	時報
三世人（台灣三部曲之三）	長篇小說	二〇一〇	時報
枯木開花：聖嚴法師傳	人物傳記	二〇〇〇	時報
心在何處：追隨聖嚴法師走江湖訪禪寺	散文隨筆	二〇〇四	聯合文學
西方人看中國戲劇	戲劇論集	一九七六	聯經

台上台下　戲劇論集　一九八五　時報
藝術與拍賣　藝術評論集　一九九四　東大
推翻前人　藝術評論集　一九九四　東大
耽美手記　藝術評論集　一九九八　元尊
對談錄——面對當代大陸文學心靈　訪談集　一九八九　時報

國家圖書館出版品預行編目資料

微醺彩妝 / 施叔青作. -- 三版. -- 臺北市 : 麥田
出版 : 家庭傳媒城邦分公司發行, 2014.01
面 ; 公分. -- (當代小說家 ; 13)

ISBN 978-986-344-039-0(平裝)

857.7 102025899

當代小說家 13

微醺彩妝（新版）

作　　者　施叔青
主　　編　王德威
責任編輯　林秀梅　莊文松

副總編輯　林秀梅
編輯總監　劉麗真
總 經 理　陳逸瑛
發 行 人　涂玉雲

出　　版　麥田出版
城邦文化事業股份有限公司
104台北市中山區民生東路二段141號5樓
電話：（886）2-2500-7696　傳真：（886）2-2500-1966、2500-1967
麥田部落格：http://blog.pixnet.net/ryefield
發　　行　英屬蓋曼群島商家庭傳媒股份有限公司城邦分公司
104臺北市中山區民生東路二段141號11樓
書虫客服服務專線：(886)2-2500-7718；2500-7719
24小時傳真服務：(886)2-2500-1990；2500-1991
服務時間：週一至週五09:30-12:00；13:30-17:00
郵撥帳號：19863813　戶名：書虫股份有限公司
讀者服務信箱E-mail：service@readingclub.com.tw
歡迎光臨城邦讀書花園　網址：www.cite.com.tw

香港發行所　城邦（香港）出版集團有限公司
香港灣仔駱克道193號東超商業中心1樓
電話：(852)2508-6231　傳真：(852)2578-9337
E-mail：hkcite@biznetvigator.com

馬新發行所　城邦(馬新)出版集團【Cite(M)Sdn. Bhd】
41, Jalan Radin Anum, Bandar Baru Sri Petaling,
57000 Kuala Lumpur, Malaysia.
電話：(603)9057-8800　傳真：(603)9057-6622
E-mail:cite@cite.com.my

設　　計　蔡南昇
排　　版　宸遠彩藝有限公司
印　　刷　前進彩藝有限公司

1999年12月15日　初版一刷
2014年 1 月 1 日　三版一刷
售價：NT$340

ISBN：978-986-344-039-0

Printed in Taiwan
本書如有缺頁、破損、裝訂錯誤，請寄回更換

城邦讀書花園
www.cite.com.tw